ずくなし娘

一歩　歩

東京図書出版

ずくなし娘❖目次

一、「光」を求めて …… 5
二、アスコーレ …… 19
三、生い立ち …… 29
四、生　業 …… 40
五、挫　折 …… 46
六、出戻り …… 61
七、里山の春 …… 69
八、鷹狩山 …… 80
九、五朗君 …… 92

十、コンコルディア …… 114
十一、再びの山 …… 180
十二、父娘の神降地 …… 208
十三、お父さんの背中 …… 233
十四、お父さんの日記 …… 241
十五、もう一人の私 …… 280
十六、ミッシングリンク …… 286
十七、再スタート …… 318
十八、九六〇分の九六〇 …… 325

一、「光」を求めて

足が重い。自分の足じゃないみたい。これが自分だとは思いたくない。月並みな言葉しか出ないが、これが今の私の本音。毎年恒例の春先のトレーニングの真っ最中。「ドクッ！ ドクッ！」全身の血管を通して伝わる心臓の大きな鼓動。苦しい。悔しい。

「春に三度鍬を振れ」

これは、この地方の登山仲間に言い伝えられた言葉。そして私は今その一度目の鍬入れの儀式をしている最中。この言い伝えには、この町で生まれ、山に登るのであれば、北アルプスの前衛峰である「鍬ノ峰」を春に三度登り、足慣らしをしてから北アルプスに入れという意味がある。「鍬ノ峰」とは北アルプスの麓にある「仏崎の観音様」の裏山を上がり、鐘突き堂から始まる尾根をずっと歩いて辿り着く場所。観音様からは約五キロ弱の道のり。このトレッキングコースを春に三度往復すれば、山の神が北アルプスに入る許可を与える。これが言い伝えの中身。私は登山家ではない。山岳写真家というのが私の目指すところ。でもやることは登山家と変わらない。山を登り写真を撮る。そのためトレーニングも同じ。この町で生まれ、山に行くのであれば春にはここを三度往復しなければならない。

ここが「峰」ではなく「〇〇岳」であれば誰もがけっこうな山だと思う。名前の最後が「峰」では山と言ってもたいしたことはないだろうと誰しも思うはず。そしてここは登山道ではなく、町が推奨するトレッキングコース。まるで山頂などというものが存在しないかのようだ。しかし、そこが落とし穴。この峰は目の前の蓮華岳や爺ヶ岳などよりも正直難しい。特に春一番の最初の一・五キロが苦しい。最初は急斜面。いきなり滑りやすい花崗岩の上とかロープを頼りに登る斜面がある。ハッキリ言って私だったらトレッキングの推奨コースとはしないだろう。危険だ。それにしてもいったい誰が「春に三度鍬を振れ」と言い出したのだろう。確かにここを三度繰り返し登ると、その年も「さあこれで次は北アルプスだぁ～～」と思えるから不思議だ。

私は毎年四月に言い伝えどおりここを三度往復する。その時はマクロレンズを持って。四月下旬には登山道の脇がイワウチワとショウジョウバカマの群生地であるため可憐な花が楽しめる。五月初旬からシャクナゲが満開となる。一番の私のお気に入りはこの二点にある。そして最大の特典はここを登ってくる者が誰もいない点にある。昔から伝わる言い伝えを今でも地元で守っているのは私だけ。地元の人間以外はだいたい観音様側からではなく、餓鬼岳登山口側から登る。そのため今では毎年イワウチワもショウジョウバカマもシャクナゲも全て私と家主である熊が独占している。

それにしても今年の鍬入れは苦しい。去年の三度目の鍬入れは往復四時間だった。それが今日は五時間かかりそう。お父さんが生きていた時、私はお父さんから与えられた課題をクリアするためここを登っていた。「烏帽子と七倉を一枚の写真にして帰れ」それがお父さんの課題だった。烏帽子は言わずと知れた烏帽子岳。七倉は七倉岳ではなく烏帽子の下に見える水力発電用のダム。その二つを単に一枚の写真の中に捉えて帰るだけの課題。ただそれだけの課題なのだが、ここを知っている人であればその課題の持つ意味がわかるはず。観音様を登りだしてこの課題をクリアできる撮影ポイントはどこか？　それは山頂のみ。なんのことはない、お父さんは私がちゃんと山頂まで行ったかをその一枚で確認していただけなのだ。

トレーニングには今回も相棒の八朗を連れてきた。八朗は我が家の家族で柴犬。信州では柴犬を猟犬として、また畑を荒らす猿を追い払う番犬として多く飼われている。私は人からよく天然と言われるが、八朗は、天然は天然でも犬とはいえ天然記念物。お犬様。このお国では私より偉い。ここ鍬ノ峰の家主は熊。私はその家主には会いたくないため八朗を連れてくる。登山道には家主の用を足した痕跡が沢山残っている。何故そうするかはわからないのだが、家主様は登山道で用を足す。八朗は家主の匂いを察知する能力が高い。八朗の親は現役の猟犬。八朗はその血筋をきちんと継いでいる。この地で家主一族は長年にわたって八朗の一族に痛い目に遭ってきている。だから八朗が山に入ると彼らはその気配を殺す。昔、私のお母さんが若かったころは実家の美麻地区だけで年間に三十頭くらい捕獲していたという。昭和三十年前後のことだ。私の子供のころも狩猟をする人の家の前を通ると様々な獲物の皮が大きな板に干されていたのを覚えている。

八朗もここには何度も来ているため今では大好きなコースだ。歩く距離が長いから八朗はご機嫌なのだろう。朝早く歩いて家を出る。市役所前を通り過ぎ、高瀬川を渡り、運動公園の先を右に曲がり家から一時間をかけて仏崎の観音様へと向かう。山の言い伝えとは別に、この地には伝説がある。泉小太郎伝説。伝説によると昔は松本から安曇野にかけた一帯は満々と水をたたえた湖だった。そこには犀龍という主が棲んでいた。犀龍は山向こうの白龍王との間に男の子を産んだ。それが日光泉小太郎。小太郎は湖のほとりに住む老夫婦に育てられた。やがて大きくなった小太郎は親に会いたくなった。そしてようやく母である犀龍に出会う。そして小太郎は母にこの地を豊かな平地に変えたいのだと自分の思いを告げると母は息子の思いを叶えようとして、息子を自分の背に乗せ生坂村にあった岩盤を打ち破り、信州新町の水内の橋下の岩山を突き破り日本海へと水を抜いた。こうして松本平と安曇平はできたのだそうだ。そのため川の名前も千曲川に合流するまでを犀川と呼ぶ。その後、泉小太郎はここ仏崎の洞窟で暮らしたのだそうだ。

本堂の脇に犀龍に乗った小太郎の像が置いてある。小太郎が住むという場所は境内の中の立ち入り禁止と記した階段の上。昔からこの階段を登ると帰ってこられないという伝説もあり私はここには未だに近寄ったことすらない。我が家で飼っていた歴代の犬たちは皆ここで急に吠えだしてはその階段を目指した。私は必死の形相でそれを抑えた。その階段を見るのも嫌だから。正直なところ私はホラー系に弱い。その手の映画やテレビ番組は観たことすらない。

観音様で手を合わせたら、いよいよ登り。鐘突き堂の裏側が鍬ノ峰の入り口。鐘があるところがこの峰の北の端。ここから峰の最頂部まで尾根に当たる部分をずっとアップダウンを繰り返しながら登る。途中立ち止まることはしない。ポレポレだ。「ポレ、ポレ……ポレ、ポレ」お父さんの歩く時の呪文のようなもの。アフリカのキリマンジャロに行った時、現地のガイドやポーターが呪文のように「ポレ、ポレ」と言って登っていたのだそうだ。意味は「ゆっくり」「ゆっくり」これがお父さんのお気に入りだった。だから八十を過ぎて、とても可愛いとは言い難い頑固な顔立ちであっても「ポレポレ」「ポレポレ」と言っては山を登っていた。いつの間にか私もそれに慣らされた。蛙の子は蛙。「ポレポレ……ポレポレ」と心の中でつい言ってしまう。八朗はどうやらポレポレは苦手なようで、どんどん先へと歩きたいそぶりを見せるのだが、私はあくまでも「ポレポレ」。

このコースは「プチ北アルプス」。一般の登山者が春から秋の北アルプスを登るのに必要な全てが凝縮されている。山を歩くこと自体が好きな私にとっては何度登っても飽きないコース。北アルプスの登山道は今ではある程度整備がなされて歩きやすくなっている。ここの尾根は整備がされていないからこそ魅力がある。誰が張ったかわからないロープを頼りに登る急斜面やだらだらと続く斜面。気をつけなければ滑落するような表面が荒れた花崗岩の斜面。おそらく初心者なら降りる時足がすくむだろう。五月初旬の山頂近くは雪の上を歩く。これだけ変化に富んだトレッキングコースが目の前にあるからこの地で生まれた私は本当に恵まれていると思う。

それにしても大学時代はまさか社会人になってから、自ら進んで自分の意思で歩荷訓練をするなんて思いもしなかった。リュックにカメラ機材の重たいものを入れ、そして歩く。春のトレーニング。その一歩一歩がわが身を守る山の保険証となる。

山頂から見えるダムができた時、私は高校生だった。その当時、私は黒部ダムの食堂でアルバイトをしていた。だからダムは全てがコンクリートで造られるものだと思っていた。それが七倉ダムは高瀬川にある自然の石を組み合わせて造られたというではないか。高校生だった私はどうしても山と共にそれを写したくなった。するとお父さんが、ここの言い伝えと共にこのポイントを教えてくれた。私はそれ以来この春のトレーニングを続けてきた。都会で暮らした少しの期間を除いて。

高校生だった当時も朝早く家を出てこの山頂でダムと烏帽子を狙って一枚撮ったことが、つい最近のことのように思い出される。ダムができた当時は大町ダム、七倉ダム、高瀬ダムと続く紅葉を追いながら歩いたこともあった。地元にこんな美しい世界があることに驚きながら歩いたものだ。ダムの周囲の紅葉は目を疑うばかりに美しい。そしてこの山系にあるダム湖はどれもが綺麗なエメラルド色に染まる。紅葉とダム湖のコンビネーションは正に自然と人とが共同で作り上げた芸術作品のよう。ここからの風景はその当時から変わっていない。そして目を一八〇度転じてみると、我が家が鷹狩山の中腹に小さな点の一つとして見える。

山頂から見る蓮華岳東尾根の稜線は芸術品。私は蓮華岳が一番好き。町から見るとどっしりと落ち着いた山に見える。町の北側から眺めると槍のように尖った山に見える。そしてここからだと東尾根はチャイナドレスを着たモデルが美しい足を見せつけるかのようにその稜線を惜しげもなく見せつける。このスラッとした蓮華の足は地図でも見てとれる。等高線が実に均等に美しく広がる。北アルプスには幾つもの山があるが、私はこの山がやっぱり一番好き。だから写真に撮る。

山頂で水をゴクリとやったなら春ならば少しの時間コシアブラを採る。晩のおかず。安曇野ではコシアブラは東北のように先を争って採るような人気の品ではない。食卓でも緑の彩りを添える程度の山菜。安曇野で人気があるのはコゴミであろうか。コゴミは天ぷら・おひたし・胡麻和えと調理が簡単で癖がないから人気が高い。私は春の夜、山菜にうっすら衣を着せ食べることが至福の喜びだ。

毎年三度目の鍬入れの目標タイムは家から観音様までが一時間。観音様から山頂までが二時間半。昔お父さんと登っていた時はもっと早かった。あのころ私は若かったということだ。朝六時に家を出るとだいたい山頂では九時半。ちなみにリュックにカメラ機材を詰め込み、それを担いで行う歩荷訓練の場合は四割増しの時間を要する。時間がある時は鍬ノ峰を南に下り餓鬼岳登山口側に向かう。餓鬼岳登山口までの下り道で慣れてしまえばだいたいの北アルプスの下りはへっちゃらだ。時間がない時は来た道を戻る。南へ下りて家に帰る周遊コースはトータル六時間以上かかるため、Uターンして帰るかどうかの決心を山頂でしなければならない。ずくを出すのか出さないのか？　ずくを出して歩こうと決断するにはけっこう勇気がいる。それでも春先の場合はトレーニングだという意識が強いから一度は必ず南周りをする。

南周りをして帰ると餓鬼の登山口の先ではタラの芽やワラビといった山菜が採れる。それらを少し晩のおかずに山から失敬して、なおもどんどん町へと下っていくと、やがて北安曇の田園地帯。のどかな風景に出合える。東と西を山に挟まれたわずかな平野に見事に広がる田園風景は心がなごむ。都会にいる時、何度この景色を思い描いたことか。何度この景色が夢に出てきたことか。恋しくて、恋しくてどうしようもなかった風景がそこにある。

農家は広い敷地をこれでもかと思うほど、ちりひとつないほどまでに綺麗にしている。自分の家の庭はもちろんのこと、家の前の道路や側溝も同様に心を込めて綺麗に使っている。都会から戻ってすぐにここを歩いた時には、世界の中でここだけが昭和という時代で時間が止まってしまっているかのようなそんな錯覚さえしてしまった。のどかで温かく、ほんのりした空気が漂う。数年経った今でもこの地の人々は当時と変わらぬ精神を持って土地を使っている。彼らは本能的にわかっている。この地もこの身体も全ては借り物であることを。いずれはこれを引き継ぐ子供たちに全て手渡す。子供や孫たちのために木を植え、田を耕し、そして森を守る。これがここで暮らしてきた人々全てがやってきたこと。

見事なまでに手入れをされた庭木。水路の上まで張り出された藤棚には綺麗な白と淡い水色をした藤の花が咲き誇る。藤棚の下の水路から上がる冷気が天気の良い日は身体に心地よい。各家で思い思いの花を植え、道行く人を楽しませる。春のこの時期、用水路は十分な水を田んぼへ流す。もしも子供に透明ってどんな色と問われたならば、ここへ連れてきて、この水のことだと教えるだろう。そんな水が絶え間なく流れる様を見て歩く。この水路もこの地に生まれた先人のどれほどの思いが込められているのだろう。水の一滴一滴が先人たちの汗の数なのかもしれないと思い、古を思いながら歩く。植えられたばかりの稲。東西の山。この時期、北安曇の色は目に優しい緑の楽園。私はいつも思うことがある。自然とは、この世で一番のおもてなしの心を持っているのだと。

私の春先に行うこんな小さな努力なのだが、幸いにもその努力を身体は覚えていてくれる。鍬ノ峰から次は、対面の高瀬ダムの上流へと向かう。七倉に車を置いて、高瀬ダムの淵を歩き湯俣温泉の先の通称・槍見石展望台へと向かう。春の早い時期ではここで登山客に会うことは少ない。湯俣温泉はこの時期まだ営業を開始してもいない。ここが私の大のお気に入り。朝早く家を出て、展望台で三脚を構える。なぜかこの地で一人、槍を見るのが凄く好き。ここから見る槍はエジプトのオベリスクのよう。威風堂々と神々しい。厳しくきりっと天に向かってそびえる槍というよりは神々しく威風堂々なのだ。私は槍を写す時、穂高連峰側の尾根の延長線上にある槍が好きなのだが、一人槍を眺めたい時、私はどうしてもここに足を運んでしまう。ここから見る槍が一番落ち着く。この感覚がどこから来るのかは、当の本人でさえもわからない。単に周りに人がいないからって単純な理由からかもしれない。よくあるでしょ、誰しも独占欲ってのが。

春のトレーニングから始まる私の北アルプス。私は全てを一枚の写真に賭けている。私はお父さんの後を追って山岳写真を撮る道を選んだ。それは「光」を追い求める旅。私にとっての「光」とはお日様と北アルプス。写真にも私の人生にもあらゆる意味で「光」が必要だったしこれからもそれを求めて歩く。「光」その存在感に圧倒され、その優しさに癒やされる。世の中の陰陽の全てがこの「光」から生まれ出る。私にとっての「光」とは私にとっての全て。

「光」

それは透明な神秘。
私はそれを追って生きてきた。
その神秘が写し出す山脈を。
私は光に囚われ、迷い

そして魅せられてきた。
私の人生は光が生み出す全てを占める。
全ては光が生み出す。
それは万物の創造主のよう。
透明が生み出す、あらゆる色彩。
透明が生み出す、あらゆる生命。
透明が生み出す、あらゆる自然。
私はそれを未来に残したい。
私の光を。
遠い未来へ。

もう直ぐ五十歳。ごじゅう。ゴジュウ。50。あっという間の。ついに北野馬美も五十歳。人生って短い。私、本当にお父さんと同じところまで登れるのだろうか。いつも自問自答。最近は時間の経過を凄く早く感じて自信を失う。先日台所に立って、ふとこんな分数計算が頭に浮かんだ。浮かばなければよかったのに。十歳の時の一年は、人生のうちの十分の一。五十歳の時の一年は、人生のうちの五十分の一。十分の一と五十分の一。どうやって考えても、算数が人一倍苦手だったこの私でもわかる。今の一年のほうが少ない。運悪く台所でキュウリを切っている時にそれに気が付いてしまったのだ。浅漬けのキュウリを十分の一に。もぎたてのキュウリをスライスで五十分の一に。比べようもないほどにその差は歴然としていた。十分の一の浅漬けはやっぱり長く大きく中身がある。五十分の一のスライスは薄く透けていた。だから過ぎ去るのも早いんだ。五十分の一となってしまった私の今の一年は透けて何でもすぐに突き抜けてしまうほどに。きっとそうに違いない。そう考えるとなおさら急がねばならない。急いで登りださなければ私の命の炎は消えてなくなる。お父さんに追いつけない。それだけは嫌だ。だったら？　どうする？　それが見つからない。二十歳から脳細胞は死滅し出す。その数一日十万個。だったらもう私の脳から脳細胞が十億以上は無くなっている。それじゃあ何を考えても答えなんか探せないのかも。駄目、駄目、そんなんじゃ駄目。もっとプラスに人生を考えよう。お父さんに追いつくんだ私。絶対に。五朗君は私に追いつくどころか追い越せと言った。でもそれは無理。ならばせめて追いつきたい。五朗君には悪いけど、残念ながらそれが私の最上のプラス思考。あの世でお父さんに再び会う時。その時こそ自分の最高の一枚を持っていきたい。

それにしても悩ましいのは、お父さんの白黒の一枚。一度見たら最後、心に住みついて離れない。まるで座敷わらし。座敷わらしだから感動するようなものとは違う。なんだかわからないが、親しみがわく。心を揺さぶる。たまに悪戯される。夜中ふと、それを見たくなる。探りたくなる。「ゴソッ」と座敷わらしが悪戯でもするかのように夢に入り込み、音を発する。何故かそこに目が行く。感動するんじゃない。ただ寄り添いたいだけ。それがお父さんの残した座敷わらし。どうやって、こんなに親しみの湧く山岳写真が撮れたのだろう。それが私のここ数年の悩みであり、現在も続くジレンマの正体だった。

お父さんはなんて写真を残してくれたのだろう。ずっと背中を追ってきた。でも生前には、背中を触るどころか近寄らせてもくれなかったし、影さえも踏ませてもらえなかった。

「とうちゃんを超えてぇ？　無理ずら、おめえじゃできねえずら。おめえずくなしずら」

天国からこんな声が聞こえてきそうだ。目の前の一枚の写真が机の上から「声なき声」を発している。私にとっての「超えることなき声」。稀代の山岳写真家の遺作。

もう何年経つのだろう。この一枚に魅せられ山と向き合った日々を数える。私はお父さんを超えたいなんて全く考えていない。過去においても、現在も。もちろん将来的にもそんなことを考えることはあり得ない。私の願いは一つ。せめてお父さんと同じ頂まで登ってみたい。ただそれだけ。本当にそれが私の本心。そう、ただそれだけなんだけど、とても行けそうもないことに今ジレンマを感じている。今、私のいるところがどこかって言われると、山の麓としか答えようがない。そう、私はまだ一歩も登っていない。何年もかかってその頂へのアプローチさえつかめていなかった。スランプかって？　スランプのある人というのは一流中の一流。アマチュアに少し毛の生えたような私のそれは単に才能がないという。人は一人ひとり、誰もがその人の才能を活かして生きていく。生きていかなければいけない。私はそう思う。それが生きたということじゃないのかと。ただ自分の才能を全く感じない者はいったいどうやってそれを活かし生きていくことをするのだろう。

そんな私に光明が見えたのは一年前。果たしてそれが光明なのか、暗闇への折り返し地点なのかはこれからわかる。お父さんの後ろ姿を追ってやっと歩き出す。カメラを持って、北アルプスへ。私の愛するあの山へ。

二、アスコーレ

私は今、いつ谷底の濁流へと転落しても不思議ではない状態にある。道とはとても呼べない山の中。悪戦苦闘する車に激しく揺られ、外に投げ出されまいと車の中に垂れ下がる擦り切れた紐を渾身の力で握っている。こんな紐に命を託す旅だとは夢にも思わなかった……日本を出るまでは。

場所はパキスタン国内のカラコルム山脈の一角。当面の目的地はアスコーレという地で、そこから先は一週間ひたすら歩いて、コンコルディアという地名の場所まで行く予定。今日はそのアスコーレに到着予定なのだが、それはあくまで全員の命が無事で車も無事で天気も……と全部の条件が整った先のこと。正直に言うと今の私はこんなに怖い思いをして車に乗っていくのならいっそのこと何日かかってもいいから歩いていきたいと心底思っている。車に乗ってこれほど緊張するなんて生まれて初めての経験。

沢という沢に水が流れ落ちている。その沢に橋が無い。日本ならば絶対橋が架かっている場所に橋が無い。そこを運転手はこれが当然とでも言うように四輪駆動車を操る。車が通行するからといってここパキスタンでは全てが道路とは限らない。彼らは道路と呼ぶのだが、平らではなく単なる山の斜面だ。日本でも確かに車の前と後ろの高さが違うという坂はいくらでも経験するだろう。そもそも車を走らせる道路の坂とは本来そういうものである。またそういうものであってもらいたい。でも、ここのは車の右と左とで高さが違う。これは坂なのだろうか。私は車の左側に乗ったのだが、これは大きな間違いだった。フルオープンの車でその車が山の傾斜なりに傾く時、私の左には谷底の濁流しか目に入らない。あまりの恐ろしさに途中から目を閉じて必死に車にしがみ付くしかない。

「恐ろしい！　正気で見てられないわ」

「……」

「アミンさん、K2どころか、ここで死んでも不思議じゃないよね？」

「……たぶん大丈夫ですよ……」

「……たぶんね……」

「……」

「馬美、あきらめて乗ってろ」

「お父さん、よく平気で乗ってるわね」

「これが普通だ」

車の中で私は現地ガイドのアミンさんとお父さんを相手にとても会話とは呼べない一方通行の独り言を言って過ごした。何か喋っていないと恐ろしくてどうしようもない。それほど道は険しく辛いものだった。登山道ではなく、車道を表現する言葉が険しく辛いということがどういうことなのかを想像してもらいたい。道らしいところに出ても落石ばかり。幾度となく運転手とアミンさんやサブリーダーのアリさんが車から降りて、落石した大小さまざまな石を道から除去し、タイヤのパンクを直し、オーバーヒートに見舞われながらも一路アスコーレへと向かう。そのためアスコーレに到着したのは予定よりずっと遅れて夜の七時を回っていた。それでも六月だったため、若干の陽がその時間でも残っていた。

到着してから直ぐに夕食となったのだが、車に疲れ果ててご飯を食べる気にはなれなかった。それでも明日からのことを考えると若干でも食べる必要性を感じて出されたスープをすする。単純なオニオンスープなのだが、それが意外と美味しいと言うか、あまりに美味しかったので驚いた。塩味に加えてハーブの香りのする絶品は日本では味わったことのない美味しさ。

「美味しい！」

グループ全員で叫ぶ。

「この山奥で食べられるものじゃないよね」

このスープ一口で一挙に食欲が回復した。それほどスープは美味しかった。そしてその後に出されたパスタはクリームが効いたパスタで、これまた絶品だった。

「おいおいおい……どうなってんの？　レストランみたい」

「ここパキスタンのアスコーレ……だよね？」

私はまさかこんなところでこんなものが出されるとは思いもしなかった。デザートにはプリンとマンゴが出され、ハーブティーが添えられる。

「デザートまであるの？　フルコース？　家にいるよりよっぽどいい」

「加えてこのマンゴ美味過ぎ」

その夜は晩ごはんのお陰さまか、はたまた昼間の素敵な快適ドライブのお陰かはわからなかったが、気持ち良くシュラフの中へと入りぐっすりと寝ることができた。標高三千メートルのアスコーレは意外と暖かくシュラフのジッパーを全開にして薄着のまま眠った。高山病予防から多めに水分を取っていたので、トイレには二度起きたが、外の空気はとてもさわやかなものだった。

翌朝、随分と早くに目が覚めた。四時ごろから厨房テントではお湯を沸かしたり、朝食の準備をしたりでガスを使っていたために、その「ゴォ～」という音が静かなキャンプ地を覆い尽くすため誰もが目が覚める。

私は昨晩シェフをチラッと見ただけだった。そして、美味しいと言って食べただけでお礼の言葉もなく寝てしまっていた。だからその日そのシェフにお礼が言いたかったので起床時間には早かったのだが、早々にテントから出て厨房テントへと向かった。アスコーレは標高三千メートルという高地にあるのだが、この時期であればそんな早い時間であっても清々しいという感じの気候で決して寒くはない。どうやらシェフのリダールさんはお湯を沸かしながら、これからのトレッキングの材料の確認をしているようだった。

「グッドモーニング、リダール」

「グッドモーニング……」

「私はマミ」

「グッドモーニング、マミ」

シェフは生真面目に挨拶を返してきた。綺麗な英語を話すシェフでとても話しやすい。聞くと日本語はわからないが英語、フランス語、スペイン語に地元の二つの言語と合計五つの言語ができるらしい。そう言えばサブガイドのアリさんは日本語を含めて四カ国語ができる。パキスタンの観光業に生きる人にとって複数の言語というのは生活必需品のようだ。私はリダールさんに昨晩の料理のお礼を言ってから少し彼の経歴を尋ねてみた。それほど彼の作る料理が美味しかったし印象に残ったからなのだが、話しているとその慎み深い態度にも魅かれた。年齢は三十歳とまだ若いのだが、考え方はしっかりしていた。彼はそれまでパキスタン南部の大都市カラチの大きなホテルで六年間修業を積んでいた。それを聞いて私は料理の美味さに納得した。パキスタン国内で外国人相手に出せるだけの料理の修業をできるところといったら、どう考えてもカラチなどの大きなホテル以外には考えられなかった。

得意料理はイタリアンで、その他フレンチからトルコ料理まで多種多様な料理ができるという。これはトレッカーにとっては一番大切なことである。多様な料理ができるということは、海外から訪れる様々な味の好みの客に対応できるということになる。海外の山旅で最悪なケースは、何と言ってもその土地の味付けに慣れずに体力を奪われてしまうことにある。そのため、このようなトレッキングにおいてリダールさんのようなシェフはなくてはならない存在なのだ。

私は彼の一通りの経歴を聞いた後に一つの疑問が浮かんだ。いったいこれほどの腕前のシェフがなぜカラチのホテルを捨て、わずかなトレッカーのためにわずかな報酬で、いつ声がかかるかもわからないようなフリーという立場で仕事をしているのだろうか。ホテルならば自分の作った料理を多くの人が賞味してくれる。料理人としてそれは最高のことではないか?

「なぜ、カラチみたいな都会を捨てて、ここで働いているの?」

「それは自然です。私は自然と共に生きることが好きなんですよ。カラチのような都会に私の居場所はなかったってことです」

あまりにシンプルな答えだった。これだけで私は彼を気に入ってしまった。カラチのホテルでの安定した生活よりも、いつ声がかかるかわからない、このような不安定な職に就いてでも自然と共に生きる道を選んでいる人がここにいた。都会での快適な生活を知って尚このような辺境地で生きることを選んだリダールさんに好感が持てた。そして家族を持ち子供もいるのに、都会になじめず、トレッカー相手に料理をすることを選んだ彼に何か自分と同じものを感じた。そして無性にそのことが嬉しかった。

朝食にリダールさんはおかゆを作ってくれた。他の客も皆、彼の作る食事には満足していた。

どうやら朝食は毎日おかゆが出されるようなので皆が安心した。テント泊だけで十六泊ともなると、食事は最重要課題となる。それがたった二食食べただけで問題ないことがわかったので、その後のトレッキングに希望が持てるような気がした。

いよいよトレッキング。ポーターたちがテントを片付けている横で我々は準備体操をした。イタリアから来たというグループが我々の体操を珍しいものでも見るかのように見ていた。彼らとは昨日夕食前に少し話をしていた。彼らの一人が言うには、前にも日本人の多くのグループとネパールのトレッキングで会ったのだそうだが、その時は六十代から八十近い人ばかりで驚いたと言っていた。確かに日本人が海外トレッキングへ出かけるのはその年代が多い。それまでは仕事・仕事・仕事。

日本人はなかなか自分の本音を口にしない。我慢する。それが良い時もあれば悪い時もある。私は少なくともせっかく命を神様に与えてもらったのならば、せめて自分の人生という有限の時間の中で自分がやりたいことは何かだけは声を大にして言うべきだと思う。しかし我慢強い日本人はそれをしない。我慢することがまるで美徳でもあるかのように、会社に在籍中に誰も自らの夢を実現しようとしない。その結果が退職後の海外旅行へと向かっている。日本人は人生の最終ステージに立って、やっと数十年のうっ憤を晴らすかのように大声を上げて叫ぶ。

「俺がやりたかったことはこれなんだ」

人生の最終ステージに立って、やっと自らが着けていた能面を剝ぎ取る。剝ぎ取れた人はまだいい方で剝ぎ取れずに死ぬ人がほとんどだ。しかしたとえ必死の思いで剝ぎ取った能面であっても悲しいかな、残りの時間は退職後の数年間。例えるならタンスのわずかな隙間に人生のやり残しを詰め込むことは不可能だ。日本のグループの人たちは皆、その不可能を可能にしようとして海外へと出かける。それでも彼らは人生の最終ステージに間に合っただけでもまだましな日本人。彼らは皆、有給もとらずに定年まで勤め上げ、ここに立っている。彼らの人生とは常にそんな苦労の上に積み上げられてきたものである。

私は人生を様々な分数で計算して生きている。一番大切にしている数は九六〇。この九六〇という数字が私の人生の大切な分母である。生きる日数を分母にすると数が大きすぎるので、月の数を分母として今の自分の立ち位置を知るようにして私は自分の人生を歩いている。山を登るのでも、今の自分がどこに立っているのかがわからなければ遭難するリスクが高まる。今の自分を知ることはそんな意味で大切なことである。今自分がどこにいるのかがわかれば今後の方向性が見えるというものである。何をするのでもやり方は人それぞれだと思うけど、命の長さを月数で考えるってのが私のやり方。

たいがいの日本人は八十年間生きる。だから日本人の分母は八十年間分に相当する月数。即ち八十の十二倍の九六〇カ月ってこと。日本人のほとんどは九六〇カ月生きる計算となる。二十一歳の誕生日では、自分の寿命の九六〇分の一二を使ったことになる。二十歳だとしたら、九六〇分の二四〇で全体の四分の一ってこと。四回目の成人式を迎えるってことは、天国への入学式に限りなく近寄ったわよってこと。

「九百六十」＝「九六〇」＝「九・六・〇」＝「く・ろ・お」＝「苦労」そう、我々日本人は苦労という分母の上に乗っかって生きている。そして苦労の上に苦労を乗せ終えた時に死を迎える。


私は山岳写真家を目指して私の人生の分子の一つ一つを生きてきた。私の場合の職業選択というものは、企業名を選ぶものでも、家業だからでもなかった。愚直なまでにそれが私の子供のころからの目標だった。夢ではなくそれは目標だった。

薬師寺金堂を再建する際の棟梁で最後の宮大工と称された西岡常一が、常に千年先まで生き続ける建物を頭に描いてヤリガンナを握ったように、私は千年先にこの地の今ある自然が残るようにとカメラを握りたかった。


それが目標だった……そのはずだった……。

しかし、私はその禁をやぶってしまった。その結果、私はアスコーレにいる。

後から考えてみると、道から逸れる岐路に立ったのは、大学を卒業し都会での結婚生活を始めた時だった。私は大学時代、山岳部に所属して山の写真を撮っていた。そして同じ部に所属していた五朗君と結婚。二人の出会いはごくごく普通。ありきたりな二人だった。そして夫婦として生活すべく都会で生活した。それも、ごくごく普通のことだった。二人の未来を夢見て二人で働いた。周囲の人たちと同じように。

でも、我々二人は、それをしてはいけなかった。そう、いけなかったのだ。

私は山に行きたかった。そして五朗君も山に行きたかった。でも、二人はがむしゃらにそれに向かうことをしなかった。安定した生活、まずはそれをつかんでから自分の目標を目指そうとしたのか、周りに流されてしまったのか、明確に目標を達成するための予定表を作ることをしなかった。若い二人はガンガン行けばよかったのだ。なんでそれができなかったのだろう。日本の一般社会の中で生きるという一番選んではいけない道を選んでしまった。画一性を求める人たちの集会へとのこのこと歩み寄ってしまった。よりによって「たった一つのものを求める者」が一番してはいけないことをしてしまったのだ。結局それが二人を引き離した。「目標ある人生を生き抜こう」そんなふうに自分の人生を真剣に考えたのはずっとずっと後になってからだった。私はずくなしだった。それも自分のたった一度の人生というかけがえのないものに対して。

三、生い立ち

私の生まれた町は、信州の北アルプス玄関口。明治二十五年にこの地で生まれた隻眼の山神・百瀬慎太郎が築き上げた「岳都」、山が主役を張る町。私は生まれてから毎日山を見ながら育った。お母さんは私の生まれる前から、お腹の中でこの美しい景色を私に見させてくれていたのではないかと確信が持てる。それほど私に馴染んでいる峰々が居並ぶ山脈がいつも私の眼前にあった。晴天の日の朝、どこの家庭でも第一声は、

「今日は、アルプスが綺麗！」

この一声で一日が始まる。それが私の育った町。

白馬（白馬岳・標高二九三二m）、白馬鑓（鑓ヶ岳・標高二九〇三m）、唐松（唐松岳・標高二六九六m）、五竜（五竜岳・標高二八一四m）、槍（槍ヶ岳・三一八〇m）、鹿島（鹿島槍ヶ岳・南峰二八八九m。北峰二八四二m）、爺（爺ヶ岳・標高二六七〇m）、大天井（大天井岳・二九二二m）、蓮華（蓮華岳・標高二七九九m）などなど、山に縁のない人でも一度は聞いたことがある山々が毎日私に優しく語りかける。山の顔は毎日変わる。だから飽きない。もうかれこれ五十年見てきたが、本当に飽きることはない。四季でも違うが、去年の三月三日と今年

の三月三日とでも違う。もちろん今朝と今とでも。はっきりと違う。はっきり断言。言い切る。さて、どこがと突っ込まれて問われると答えを持たない。けれどはっきり違うと断言できる。違うんだよ。本当に。だってお父さんもそう言っていたもの。

私の両親は信州の中でも田舎と言われるこの町よりさらに田舎の村から出てきた。お母さんの実家は町から車で三十分くらい。平成の市町村合併で今では市内となったが以前は隣村だった。谷間の曲がりくねった道を行ったところにあるド田舎。田舎町の、私が「ド」を付けるほどの集落。昔はタバコの生産をしていたのを憶えている。昔は山羊を飼っていたため朝ごはんには山羊のミルクが添えられていた。子供のころの私はその癖のある味を嫌い飲めなくて泣き、おばあちゃんにいつも笑われていた。でも山羊は好きで、紙屑を持っていってはそれを食べる山羊を面白がった。又、川沿いにある池にはタニシを飼っていて、味噌汁の具はもちろんそのタニシだった。そして当然のように、私はその味噌汁が食べられずに泣いていた。実家の従兄弟たちがそんな私を不思議に眺めていた光景が今でも頭に浮かぶ。従兄弟たちが私を沢に連れ出し、そこで沢ガニを捕まえることを教えてくれた。私はなぜかそれには、はまった。面白かったのだ。チョロチョロと流れる川の石を上げるとカニが潜んでいる。それを捕まえることは、子供の私にとって絶好の遊びだった。車酔いをする私にとって、お母さんの実家に行くことは少し苦痛だったのだけれど、お母さんが沢ガニを捕りに行こうかと言うと、嫌がるそぶりを見せなかったというから、そのころ私は相当それが面白かったのだろうと思う。そしてその沢ガニはお母さんの実家で出される食材の中で、唯一私が美味しく食べられるものだった。カラッと揚げた沢ガニだけは大好きだった。それは今でも変わらない。今でこそ沢ガニは贅沢な食材なのだが、子供のころのそれはごくごく普通の食材だった。それほど自然というものがこの地の野に山に充ちていた。

お母さんの実家が「ド田舎」ならお父さんの実家は「超ド田舎」で、子供のころ泊まりに行くのには小さな勇気を総動員しないと行けなかった。寝る場所はほとんどなく、家の中が「お蚕様」で覆い尽くされていた。トイレは外にあり、夜おしっこがしたくとも怖くて行けはしなかった。お父さんが子供のころ、夜おしっこに起きて、そのトイレに落ちて死ぬ一歩手前で母親に助け上げられたのだと、何度も聞かされていた。何よりも電気が無く、星明かりだけを頼りに夜中に外に出るなどということ自体私には考えられないくらい怖いことだった。水道もなく朝起きるとずっと坂の下にある井戸まで水汲みに行かされた。坂を下って水を汲む。こんな世界がこの世にあるんだと子供心に思ったものだ。

せっかく行ってもお父さんの実家には遊び相手もおらず、お父さんとお母さんも含め大人は皆お蚕様のために桑の葉を採りに行ったりして働いて過ごし、私はいる場がなかった。最近では、かまどで炊いたご飯を食べていたと言えば、羨ましいと言われる。でも実際住んでみるとそんなものではない。羨ましさで生活ができるのは、何一つ不自由なく持つべきものを全て持つ、逃げ場のある人だけ。昭和四十年代でそんな生活をしていたお父さんの実家。お父さんの子供のころを思うと、いかにお父さんがそんな生活を抜け出し、大陸に夢を抱いていたのか、子供のころの私でもそれが理解できた。だから私は生涯を通して一度たりともお父さんになんで大陸に渡ったのかを聞いたことはなかった。

お父さんもお母さんもそんな厳しさの中での暮らしをずっとしてきた。お父さんに至っては満州での厳しい生活に加えシベリアで四年間抑留生活を体験してきているから、今更食べるものが無くてもって感じで、お金の無いことを恥じる様子もなかった。今思うとそれは、やりたいことができているという喜びがあったからなのだと思う。それほど二人の顔は活き活きとしていた。遊びたくとも遊べなかった自らの子供のころの時間を取り戻すかのように。特にお父さんは戦地でただ死ぬために生まれてきた若い戦友を思い出すのか、限りある命を活かすということに貪欲だった。そして皮肉なことに、帰国してからのお父さんは、自らが一度は逃げ出した厳しい田舎暮らしの一瞬を写すようになっていた。

お父さんは昭和十三年に満蒙開拓青少年義勇軍として海を渡り満洲へと向かった。開拓とは名ばかりで、実際には盧溝橋事件の際には銃を渡され列車の警備に駆り出された。終戦となる昭和二十年には現地で赤紙を受け取り突然兵士となり戦場に赴いた。お父さんはロシア兵と戦った当時のことをよく話した。

「お父さんは命が惜しかったずら。だで要領よくやったずら。要領よくってのはつまりは卑怯者だったってことずら」

こう言っては、戦場での生きる術を聞かせてくれたものだ。その内容は我が父上様のことなので、卑怯とまでは言えないが、かっこのいいものではない。

①上官の「突撃!!」で誰よりも早く穴から一瞬身体を出す。
②すぐに伏せる。
③穴に入り直す。
④二度と出ない。
⑤①~④の間にロシア兵が自動小銃の照準を合わせ終わる。
⑥出遅れた人が立つ。
⑦⑥は撃たれて死ぬ。自分は生き残る。

これがお父さんの生きる術。こうして帰国後私が生まれた。めでたし、めでたし。で話は終わる。お父さんが言うには、お父さんは開拓義勇軍として当初は農業従事者であった。終戦も近いころに現地徴兵されたため、本当の軍事訓練などは受けずにいきなり実戦に投入された。そのために兵士とは違い上官に「突撃」と言われても、命を捨てる覚悟で穴から出て行くほどまでには洗脳されていなかった。それが命を助けた。もちろん軍事教育を受けてきた兵士でも、なかなか突撃はできなかったのが実態だとお父さんは言った。そのために若い兵士はお酒の力も借りたのだと。お父さんはお酒を飲まない。戦場でお酒の飲める人はお酒の力を借りて突撃。そして死んだ。お酒の飲めないお父さんは恐ろしくて、とても穴から出て行くなどできはしなかったという。相手はすでに自動小銃を構えてスタンバイしている。そこに旧式の銃を持たされただけで突撃などできるものか。誰もが皆ランボーでもターミネーターでもない。そこで編み出した技が、「突撃したつもり、命令を聞いたつもり作戦」。お父さんは絶対自分を美化しなかった。卑劣だと言われても、人からどう思われようと。誰が相手でも、そうやって俺は生き延びたんだと語って聞かせていた。戦争を美化することは絶対にしなかったし、武勲を上げたなどという人を見ては軽蔑した。命令とはいえ人を殺してみて初めて戦争の醜さを知ったと言った。大陸に渡った軍の連中が人として人にはやってはいけないようなことを随分と他国の人にやっていたということを話して聞かされもした。戦争になると人は鬼畜となるのだと。国のためと言って国民に人殺しをさせる人が憎かったと言った。人を殺すことを武勲とは思えなかったのだ。それは写真に対しても現れていた。写真で自然を美化しない。素の自然。それがお父さんの写真。写真で人を感動させることは決してない。お父さんの作品は人の心に住み着く座敷わらし。戦争を離れ、シベリアの抑留生活から解放されたお父さんがこの写真を撮ることを選んだのは私には理解できた。

お父さんは若い時からずっと人の死を見届けることに慣らされていた。本来、最も活き活きと過ごせるはずの十代から二十代、そして三十代までを、常に死と向かい合って生きることを余儀なくされたお父さん。向かい合うものを「死」から「山」へと変えることを心底望んだ人。私に命を与えてくれた人。私に生きる希望を与えてくれた人。そして私に名前を与えてくれた人。それが私のお父さん。ちなみに私の名前はお父さんが満州で飼っていた馬の名前だそうだ。なんでも毛並みは良かったとか……。

最悪なことにお父さんは終戦間際にロシア軍に捕まった。シベリアへと連れ去られ四年以上地の果てのような地で抑留生活をして過ごし、再びこの日本へと帰ってきた。捕虜として連れて行かれたクラスノヤルスクで氷点下六〇度という想像を絶する寒さに耐えてきた。そこへ輸送される時でも貨物列車にぎゅうぎゅう詰めに乗せられたため体力の無かった人間は貨物列車の中で死んだ。そしてその亡骸をロシア兵は列車から外へ蹴りだした。

氷点下五五度を超えない限りは働かされた。抑留時代、捕虜として働くお父さんたちは一日のノルマをこなせなければ食料の配給を抑えられた。朝は日本のアワなどに似たおかゆ。昼は黒パン。夜は小さなジャガイモが六つか七つ入ったスープ。そんな限られた食事でもノルマを達成できない者は減らされた。そして死んだ。朝起きると隣で寝ていた人が死んでいるということはよくあったし、日によっては両隣の人が亡くなっていたと抑留の恐ろしさを語ってくれた。

「最後にお米が食べたかったなぁ」

「お母ちゃんに会いたかったなぁ」

と言っては二度と母国の土を踏むことなく異国の地で死んでいった多くの若者たち。その中には多くの十代の少年もいた。

お父さんはシベリアで必死に生きた。生きるためにロシア兵の言うとおりよく働き、そして可愛がられ生き延びた。そしてようやく抑留を終え、日本に帰ったお父さん。そんなお父さんを待ち受けていたのは非情な日本という国だった。働き、戦い、そして囚われ、命も絶えかけようかとした末にやっと辿り着いた祖国。帰ってきても職は得られなかったとお父さんは言っていた。親戚を頼って、電電公社や郵便局にも経歴書を出したのだが、その当時ロシア帰りという経歴は大きなネックだった。ロシア帰りはスパイの疑いがあると、まことしやかにささやかれたそんな時代だった。「赤だ」「共産主義者だ」と陰で言われた。公的機関では雇用するところはない。たいがいの人がコネさえあれば雇用された時代。そんなこともあり、お父さんはこの国を許していなかった。だから一度として選挙などというものには行かなかった。

「国に見捨てられたずら」

命をかけて人まで殺した。国という名の犯罪集団によって。そして最後に国は帰国したお父さんに「お前は百姓だった」と言い放った。軍人ではなかったと。軍人恩給も対象外。命をかけた日々はなんだったのか。お父さんは国というものに疑いを持ったまま死んでいった。

「負け戦をした軍人が恩給を貰えるずら……」

「大陸で鬼畜のようなことをしていた奴らが……」

「内地に残っていた奴らが赤だというずら……」

悔しそうにお父さんは言っていた。四年以上の抑留生活を無にした祖国。それがこの国の真の姿。ロシアと日本。国というものに翻弄された人生。そしてお父さんは国というものを捨てた。しかし、そのことはお父さんの人生にとっては良かったことなのかもしれないと私だけは思う。帰国後、百姓だったと言われたために、兵士とは違い、生きて帰ったことに全く負い目を感じることはなかった。だから戦争とか国とは決別し、自分の新たな人生のスタートがスムーズにきれたのではないのかと思う。

「馬美、お父さんはこんな国のために、偉そうな上官の命令のまま突撃して死ななくて良かったずら……こんな国のために」

「祖国なんてものは、もう意味がねえずら。祖国に囚われねぇようにするずら」

だからかもしれない。お父さんは生きている間、過去を振り返ることなく、ずっと山と向き合って生きていたような気がする。

「馬美、山は誠実ずら」

それがお父さんの口癖だった。

「俺は、この地が日本でも中国でも韓国でも別にかまわねえずら。誰が治めようとも俺はここで一生暮らすずら。やりてぇことの全部がここにあるずらでな」

青春時代を奪い返すかのように生きることに貪欲だったお父さん。地元で日雇いとして汗を流し少しのお金を貯めては、山に通って写真を撮りなんとか生活ができるようになるまで相当な日々と忍耐が必要だった。もちろん町の一大行事だった黒部ダムの建設工事でも日雇いとして働いた。お父さんはそこも戦場だったという。交代制で掘っていたのだが、疲れてへとへとになって帰ると次の班が穴に入っていく。すると落盤事故。さっきすれ違ったばかりの人たちが死ぬ。人の死を憐れむより自分でなくて良かったと安堵する。それは正常な人間の感覚ではないのかもしれない。映画『黒部の太陽』を観ては「こんなもんじゃなかったずら……こんなもんじゃや……」としきりに呟いていた。

戦場では、突撃と言われ、目の前で多くの若者が死ぬのを見た。真冬のシベリアでは寝て起きると隣で寝ていた若者が死んでいるのは普通の出来事だった。ダムでは、落盤事故で多くの同僚が死んだ。

お父さんが最後まで手放そうとしなかった宝物。それは、シベリアで生き延び帰国の際に持ち帰った自分の唯一の財産「ボロボロの下着と作業着」、まるでボロキレ。私が生前にそれを知らずに「なにこれ、捨てよう」と言ったらいきなり殴られた。後にも先にも私がお父さんに殴られたのはあの一回。私はただただ、何が起きたのかわからず、痛さも感じずにキョトンとしていた。記憶に残っているのは、その時のお父さんのどうしようもなく悲しそうな顔。そのボロキレが抑留の証し。お父さんはそれを着て生き延びた。お父さんがロシアから持ち帰った物は、今では擦り切れ、とても下着だと認識できない小さなボロキレだけ。そして帰国して祖国から受け取ったものはロシア帰りという重い差別だけだった。そしてお父さんはこの国で醜い人間社会ではなく美しい自然を撮る道を選んだ。

お父さんは山岳写真家として世界を歩いた。そしてわかったのだ。世界のどこよりこの眼前にある北アルプスこそが一番であることを。

「馬美、好きなことをやれ。おめえの人生だ。自由に自分で使え」

これがお父さんの教えだった。個の人生をいかに生きるかを問いただすように生きたお父さん。お父さんは命の大切さを知り過ぎるほど知っていた。お父さんは命のはかなさを知り過ぎるほど知っていた。そして、お父さんは自らの命を大切に扱っていた。今を生きる自分が何をすべきかを知っていた。その結果こそがお父さんの写真。私が未だに捉えられない「光」を捉えた眼前にそびえる偉大な北アルプス。

四、生　業

いつからだろう。写真に目覚めたのは。子供の時、私の唯一のおもちゃはカメラだった。お父さんの真似をしてファインダーを覗いては、フィルムも無いカメラのシャッターを飽きることなく押していた。ファインダー越しに見える世界が面白かったし好きだった。そしてカメラは私の唯一の友達だった。

ずっとカメラとお父さんが好きだった。でも思春期には、写真のために家を空けるお父さんのことを少し恨んだ。

「お母さん、お父さんは私のことよりカメラが好きなの？」

唯一写真が嫌いになった時期。今は再びお父さんの背中を見て歩いている。五十歳にもなるのに、父の背中を見て歩く娘っているのだろうか？　よくそんなことを考えてしまう。恥ずかしいとかじゃなく、自分にとってのその感性は嬉しい。山に生き、山で死んだお父さん。そんな後ろ姿を眺めながら自分の人生を歩くことが。でも、数年前にお父さんが亡くなった時には、寂しいとかじゃなく将来への不安ばかりが心を覆っていた。大洋を泳いで成長してから再び生まれた川に遡上した鮭は、新たな命を宿すと同時に自らの命が尽きる。鮭の子が最初にすることは、自然に自らの命を託すこと。川の中で無防備に他の動物に食べられるリスクの多い期間を過ごす。それが人生で最初にやること。お父さんが亡くなってからの数年間の私はこれに似ていた。私は無防備に人間社会という魔物に囚われるかもしれない危険を感じながらも自分では何もできずに、ただただそこに身を託していた。そんな不安な期間があった。私はカメラを片手にやっていけるのだろうかと。様々な時を経て今の私がある。

この町での「山岳写真家」、それは重い意味を持っている。この町で生まれ大正四年から写真を始めた手塚順一郎は、大町尋常高等小学校教員となり、やがて日本初の山岳職業写真家となった。『山の写真のうつし方』を昭和七年に出版している。昭和七年というと驚くかもしれない。ウエストンが志村烏嶺の白馬岳の写真に魅かれそれを譲ってもらっていたのだが、その志村烏嶺が日本初の山岳写真集『山岳美観』を出版したのは明治四十二年のことである。志村烏嶺の写真を譲り受けたウエストンが、その後、写真を本国の英国に持ち帰り山岳誌『アルパイン・ジャーナル』に掲載したことは有名だ。これがヨーロッパに日本アルプスが紹介された初の事例となった。ちなみに、この志村烏嶺も長野中学の教員であった。志村烏嶺は主に高山植物の研究をしていたのだが、百瀬慎太郎の恩師である、当時の大町小学校の校長であった河野齢蔵も、高山植物の研究においてその名が知れた人であった。どうやら戦前のこの地では教員の山へ持つ憧れが強かったように思う。

何よりも写真家として私が驚くのは、彼らの写真を見るとその構図などは、現在の写真家の大先生たちと変わらないものが数多くあることだ。手塚順一郎の白馬三山を田んぼに写した、逆さ富士ならぬ逆さアルプスなどは本当に感心してしまう。特に構図の悪さばかりを言われ続ける私にとって、彼らを羨ましがらずにいられなくなる時が多々ある。その当時の写真機材は全部を持ち運ぶとしたのなら、その重さたるや数十キロになる。また撮影するには当時の機材では露出時間が一時間は必要だったのではないのかと文献にある。はたして私がその時代に山に魅せられていたとしても、写真に対してそれだけの情熱を持てただろうか。持てたとしても北アルプスの山頂へ登り、カメラを構えるなどという発想を持っただろうか。

以前これらの作品を見ていて、正直なところ、私は選んだ道を間違えたと思った。それは百年前の人たちに劣る自分の山に対しての認識であり、直感的に絶対敵わない何かを確信したからだった。おそらくその何かとは、自然への情熱と好奇心、そして根本的には構図などの芸術的センスなのだろう。絶対にその部分で私は百年前の人たちに敵わない。それでは何を私は写真として表現できるのだろうか。それを私は必死に考えた。「先人」それは私にとって目の前に大きくそびえる絶壁。今なお雲の上にそびえる高く見えない頂。

写真集が売れても依然として町の写真館の主人をしていたお父さん。だから弟子もいない。若手の写真家の中には直に教えてもらう私を羨む人さえいた。けれど教えると言っても写真は基本技術がわかってしまうと、それ以外の勝負どころは感性。それしかない。よく構図がよいとか、撮影地の季節や時間が話題となるが、それら全てのことにおいて写真家の感性が問われる。それが写真だ。偶然の一枚を撮るにおいてもその一瞬を美しいと思うだけの感性がなければシャッターは切れない。その一瞬こそが大切な一瞬なのだと思う感性が働かなければならない。偶然が起こりえる場所を知り、そこに足を運んでいなければシャッターは切れない。そしてたとえその場にいたとしても、その瞬間にカメラを構えられるだけの予感を携えていなければならない。

戦場のカメラマンは、その一瞬が重要だと思うからこそ、命をかけてシャッターを切る。世界の人々に知ってもらいたい一瞬があると信じて写す一枚こそが人を惹きつけ、戦争というものが人類にとっていったい何であるのかを訴える。弾丸が飛び交う中、冷静にその一瞬を探る。写真家の偶然、それは偶然であって偶然ではない。そしてその一瞬に自分の感性のままの構図や光量を確実に決められるというのが写真家のテクニック。さらにテクニックを一瞬のうちに脳細胞から引きだして使えることを経験という。逆にいえば、経験とはその人の培ってきた感性であり、テクニックであり人生の全て。写真家が常に自分に問うこと、そして問われることはここにある。感性という石を磨き、そして積む。ただひたすらに。やがては唯一無二の己という高い塀が築き上げられる。

作曲家が自分だけの音を五線譜に表現しなければならないように、写真家は自分だけがもつ独特の感性で捉えた一瞬を一枚の写真として表現しなければならない。クリエーターである者全てが一生のテーマとして追いかけるもの。それは音でも写真でもない。クリエーターという人そのもの。すなわちそれを作る自分自身こそを磨き上げなければならないということにほかならない。撮ったその人の心の全てが写しだされる。自分の内面の全てを写す本人が映し出す。だから写真は時に自分自身で恐ろしいと感じる時もある。

さて、話が少し逸れてしまったが、なぜ女の私が山岳写真家となるのかってこと。なぜか？それは簡単。第一の理由はもちろんカメラが好きでお父さんが好きだったから。でもそれは第一の理由であって最大の理由ではない。最大の理由は、なんといってもこの町の自然。これが全て。これだけの大自然に囲まれた生活をしていて、週末にはお父さんと山に通っていればそれを撮ることは必然だった。

白馬大池から白馬、杓子（杓子岳・標高二八一二m）、白馬鑓、唐松、五竜、鹿島、爺、針ノ木と続く後立山連峰、烏帽子（烏帽子岳・標高二六二八m）、野口五郎（野口五郎岳・標高二九二四m）、鷲羽（鷲羽岳・標高二九二四m）、双六（双六岳・標高二八六〇m）、槍の裏銀座。燕（燕岳・標高二七六三m）、大天井、西岳（標高二七五八m）、槍へと続く表銀座。私の愛しい山々。私が未来へ伝えたい故郷の全財産。

小学生のころからこれらの山へ登っていた私は燕の山から見る表銀座と裏銀座の稜線にどれほど魅力を感じたことだろう。蓮華や鑓で見るコマクサにどれほど心が癒やされただろう。

緑・青・白・赤・黄と四季折々の彩りにどんなに心が躍っただろう。その全てを残したいと思って続けた写真。人は子供へ孫へと遺伝子を残すことによって未来へと種の伝達を果たす。私は自然を写すことにより自然の今ある遺伝子を未来へと伝達したい。この時代にこんな素晴らしい自然が残っていたという事実を未来のこの地に生まれ来る子供たちに伝えたいと心から願った。そしてその思いから私は写真を私の人生という物語の主人公に抜擢し、手にはカメラを持たせ、心に未来という夢を抱かせた。山とはどんな偉大な小説家も書くことのできない秘めた神秘性がある神のお社。私はそこに入らせていただく。そして神の姿を少しばかり拝ませてもらう。まるで巫女にでもなったかのように。

お父さんから受けた遺伝子。そしてこの自然に充ち溢れた故郷から受けた遺伝子。これが私の職業選択のルーツ。

五、挫　折

　私はその当時、家を空け国内外の山に出歩くばかりのお父さんに反発したまま高校を卒業し、大学へと進んだ。実家では、山もお父さんも大っ嫌いと言って過ごした。そんな私が所属したのが山岳部。正直なところ私自身山は大好き。子供のころから山というものが身体の中に浸みこんでいる。本能には逆らえない。山の中で草と木の匂いを嗅ぐのが凄く好き。落ち葉の上を歩くのが凄く好き。春にはコゴミにタラの芽、秋にはキノコに栗にブルーベリーを採るのが凄く好き。山で湧き水を飲むのが凄く好き。山には私の好きなもの全てがある。そして写真も。山岳部に入る時、部活動とお父さんは別物と自分の中で通るはずもない言い訳をしていた。親には内緒。結婚するまでずっと言わなかった。言いたくないが、蛙の子は蛙。山の写真だけは撮りたかった。目的がそっちだからあまり体力的に厳しい、登るだけの山は嫌い。山岳部の花形である海外遠征とかには全く興味はなかった。夏山トレーニングなんて論外。歩荷訓練（重荷を背負って登る訓練）なんて意味ないよぉ〜といつも逃げていた。

　そんな私でも一応は女。女というのは武器だった。フォローする男が現れる。いつも誰かが助けてくれた。私の場合、山歩きは子供のころから日常的にしてきたことだったから歩くこと自体は全く苦ではなかった。むしろ好きなことと言ったほうがいい。歩くだけならどんな男にも負けないだけの自信があった。事実早く歩くことに関しては、高校時代から山岳部の中で一番だった。ただ目的が写真だったため登山の訓練には全く興味を抱くことはなかった。だから私をフォローする男がやることといったら、歩荷訓練の時、私のリュックの中身が全く軽いもので埋まっていることを黙って見逃してくれること以外になかった。

結婚はその中の一人。一歳年上で学年は一緒の五朗君。でもそれはもう過去。別れちゃった。原因は私。大学時代は都会と言ってもまだ郊外だった。里山もよく歩くことができた。自然児の私にとっては五朗君と結婚して都会に住みだしたことが人生の一つの岐路となった。それはしてはいけないことだった……今から思えば……自分の人生の九六〇分の一、九六〇分の二、その大切な自分の人生の分子の一つ一つをただ失うだけの暮らしを持つということは。

二人して都会に馴染めなかった。空気が違った。水が違った。感性が違った。リズムが違った。田舎町の空気を吸い込まなければ窒息しそうだった。会社で働くということ自体が間違っていた。芸術の世界を志す者が画一性ばかりを求める日本の会社という組織に入ることは大きな過ちだった。人と同じに考えて行動すること。私にとってこれはしてはいけないことだったし、考えてもならないことだった。

お父さんは、山岳写真家として生きてきた。そして私はその後ろ姿を見て育った。そのような環境で育った私は、人と同じということは即ち盗作だという認識でしかなかった。だから人と同じに考え、人と同じ結果を出すということは絶対にあり得ない考え方だった。お父さんの写真は人と違っていたから私たち親子は食べることができたのだ。オリジナリティこそが大切なのだ。しかし、一般社会はそうではなかった。時間に縛られ、人に監視され、社風に囚われ生きていた。

たまの休日には二人でハイキングにも登山にも出かけた。二人は歩くことが好きだった。それは唯一の、会社という現実社会からの逃避の場でもあった。

その時二人は気分転換だから登山部に所属していたときみたいに、厳しい山脈を目指すのでもなく、ただなんとなく歩くことを目的としていたように思う。

養老渓谷のような家族でハイキングするような場所などにも度々出かけた。内房線の五井駅で小湊鉄道に乗り換え、朝七時五十分の列車に乗り一路養老渓谷を目指す。約一時間後に列車は養老渓谷駅に到着する。列車が止まると同時に改札を抜け、歩き出す。五朗君はどう思っていたかはわからないが、私にとってはよい気休めとなっていたのを思い出す。

改札を抜け右に歩く。駅のすぐ先にある踏切で、乗ってきた二両編成の可愛い列車を見送る。踏切を渡り右へ、そして魚屋を左へ曲がり坂を下る。まずは大福山へと向かう。アスファルトの道をせっせと歩く。前から来る車も私たちを追い抜かして行く車も無い。あるのはのどかな田園風景。私の田舎と似ている。人が慌てていないし自然も穏やかな時間を提供してくれている。朝の九時ともなると元気な農家のおじさん、おばさんたちが畑で一生懸命働いている。いい光景だなと思ったのは、農家の人たちが皆で道路脇の草を自らが草刈り機で刈って綺麗にしていること。そして道路の側溝も、刈り草と共に綺麗に掃除をする。田舎では当たり前の風景かもしれないが、都会では稀な光景なので思わず田舎を思い出した。都会ではそんなこと一つでも「税金を払ってるんだから、役所のやることでしょ」「なんで私が……」となってしまっている。公共の場をみんなで大切に使わせていただこうなどという理屈は年々死語となりつつあるのが現代社会かもしれない。お金で全てのことを片付けてしまう。でもこの地に生きる人々の心はそうではない。道端の草の一本を抜く姿にも生まれ育った土地への愛情が溢れ出ている。私はその時、そんな人々の行為を見ることがこんなにも愛おしいものだと感じたことはなかった。もしかすると、それほど自分の心は都会で病んでいたのかもしれなかった。畑はそんな人たちの手により一列一列が理路整然と美しい線を作り上げる。そんな畑の畝を見てうっとりしながら歩いた。作り上げられた線上には様々な野菜が種類毎に、これまた一定の間隔で並ぶ。それはまさしく一流の芸術家の描くキャンバスのよう。しかし、その美しい芸術とも呼べる姿も収穫まで一カ月から二カ月。その期間が過ぎると全てを元どおりの何も描かれていないキャンバスへと戻す。本当に短い小さな小さな期間限定の食のギャラリー。

トンネルを抜けたらアスファルトと分かれ砂利道へと入る。ここから先は森と川が主役。とにかく川に沿って歩く。水の流れる川幅は狭く、そして水量も少ない。その川を何度も横切る。右岸側へ左岸側へと。川の両側は絶壁。真冬には絶壁は結氷し、苔につららが無数に垂れ下がる。そこに淡い光が差し込むことでなにか幻想的な光景を作り上げる。その前で写真家がその光を取り込むべく自分の感性を垂直の壁へと向け、思い思いの自然の一瞬を捉えていた。

「ここ有名なんだ」

それがその日、五朗君が自主的に発した唯一の言葉だったと思う。

やがて木製のテーブルとイスがある場所へと出る。そこが川沿いに登る最終地点であり登山らしい道への入り口。日高邸跡とあるほうには向かわずに右側の山へ登る。登り始めは急な斜面。そこから上の白鳥神社までを真剣に歩く。途中、道を竹が倒れ塞いでいるところもあったが竹を跨ぎながら歩く。ここまでくると、そこそこに汗が噴き出てくる。道も険しくはないから空気と共に汗も心地よい。都会ではなかなか踏むことがない土の感触に酔ってしまう。

やがてその酔いがまわり心地よくなってきた頃合いになって、その酔いを醒ますかのようにアスファルトが現れる。この道を登りしばらくすると道路沿いに白鳥神社と書いてある看板がある。そこを登り、先の階段を上がる。上がり終えたら白鳥神社。

五朗君と来た時は二人して神社の入り口の階段を大きな声で数を数えながら登った。いつも黙々と歩く五朗君にたまに私が声を出すことを強制することがあった。これもその儀式の一つ。奇数を私が偶数を五朗君が数えて上がった。中間に踊り場が一つある。踊り場から下は三十四段。五朗君で終わった。その上は五十一段。私で終わった。今思うと、まるで野球少年のために作ったかのような階段。ここを野球少年が登って神社で拝むと将来二百本安打も打てるし四百勝もできるような気にしてくれる、そんな石段だった。

「五十一か……始点が五井駅で終点が五一」

とその時、五朗君はボソッと言っていたっけ。五朗君は五の付く数字をいつでも気にしていたような気がする。世界に挑んで命を落とした五朗君は五十一に何を思ったのだろう。インド測量局カラコルム山系、測量番号5番、ガッシャーブルムI峰。ガッシャーブルムとは現地のバルティ語で「美しい山」の意味。五朗君はK5を早い段階で登っていた。たぶんこの5番という数字は少なからず五朗君の気を引いていたのだと思う。K2ではなくK5を優先したのではと私が思ってしまうくらいに。そしてK2。K2は五朗君にとってどんな意味があったのだろう。もちろん五朗君の一番の憧れだった。でも、五朗君にとってのK2とはあくまでも通過点だったのだと思う。谷の全ての山を終えたら、次の谷へと向かう。その中の一つの通過点。でも私が五朗君のことを語ることはできない。そんな資格はないのだ。私は五朗君の何を見ていたのだろうかと自問自答する都度思う。私には五朗君が見えていなかった。「後から思えば」人との付き合いの中で誰もが後悔をする言葉。「後から思えば」五朗君は沢山こんなサインを私に向かって出していたのかもしれない。私に自分の夢を話す入り口の言葉を見つけるために。

白鳥神社のお社の中に百円玉と五円玉を投げ入れた。ポッケにあった小銭全部。そして二礼二拍手一礼をしてから吊るしてある大きな鈴の紐を目一杯振って大きな音を出した。さい銭箱が見当たらないものだからお堂の戸の穴が空いている部分から投げ入れたのだが、その時お母さんの言葉を思い出した。

「おさい銭は投げるとご縁がなくなるんだよ」

我が家は信心深い家ではない。でも昔から古人の言ってきたことは守るようにしている。お父さんも山に行くと祠があれば歩くのを止めて頭を下げる。安曇野では道に多くの道祖神が祀られている。歩く時はその一つ一つに頭を下げては語りかける。いったいお父さんは何を語りかけていたのか今では知る術もないことだが、私もよく子供のころは隣で熱心に拝んでいた。あれが欲しい。これが欲しいと。お母さんはお母さんで形にうるさい。鳥居の前に階段があれば、左足から上がらなければならないとか、手水の順序とか、鳥居をくぐり歩きだせば「女は左端を歩きなさい」とよく怒られた。さい銭もお母さんと一緒のときだけは和紙に包んだものを家から用意してきて、さい銭箱に滑り落とすように入れた。そうしないとご縁がなくなるのだと。私は思い切り投げ入れる友達を見て羨ましく思ったものだ。そんな私が社会に出るとなぜか人と縁を持つことを重荷に感じる生活をしている。縁がない。思い切り投げ入れていた友達が田舎で幸せな生活をしている。いったい神様は何を見てくれているのだろう。子供のように愚痴りたくなってしまう。参拝のときだってお母さんに言われたようにきちんと腰を六〇度の角度で曲げ、二拝した。両手を胸の高さで合わせてから右手を少し下にずらして二拍手した。

最後に腰を九〇度に曲げて一拝した。言われたとおりにした。いったい私の何が悪かったの？と神様に問いかけたくなる。何が足りないのと。

あのころの五朗君はそこで何をお願いしていたのだろう。そして私は……。

古く小さな狛犬を見ては二人でそれを撫でた。

「六朗に似ているね」

田舎のお父さんの相棒で柴犬の六朗は我が家の五代目。だから本来は五朗と名前が付くはずだった。でも私が五朗君と結婚してから四代目の四朗が亡くなったものだから、五朗とは付けられなくなり、五代目の六朗となった。顔はオオカミのような犬で地元の猟師から我が家へと引き取られた。もちろん六朗のお父さんは猟犬だ。ここの狛犬より凛々しいかも……というのは手前味噌。神様をお守りする狛犬を前にそんなことを言うと罰が当たってしまう。敬意を評して、右、そして左。二人で二頭の狛犬の頭を撫でた。

階段を下りると上がってきたスロープのほうではなく、階段を下りてまっすぐ進む土の道を選ぶ。その道をたどれば白鳥神社の正門である鳥居に行きつく。私たちの来たスロープから神社へ入るのは脇道。御利益がない？　そんな感じ。入り口として使わなかった鳥居を出るときだけ使うというのは、なにか大学入試を裏口入学したようで神様に対して多少の後ろめたさを感じたものだ。これだから神様は私を見てはくださらないのかもしれない。

鳥居の下の階段を下りると、一般道へと出る。道沿いにあるのは森林。わずかばかりの畑。

たまに民家。本当にのどかな土地だ。視野が開けると少し遠くの山並みが見える。私の田舎町のような高く切り立った山脈ではないが緑が多いその景色を見るだけで心が癒やされるのを感じた。私の田舎の山は厳しい自然という姿を一年を通じて見せる。ここの自然は人々の気持ちを穏やかにさせ落ち着きを与えてくれる。環境により人の心が変わると言うが、確かにそう思う。毎日見るもの聞くものこそがその人の全て。メディアを通じて全国民が皆同じものを見て同じ方向を向いているかのように感じてしまうのが現代社会。でも重要なことは全てが体感しているか否か。家から一歩外に出てみる現実社会は地域によって全く違う。

コンクリートジャングルを見慣れて育つ子供、田んぼを見て育つ子供、森を見て育つ子供、海を見て育つ子供。環境により人は変わる。私は切り立った山並みを見て育ち、コンクリートジャングルで気持ちが折れた。どんな環境下でも落ち着いて生活ができる人が羨ましい。多くの人はそれができている。私にはできなかったことが……。

こんな道を歩いている人などいない。車すら無い。たまに来るのは郵便局のバイクだけ。それでも立派な道路が続く。さすが、土建国家日本。残念なのは、そんなのどかな道ゆえに道沿いに沢山のゴミが投げ捨てられている。タイヤ、車、空き缶、風呂、なんでもありだ。なんで私の大切な山をこんな目にあわすのだろう。ここばかりではない全国の山が泣いている。

お父さんに連れられ北アルプスを歩きだしてわかったのだが、お父さんは歩きながら登山道のゴミ拾いをしていた。私は知らなかった。お父さんがずっと誰に言うでもなく一人でそうやって山を歩いてきたことを。その時お父さんが見せた顔は、私に山で唯一見せた悲しそうな顔だった。私も後をついて歩いてわかった。ゴミは今ではどこの登山道にでも落ちている。残念ながら「当たり前」のものになっていた。

「お父さん、いちいちしゃがんで取るなんて大変よ。持ち帰るのも大変」

「馬鹿」

「……」

「お前もやれ」

「エッ……お父さん、なによそれ……自分で歩くだけで精いっぱい」

「馬鹿。お前の山だ」

お父さんの一言が今でも頭から離れない。「お前の山だ」お父さんはそう言った。私はその一言にハッとした。とても大切なことだった。他人はどうであれ、少なくとも我々親子は、生活の全てをこの山に依存して生きてきた。「お前の山だ」本当にそのとおり。北アルプスに私は人生の全ての面倒を見てもらっている。今までも、そしてこれからもそれは変わらない。その日から私も目につくゴミを拾い始めた。私の場合は、せいぜいキャンディーの小さな外袋を見つけては、ズボンのポッケにねじ込んで帰るくらい。お母さんが洗濯の前にいつも「馬美、またお土産が入っている」と言われて「御免」と謝る程度の行い。

途中、養老渓谷駅の一つ手前の上総大久保駅へと行く分岐に差し掛かる。細く急な坂道沿いにしばらく民家が続く。五朗君はのどかな山里の風景を見ることが楽しかったのか、終始ご機嫌だった。

「でっけぇ〜バナナ」

しばらく行くと五朗君が大きな声を張り上げた。五朗君にしては凄く珍しいことだった。確かにそれは驚くほど大きなバナナの木だった。バナナは木というのかはわからないが、お化けのように大きな葉が広がる様には私も驚いた。見るとニョキッと伸びた茎のような棒のような先端にまだ緑で小さなバナナが沢山ついていた。

「バナナってこうなるんだ」

五朗君は子供のような目をして見ていた。

「五朗君、これ食べられるくらいに大きくなるのかな？」

「これだけのスペースとって食べられないんじゃ悲しいよな」

「観賞用とか」

「まさか……でもそれもありか。見るだけでも楽しいや」

そんなたわいもない話を二人はしていた。その先にあるトンネルの手前には山から落ちてくる天然水を飲むことができる水飲み場があり二人してそれを飲んだ。

「うめぇ〜〜」

五朗君はボソッとそう言い終えると次に頭からその水を浴びていた。

わずか半日のハイキング。それでも私は満足だった。上総大久保駅から再び五井駅へと戻る。到着ホームの階段を上りＪＲへと続く通路に地元のおばさんがお弁当やお魚の煮つけ、おはぎなんかを売っている。本当に私が作ってきましたと言わんばかりに素朴な即席売店で、この駅の名物らしい。五朗君は魚の煮つけを選んだ。時間も早いから千葉行の電車にはすぐには乗らず、人が居ない閑散としたホームでのんびり椅子に腰かけた。

「うめぇ〜〜」

そこでも五朗君はボソッとそう言いながら魚の煮つけを食べ終わると、

「おはぎ買ってくる」

そう言って、またおばさんのところへ小走りに駆けて行った。

そんな結婚生活も五年。子供もできなかった。関わりを持つことのない近隣の家々。まるで山でのホワイトアウト状態。そこは方角ばかりか上下すらわからない世界だった。だから、五朗君と喧嘩したわけじゃない。こうして週末二人して近郊の山を仲良く歩いた。たまには田舎に帰り山にも登った。それでも私の心は癒やされなかった。どうしようもなく駄目な私がそこにいた。私には五年という歳月が限界だった。草や木、小川や田んぼ、山と写真。私が生きるには、毎日昼夜を問わずに、どうしてもこれが必要だった。生きがいという何にも代えがたいものが。

「もう嫌！」

「私帰る！」

と都会生活を投げ出す決心があっさりと付いた。

「五朗君、私しばらく田舎に帰りたいの」

私は五朗君に言った。しかし、それに対する五朗君の答えは私の想定したものとは大きくかけ離れたものだった。

「……別れよう……馬美」

私は唖然とした。

「エッ、別れる？　なんで？　五朗君、今何て言ったの？」

「……」

返事はなかった。長い沈黙だけが部屋の空気を支配した。五朗君はそれを受け入れること以外に私の選択肢はないと顔だけで語っていた。そんな五朗君を見たのは後にも先にもこの一回。そしてなぜ別れようと言ったのかを最後まで言葉として表してはくれなかった。田舎に帰ると言ったのも私。その理由を作ったのも私。二人の仲が悪いわけじゃない。でも別れの言葉を五朗君は発した。喧嘩したのでもない。二人の仲は良かったはずだ。少なくとも私はそう思っていた。

田舎に帰ることと、別れるということをイコールとしていなかった私は唖然とした後、呆然となった。その時、その言葉の意味と五朗君の心の中を探ることを私はなぜかしなかった。なぜ五朗君はそれをイコールとしたのかを探ることを。そしてなぜか私はそれを受け入れてしまった。私はその時切り返す言葉が出てこなかった。無口な五朗君の真剣な顔を見て、なぜかその時、今はそれを受け入れるべきだと勝手に心が判断していた。全てがその時なぜ？　なぜ？　なぜ？　で終わってしまった。人生には時々気まぐれなつむじ風が吹くという。二人の間に吹いた風はそんな気まぐれなつむじ風だったのだ。今ではそう思うしかない。天災だったのだと。でないと私の心が救われない。愛しているまま別れるなんて。

これが私の大きな挫折。

なぜ二人して都会で生活することを選んでしまったのだろう。それも山へ行こうとした二人が。

やりたいことをやればよかったんじゃないの？

なんでやらなかったの？

できなかったの？

お金？

安定した生活？

じゃなかったらなんで？

なんでそれをやらなかったの？

結局周りと同じ？

目標だけを追うことが怖かったの？

私は何度も自分に問いかけた。その否定的な問いかけの全てがそのまま答えだったように思う。


逃げていた。

自分の大切な九六〇から。結局私自身が周りのみんなと同じだった。大学を卒業する時すでに私は人生の二六〇以上を使ってしまっていた。残り七〇〇もなかった。それでも私はそれに気づかず、都会で三六〇まで使って最悪な結果を招いた。


再び、山岳写真家へと向かう。そう決めて出戻り娘として私は田舎に帰った。

きわめて中途半端な決意のままに。

六、出戻り

水が心底美味しいって感じたことはありますか?

空気が美味しいって感じたことは?

町の景色が心にやさしいって感じたことは?

この全てにずっと包まれて生きていたいと思った場所ってありますか?

毎日同じ山しか見えない谷の中で一生生き続けたいって思うことができますか?

それら全てを体感できる地へと私は帰った。

都会でずっと持っていたノスタルジア。

ここには森がある。森は酸素を作り出す。毎日毎日新しい酸素を作ってくれる。都会での生活の中、まるで酸素不足の湖面でもがき苦しむ魚のような思いをしていた私に必要だったのは、この森が生み出す綺麗な酸素だったと思った。五朗君と別れたことは残念だったけど、この地で再び暮らしたいと思って帰ったことも事実だった。別れた以上は割り切ろう。ここでの生活を始めるための割り切れる分数を探そう。田舎という分母の上に乗せる分母を探そう。そう思って私は大糸線に揺られ田舎に出戻った。

離婚を体験し、久々に実家で暮らすことになったさえない娘をお父さんもお母さんも無言で受け入れた。なんの詮索もせずただ受け入れてくれた。まるで大日如来様のように慈悲深く。田舎町での出戻り娘を。お父さんとお母さんの友達は幸せそうに孫に囲まれている。決して私には言わなかったけど、きっと私の両親もそういう老後を夢見ていたと思う。それを思うと今でもせつなく辛い。


「馬美ちゃん、帰っているんだって！」

と叫ぶ範子おばさん。

「そうなのよ、馬美帰ったの」

楽しそうに言葉を返すお母さん。我が親ながらこの感性は私の理解を超えるものがある。出戻りの娘を誇らしげにというか、楽しげに扱う。この夫婦の感性っていったいどうなっているのだろうとたまに思うことがある。山に登るなどということは決してしないお母さん。ご近所との世間話と漬物にお料理に編み物。徹底的なインドア派。どこでどうやってくっ付いたんだかこの二人。たまに探りを入れるが二人揃って尻尾をつかませてはくれない。お母さんはずっとお父さんを支えてきた。不遇の写真家だったころもお母さんが働いてお父さんのやりたいことをやらせてきた。お母さんはこんな人生をどう思っているのだろう。

「我々の年くらいの人たちはこれが普通」

お母さんはいつもそれで話が終わってしまう。お母さん、普通、普通と言うけれど、私はその普通ができずに逃げたのよ。普通って難しいのよってお母さんにもわかってもらいたい時がたまにある。夫婦って空気みたいなものって皆が言う。だったら嫌でどうしようもなく重たい空気もたまにある。私はそんな空気の吸い方がわからなかった。そのまま吸い込むのがよかったのか、マスクをするべきだったのか、その場から逃げたらよかったのかが。

お母さんはいつもマイペース。夫婦で争うところを見たことがない。お父さんが山にがむしゃらだった時も、自分は家で私を育てることが大事とばかりに、与えられた役割をただただ黙ってこなすそんなお母さん。私の子供のころのお父さんは、山岳写真家としては食べることも難しく、お母さんも随分と苦労をしていた。一時私はお母さんの実家に預けられた時期もあった。そしてお母さんが仕事をして生活費の大半を稼いでいた。それでもお母さんは子供のころから「貧乏」というものには慣れていたようで、それを全く苦にせず、毎日が楽しそうだった。何が楽しいのかわからないが、とにかくよく動くし、よくしゃべる。身体も口も休んでいるところを見たことがない。料理に掃除に雪かきに。

お父さんは私が高校を卒業するまで、山岳写真家としてがむしゃらに山に挑んでいた。そう、私がお父さんを少し恨んでいたのはそんなころ。私も若くてちょうど反抗期。お互いに。家でお父さんと会話することもなく。たまに会って言葉を交わすと喧嘩した。夫婦喧嘩の元がわからないように親子の喧嘩もその元はわからない。毎日の積み重ね？ あるとすればそれだ。

そんなお父さんだったが、私が都会の生活に疲れて帰るとまだ反抗期の私がお父さんの心の中に生きていたのか、ぎこちない会話が続いた。親子としての関係が元に戻ったのは皮肉にも五朗君の死がきっかけだった。お父さんは私に子供のころのように、心を大きく開いてなんとか迎え入れようと努力してくれた。そして山に私を連れ出した。私は再びお父さんの背中を見て歩くようになった。その時私にはそれが必要だった。何かを忘れるための行動と時間。次に進む何か。生きていくための何か。その何かが。人間落ち込んでいる時は止まっていたら駄目。今ならそんな言葉も出てくる。しかし当時、私は立ちあがる術すら知らなかった。

再び山岳写真家としての道を歩もうと心の中で決めていた。でも、五朗君と別れたという精神的ショックのほうがその時は大きかった。全てにそれを引きずっていた。子供のころから友達だったカメラ。五朗君がいなくなり、またカメラだけが私の唯一の友達になってしまった。でも当時、その友達とも仲良く付き合えなかった。

お父さんは私が結婚すると急に街で写真館を始めた。ちょうどそのころには私もお父さんへ反発することはなかった。そう、私もそのころ既に年をとったってこと。大人になって大人の対応ができだしたのだ。写真館を始めても、お父さんは毎週山に通った。まるで好きな人にでも会うかのように。しかし、山岳写真家時代に縁のあった山岳誌などの仕事関係からいっさい手を引いていた。潔すぎるくらい潔く。それが数年ぶりに山岳写真集を発表。当時の同業写真家たちをうならせた。当時でも珍しい白黒の写真集。一躍名を馳せたお父さんだったが、生活はその後も変えはしなかった。相変わらず田舎町の写真館の主人として近所の子供の入学記念の写真を撮影していた。

田舎に帰って最初は辛かった。はっきり言う。田舎の空気を吸いたいが一心で帰ってはみたのだが、田舎っていろいろ大変。特に我が家は写真館。私も写真をやりたかったから、他には勤めずお父さんを手伝った。それがまた親子揃って苦痛の原因となる。写真館にはご近所さんやら幼馴染が来る。出戻り娘としてはこの人たちの応対には本当に苦慮した。お父さんもきっと嫌だったに違いない。

「馬美、たまには里帰りするんだ」

「あら馬美ちゃん、どうしたの子供できたの？」

写真館に子供の七五三の晴れ着姿を撮りに来る同級生。出産のための里帰りだと言うご近所さん。何も事情を知らずに能天気だ。お父さんは何も言わない。仕方ないから自分で事情を話すしかない。町中に知れ渡るまでこれを繰り返した。写真館とは意外と町の中では顔が広い職業。そんな社会勉強を嫌になるほどした。

私はそれまでお父さんの写真館については全く知らなかった。結婚してから、たまに帰郷しても家にいるか山に行くだけ。町にある写真館まで足を運んだことがない。こうして帰って初めて職場として足を踏み入れた。

入り口脇のガラスのショーケースの中には町の子供たちのおめでたい写真が並ぶ。よくぞあの山男がこんなに可愛く子供を写したものだ。お父さんの性格がいまいちつかめない。カメラの前に立っても安心なのだとお客さんは言う。素のままでカメラの前に立てるって。それってどんな感覚なのだろう。親子ではわからない。お愛想をしてお客さんに接するのでもない。逆にお父さんて無口の部類。でも、確かにそうなのだ。いつも見ているとスッと撮影に入れる。緊張もなければ、機械的でもない。なんていうかスッなのだ。子供から不自然な笑顔が出てはこないし身体がこわばってもいない。まるでおじいちゃんの懐に入って寝入るような安心した顔をする。柔らかな笑顔を見せる。お父さんはいったいこんな技術をどこで身につけたのだろう。扱えるのは山だけだと思っていた私としては意外。やれやれ、この分野でもお父さんに追いつけない。そんな気がする。私がやろうとすると子供たちは部屋の中を飛び回ったり、隠れたりで写真になりはしない。「おばちゃんダッコ！」「おばちゃんオシッコ！」「おばちゃんゲーム！」……いったい「誰がおばちゃんだ！」いつも子供になめられている。「機材で遊ぶな！」「隠れるな！」叫びたい。泣きたい。この状況でも近所の範子おばさんは、

「あら、馬美ちゃんは子供に好かれていいわね」

言葉を返す気力すらない。

「子供なんて嫌いだ！」

お父さんは写真のイロハの「イ」から教えてくれた。お父さんは大正生まれ。そしてシベリア帰り。と言っても決して古風な考えを持つ人ではない。だから使うカメラも新型が出ると積極的に試す。「良い写真をその時一番のカメラで撮る」がどうやらポリシーだったのかもしれない。写真館の書棚には多くの写真集と写真誌が残っている。お父さんは人が写した写真のデータの多くを頭に入れていた。写真がフィルムで写されていた当時は写真家が写したものが本人の意図するとおりにできたのかを確認するには現像を待たねばならなかったし、撮影現場に持っていくフィルム数も限りがあったため一枚を写すのにどうしても慎重にならざるを得なかった。そのため写真家は「これだ！」と思える一枚を撮るための準備が大切となる。そのためには自分が撮った経験と写真集などによる他人の経験の活用が欠かせなかった。写真はなかなか行き当たりばったりでは撮れない。数学のように公式があると考えたらよい。写真家はまず基礎的な公式を覚える。そして徐々に覚えた公式を元に現場で応用問題を解いていく。そして最後に自分だけの感性を加えた自分だけの公式を得た者だけがプロとして生き残れる。その一人が私のお父さんだった。私はお父さんの全てを吸収したかった。それを望んで写真家としての道を選んだ。そして再び田舎暮らしとなった。

私は田舎での暮らしを始めると、なぜ最初からこうしなかったのだろうと、自分で自分を恨んでしまったし憎んでしまった。五朗君と結婚する時は二人で「いつかは山のある生活を」と言って結婚した。都会暮らしはそれまでの我慢だと。でもそのわずかな我慢も私はできなかった。週末の山では足りなかったのだ。田舎に帰ってこんな簡単なことになぜもっと早く気がつかなかったのかって自分で自分を罵った。「馬鹿！」って言った。

幸福ってなんだろう。たったの九六〇カ月を生きる中で少なくともお金ではないこと、都会という環境ではないこと、安定した生活ではないことがわかった。人生にためるものは不要なのだ。お金も安心も将来もためて留め置くことなどできやしなかった。

九六〇の一つ一つを活かして生きていく。ためるのではなくその一つ一つを大事に使い切って生きていくことこそが大切だった。天国にはこの世から何一つ持ってはいけないのだ。

七、里山の春

春。お父さんと私は犬の七朗と共に雨飾（雨飾山・標高一九六三ｍ）へと向かった。雨飾は百名山で有名な深田久弥が愛人の木庭志げ子を初めて誘った山。お父さんはどうやらこの深田久弥のことをあまり好いてはいない。実は私も少し嫌い。全てが嫌いなわけではないのだが、嫌いとなる理由は沢山ある。それは以前親子二人して『百名山の人』（田澤拓也著）という深田の伝記を読んだから。だいたいこれを読めば嫌いになるのが普通なのだが、一番嫌う理由になったのが「日本百名山」。選ぶのは勝手だが、今ではそれを目指し、それだけが日本の山であるが如くに登る愚か者が世に氾濫し、特定の山ばかりが荒れる。山を楽しむ目的がない人たちが増えた。山を単にコレクションする人たち。中にはいかにその百の山を早く登るかなどという、自然とは無縁な人種までをも迎え入れてしまった。お父さんはそのことに腹を立てていた。もちろんそれは深田久弥の責任ではけっしてないことなのだが、こうして山を単なるコレクションの対象としている人たちをお父さんは殊の外嫌っていたものだから、深田久弥の「日本百名山」が腹立たしかったのだろう。だからお父さんがこの人を嫌いとなる理由には事欠かない。

でも全てが嫌いかと言うとそうでもない。戦争の前年に当たる昭和十五年。雑誌の座談会の中で、誰もが「山で死ぬより戦争で死ね」と言っている中、深田久弥だけは違っていた。

「日本の山登りというものは私はやはり旅の延長みたいなものと思っています、都会がうるさくなったから一寸山へ行ってくるといった気分じゃないでしょうか、それがいちいち行く時情報部の鑑札をもらって行ったりするのでは面倒くさいですよ」

「まさかいちいち滅私奉公の気持ちで登山をする必要もないでしょう」

「山へ登るのにいちいち国家目的に結びつけないで、もっと余裕を残しておいてもらいたいと思います」

と言ってのけているところだけ、お父さんは深田久弥という人物を買っている。お父さんはお国に楯突き物申す人が好きだった。でもこの点に関して娘の私としては、社会のいざこざは自分に関係ない、そんなものから自分の楽しみを奪わないでくれという、単なる身勝手から発した声なのだと断じている。でもお父さんは国に対しての恨みが大きかったために、深田久弥を全面的に嫌いにはならなかった。それに深田久弥が死んだ時、預貯金は三十万円ほどしかなく奥さんは葬式にも困ったほどに山へ行くことと、世界の山に関する本を買うことにその人生の全てを賭けていたことにも好感を持っていた。自分のやりたいことをやりきって死んだ故人に。

そんなお父さんに私は一言、

「お父さん、お金だけは沢山この世に残していってね」

と言う。お父さんは毎回、

「馬鹿！」と返す。


お父さんが深田久弥を語る時、常に言っていた。

「一生を賭けられるだけのことに巡り合えることは誰にもできる。誰でも巡り合ってるずら。できねえのはその先ずら。やるかやらねえか。やった奴が勝ちずら」

私のお父さんならではの名言。

お父さんは愚直にそれをしていた。私はしていなかった。そこに人生の挫折という大きな落とし穴が待ち受けていた。


雨飾は深田久弥がなかなか登れなかった山。最初は弟と日本海側の糸魚川側から試みたのだが、その際には登山道が見つけられずに断念している。続けてたったの二週間後に長野側から愛人の志げ子と試みた。その際には、新宿から信濃大町駅まで来て、その後北アルプスを見ながら仁科三湖の中綱湖まで二人仲好く歩き、中綱湖畔の民宿に泊まった。

中綱湖は仁科三湖では一番小さな湖。四月の終わりには湖の西側の斜面に多数のオオヤマザクラが咲き、その美しい姿を湖面に映す。その幻想的な風景はお父さんの大のお気に入りだった。お父さんと湖面を見て過ごしたころは二人だけの世界だった中綱湖も、今ではカメラの三脚がずらっと並ぶことがここの春の風物詩となっている。今でも忘れられないのは、お父さんと一緒にカメラを構えたちょうどその時に空から大粒の雪が落ちてきたことだ。冬の余韻の最後の最後に降るなごり雪というのではなく、春爛漫の中に突然割り込んできた悪戯っ子のようなそんな雪だった。まるでお父さんの写真の中の座敷わらしのような。桜の花と雪が舞うその姿を私は大切にカメラに収めた。確かお父さんもそうしていたはずだ。私はその時、雪と桜に見とれてお父さんを見てはいなかった。桜の花びらほどの大きな雪が身体に降りて解ける。それがとても心地よかった。

深田は、この地に泊まり翌日、大糸線で終点の中土駅まで行き、そして小谷温泉まで歩いた。せっかく苦労を重ね辿り着いた小谷であったが、翌朝から四日間雨が降り続いたので、結局登頂を断念している。深田久弥は次のように雨飾を言い表している「左右に平均の取れた肩を長く張って、その上に、猫の耳のように二つの峰が立っている。（中略）堂々とした、しかも品のある山の姿勢である」登頂を断念し志げ子と帰路についた翌日は快晴で深田久弥は汽車の中から雨飾の二つの耳を食い入るように見つめ続けた——と『百名山の人』には記述されていた。

「不倫旅行で天罰だ」

と勝手に言うお父さん。

「ふ～～ん、恋人ね……お父さんは？」

「馬鹿！」

その日、日の出前から鷹狩山や白馬の青鬼で北アルプスを写してから雨飾に来たため、お父さんも私も雨飾では山の写真は撮らずに水芭蕉とブナ林を写した。狩猟犬兼我が家の番犬である七朗は春のこの時期ご機嫌だ。冬の間、私にあまり相手にしてもらえず、肝心なお父さんは冬の狩猟を控えていたものだから、やっと外で遊べることが嬉しいのだ。七朗は小さな虫をじっと見つめたり、チョウチョにからかわれたりして春を満喫していた。登山道の入り口には、多くの水芭蕉が咲く。お父さんも私も春のこの時期、ここの水芭蕉を見るのが凄く好きだ。安曇野の春は我々親子の好きなものが山に充ち溢れている。水芭蕉の合間を縫ってせせらぎが小さな音をたて、ゆっくり流れてゆく。空の青さ、水芭蕉の白さ、清流の清らかさ、小鳥のさえずり。風が吹くと鳴る木の葉音はまるで森の春の音楽会のよう。どれだけ心が癒やされるだろう。

帰りは森の中のひっそりとした露天風呂に入ってから、少し車で山道を下り、古民家を改装した田舎にしてはしゃれた蕎麦屋で軽くお腹を満たし、白馬村の青鬼に再び寄った。青鬼は棚田で有名な小さな集落。カメラを構えると棚田と共に白馬連山がほどよい大きさでファインダーに収まる。日本の原風景がこれほど残っている場所は、今となってはこの北安曇の地といえども少なくなっている。戦後の写真を見ても安曇野は茅葺き屋根が多かった。特にここ北安曇という地域においては茅葺き屋根ばかり。現在、平地でそれを見ることは少なくなってしまった。お父さんが好きな画家の向井潤吉先生が、この白馬の茅葺きの古民家と雪の白馬連山を描いていることから、お父さんも向井潤吉先生を模写するかのように撮った作品が多い。白馬の古民家はお父さんのお気に入りだった。

春の代かきの時期には田んぼに水が張られるため棚田に白馬連山も写し込む事ができるのでお父さんは随分昔からこの地に通っていた。最近はカメラを持ってくる人が多くなってきたため、お父さんはブツブツブツブツと呟きながら、カメラを構える機会が増えていた。七朗だけは人が多いほうが楽しそうで、カメラを構え退屈そうにしている人たちに遊んでもらっていた。お父さんの不満。こればかりは仕方ない。年々どこへ行ってもプロアマ問わずに自称・写真家が日本中の至るところを埋め尽くしているのだから。

午後は光が悪いので、田んぼの様子だけを見て、後は周囲の林の中でおひたしとなるイラクサを採って帰った。車の中で私は雨飾の周囲のブナ林を思い出していた。春まだ浅いこの時期のブナ林が私は年間で一番好き。まだ山一面に雪が覆っているのだが、その中にあってブナの木の周囲だけが丸く雪が解けてなくなっている。「根開き」という現象。春になってブナの木が本格的に地中から水を吸い上げるため木の温度が上昇し周囲の雪を解かす。山ではこの雪穴が見え出すと春を感じる。ブナの新芽はまだ若く、緑が薄い。その薄い緑の葉に陽が当たる時、その下で見上げるブナ林の新緑は安曇野の新たな命の始まりを感じさせる。

その翌週、珍しくお母さんが小谷温泉へ行くと言い出した。たぶん私の春の押し売りに負けたのだろう。新潟方面へ車を走らせ、県境にある小谷村へと分け入る。お母さんが来たからにはやることは決まっている。「山菜採り」だ。

町から北上しても白馬から小谷村のだいたいの里山が山菜採りに開放されてはいない。山菜採り禁止とか入山禁止の看板が立ち並ぶ。子供のころは全ての山に入ることができた。そこへ分け入りコゴミを採るのが我が家の春の恒例行事だった。我が町でもコゴミは採れる。でも食べるには細いのであまり地元の人は採らない。そのための北上。新潟との県境の村である小谷村のコゴミは日本一。太くて美味しい。我が家ではこれを食べて初めて春を実感したものだが、山が止め山となってしまった今ではそれも叶わぬものとなってしまった。近年は止め山となっていない新潟まで山菜採りに出かけるようになった。春山の楽しみは何と言ってもお昼。お母さんは山に家庭用のガスコンロを持ってくる。そしていつの間にか山ウドを採取してきては味噌汁を作ってしまう。もうこれが「最高」。人って面白い。ウドという味噌汁の中に浮く苦味を一年間楽しみに待つのだから。「生きていて良かった」と心底思う瞬間。胃袋が一年前の味を思い出しながら笑っている。多種多様な山菜がこの山には存在する。それは色や形はもちろんなのだが「食」という側面から見た場合、食感を楽しむもの、匂いを楽しむもの、味を楽しむもの、器の上での彩りを楽しむものと楽しみ方も様々だ。でもこんな素晴らしい山菜も唯一七朗だけはご不満のようで味噌汁の鍋には見向きもしなかった。それでも私と走ったりじゃれたりすることに満足したようで車に入るとずっと寝ていた。

山菜採りの後、お母さんのお気に入りの山田旅館へ立ち寄る。古風な建物で、昔から多くの登山者たちが身体を癒やした名館。私が好きなのは玄関近くにある大黒柱。深田久弥もこの柱を見て帰ったのだろうか。この柱はいったい幾つの冬をここで数えたのだろう。いったいどれだけの雪の重さに耐えてきたのだろう。そう思いながら触る木の感触ってすごく素敵。私は山ばかりか山の副産物も大好き。そして心密かに思うことがある。山に関する物に対し魅力的なスポーツ選手の筋肉と対比して見る。そしてその姿に興奮する。私の基準からすると、ここの大黒柱も相当いけている。山も魅力的だけど、この大黒柱も同様にはかり知れない魅力を蓄えている。元々木は山の一部。だから大好き。この美しさの魅力を例えるなら私の好きなスケート選手の岡崎朋美選手のあの太もも。ゾクッとする。いつもこの大黒柱を触るとスポーツ選手の引き締まったあの筋肉美、人間の極限に鍛え上げられた美を感じてしまう。

自然も筋肉美もどちらも不要なものを削り取った究極の美があると私は思っている。マラソンのQちゃんの腹筋もそう。昔、テレビでQちゃんの腹筋を見た瞬間、これ「五竜の武田菱」って叫んじゃった。Qちゃんの腹筋は雪形で有名な五竜の武田菱的な美しさがあって堪えられなかったし、陸上の福島千里選手の腹筋にもうっとりしてしまう。スポーツ選手が持つ究極の身体というものは、その競技に必要不可欠な全てを蓄えているとともに、全ての無駄を省いた究極の美が潜む。それは、この目の前に広がる山脈と同じだと私は思っている。風雨にさらされ、必要な部分、強い部分だけが残され創られた造形美と。

山は長い年月を経て氷や川に削られ美しい稜線を描く。「隆起・噴火・風・雨・雪・氷・時間」これらが織りなす山の渓谷美。これが好き。鹿島の北峰と南峰はハンマー投げの室伏の三角筋。爺の中央の尾根は体操の内村の上腕二頭筋。爺のスラッとした裾の部分はスイマー北島の大腿四頭筋。頭を預けて寝てみれば寝心地が良さそう。こんな想像だけで山って楽しい。だから好き。山は子供のころからずっと私の独り言と密かな妄想に付き合ってくれる。

白馬に代かき馬が現れると北安曇では本格的な春となり田植えが始まる。安曇野でも南の方へ行くと田植えの目安は常念に常念坊が現れるころ。それは田植えの時期であり、日本の中でも遅い桜の開花時期でもある。

この町で桜と言えば見どころは沢山。さすが日本。場所はありすぎるくらいある。もちろん私の家の前、春の東山の山腹の道沿いは桜と林檎の花でおとぎ話状態。入学式には絶対間に合わない大町小学校の校門から始まる桜。そこも絶品。まさに町の歴史そのもの。山岳博物館の南にある霊園の桜はその後ろにアルプスを写すとお互いが相乗効果で栄える。これまたまさに絶景。それも全国の桜前線の最終章になってやっと咲き出すという時期も良い。落語でいうなら真打登場である。全国の皆が見飽きたころに町ではその美しさを満喫する。

我が家では毎年春に市内の新行という地区の民宿で蕎麦をいただく。「美味しい」ただただ単純に美味しいのである。美味しいという感覚は人それぞれなのだが、この民宿の縁側で北アルプスを眺めながら食べる蕎麦はう〜〜ん極楽、極楽。目の前に広がる日本の里山の原風景。その後ろに控える北アルプス。ここからのアルプスには我が家からは見ることのできない針ノ木がちょこんと見える。そして私の好きな蓮華は我が家からは全く違った姿で鋭角な顔を見せる。そんな風景の中で手にする蕎麦。縁側で浴びる春の木漏れ日。私はこのひとときのために厳しい冬を乗り切ってきたのではないかと思うほどに心がときめく。

食堂のような一般的な店ではないので他の客はいない。お母さんとここの民宿の女将さんとが友達なので我が家とは古い付き合い。私の子供のころからずっと続く懐かしの味。一般客でも予約で食べることはできるのだが、不定期なため隠れた名店となっている。たいがい貸し切りが多い。我々親子だけで食べるそれは絶品で、食べ終わると第二の我が家の居間となる。しばらく畳で親子揃って客がいないのをいい事に寝てしまう。この世にこれ以上の贅沢など何処を探せば見つかるのだろうとこの時ばかりは思ってしまう。

美味しいという感覚こそは、ただ単に味覚だけのものではない。人の持つあらゆる感覚に加え、食べ物の中にその人の人生という大切な調味料を誰もが加えて味わう。だからこそ同じものを同じ場所で同じ時間に食べたとしても美味しい人と美味しくない人とに分かれる。私の両親は五感から得る調味料に加えて、作ってくださった人の心の内も味わえと言う。自分のためにどれだけの想いを巡らせて人はそれを作ってくれたかを考え、それを口に含み味わう。田舎の人にとって料理とはそういうもの。作る人は食べる人が子供ならばその子が大きく育ってほしい、美味しく味わってもらいたい、楽しんでもらいたい、喜んでもらいたいと様々な想いを料理に乗せて出してくださるとお父さんは何度も私に言った。子供のころから食べることに苦労してきたお父さんは特に食べ物に対して厳しく私をしつけたように思う。

ほんわりとした民宿の家族に迎えられ、蕎麦と季節のお新香に蕎麦のうす焼き。お尻が少し重くなってしまうが止められるものではない。山へ行けばいいのだ。これが私の山へのスタート地点。しかし、なんと言ってもここのは美味い。味・景色・空気・人。最後に春風というデザートを加え全部を味わい尽くす。

八、鷹狩山

春、私にはやらねばならないことがそれこそ山ほどある。その中でも一番大切なことといったらトレーニング。「春に三度鍬を振れ」この言い伝えによって通う鍬ノ峰以外に私は裏山を登る。写真館の仕事のちょっとした合間を縫って歩く。山もこの時期から白い身を削いでいくように、私もそれに見習わなければいけない。基礎体力を作るのはやはりこの時期。春ってなんでも始めるのには適していると思う。冬にリセット。春に再開。大切な春に何もしなければ駄目。わかっちゃいるけど……これがけっこう腰が重い、というか私の場合お尻が重い。ずくなしだ。

「さぁ〜〜ずくだしてやるかぁ〜〜」

気合だけは毎年変わらない。ずくなしとは、この地方の方言でめんどうなことをしたがらない者のことを言い、良い意味では使われない。「ずくねぇ〜」は「めんどくさぁ〜」の意味で、「ずくある」はめんどくさいことでもやる意思がある場合に使う。例えば親が子供に家の掃除を頼む場合などは「掃除するずら。おめえ、ずくあるか」と聞く。すると子供はたいがい「ずくだしてやるかぁ」か「ずくねぇ〜」と答える。前者は「めんどくさいけどやるか」で後者は

「めんどくさくてやだぁ～」って感じ。どこの親も同じで後者の場合「このずくなしめ」と怒る。めんどくさがり屋だと。

山岳写真を撮るためには体力が必要。これは間違いない。山を登るのも体力。撮るために待つのも体力。ずくを出して山に行こうと思うためにはまず気力が必要なのだが、その気力の元となるのが体力。まずは体力に自信が持てなければ気力も湧き起こらない。気力と体力が必要と思えるのが意外と撮影のために待つ時間帯。大概が寒い中。体力がないとすぐに体調を壊す。気力がないと写すタイミングを逃す。いかに写真家にとって一瞬を待つことが難しいことなのか。これはやった者でないとわからないだろう。

写真家は何故待つのだろう。待ってそこに何があるのだろう。よくそう思うことがある。よくそう思う瞬間がある。待った後に訪れる一瞬の中に何が潜むのか。流れる一瞬の空気。鳥たちの一瞬のさえずり。一瞬の光の変化。一瞬の雲の動き。その一瞬を捉えるための努力にはいったい何の意味があるのだろう。歩き、止まり、眺めて待つ。歩き、止まり、眺めて待つ。この繰り返し。普段は思いもしない考えが幾つも頭をよぎる。負のスパイラルに巻き込まれないためにも、気力と体力をつけておく必要がある。身体が丈夫であるうちは待っている時間も楽しみとなる。そして作品も印象的なものとなる場合が多い。

正直なところ毎年体力維持のためのトレーニングはやっている。でも結果は別。お尻は重いまま。私の場合はやっぱり歩くこと。時間のある時は好きな鷹狩（鷹狩山・標高一一六四m）

から霊松寺まで歩いて帰ってくる。時間がない時は鷹狩だけ。休憩は挟まない。とにかく歩く。自分の体力の今を知る。それが大切。お父さんに言われた。自分の身の丈にあったこと以上をするなって。それにはまず己の身の丈を知れって。人間社会で身の丈以上のことをしても、なんとかなる場合もあるけれど、自然相手ではそれは無理だって。ベストの状態で挑んでも敵わない時がある。それが自然だって。だから最低限、身の丈を知るが大切。自然の中にあっての人間の無力さとは知った時が命の終わり。自分が確実に行けると自信のある時だけ歩けって。でもこれって大切。

鷹狩山。私のトレーニングの主戦場。私の家があるのは、北アルプスに正対する東山の中腹にある山岳博物館から少し道を下り右に曲がり少し北へと行ったところ。春には道沿いの桜が一斉に花咲くおとぎ話の中にいるような道沿い。鷹狩は我が家から山岳博物館へと向かい、博物館の脇を登る。道の両サイドは秋になればキノコが採れる。我が家の秋の食物倉庫。町ではもちろんマツタケなども採れるが、我が家で採るキノコはせいぜいこの鷹狩周辺のハナイグチ程度の雑キノコ。たまに紫シメジとかナメコとかをお父さんが採ってくるが、あまり欲はない。季節を味わえればよいという程度。それよりも一日家族で山に入ることを楽しんだ。

人によって違うと思うけど、みんなは悲しくてどうしようもない時、悔しくてどうしようもない時、どうする？　私の場合、昔から特に落ち込んでいることがある時は取りあえずここを登った。この山は私の心の声の聞き役。時に母であり、時に父ともなる。

鷹狩は町の東に位置し北アルプスの絶景ポイント。子供のころからずっと何かあると、ここで北アルプスとおしゃべりしたり、ただ黙って向き合ったりしていた。山という自分の唯一の精神カウンセラーに自分の悩みを打ち明ける場所。家を出て歩き出すと最初のうちは気になっていることが次から次へと頭を巡る。私はあえて思いのままに頭を放置する。どんなに落ち込んでいても。それでも山頂に着いて北アルプスを見た瞬間スカッ！　とする。

他人から見たら、ほんの小さなものへ向かっているだけの私。ほんの小さなことへの挑戦。小さくてどうしようもないような悩み。でも当の本人にしてみると一大事。その一大事を私はいつもここで解決しようとして通ったものだ。

二百十八……二十七……二十九……二十五と数字に何の意味も感じさせない不規則に連なる階段を登りきると、やっと鷹狩山の山頂。

山頂には金比羅宮と大きな一頭の青銅製の御神馬がある。私にとってこの御神馬は大切なもの。御神馬の背は私にとっての龍の背のようなもの。これに乗って私は今まで飛んできた。北アルプスを。私の人生を。

「馬美、おめえの守り神ずら」

子供のころお父さんが教えてくれた。この御神馬は二代目。一代目はお父さんと一緒で戦争の犠牲となった。戦時中不足した金属を得るために軍によって溶かされた。そんな歴史を知るからこそお父さんはこの馬を大切にしていた。私もそれからずっとこの馬と町にある馬頭観音の前では丁寧に頭を下げ続けてきた。

　山頂に登ると目の前の右手から白馬乗鞍・五竜・鹿島・爺・蓮華・唐松・大天井・常念・木曽駒と好きな山がずらっと並ぶ。まさしく絶景だ。お父さんに反発して家を飛び出した時、嫁いでから出戻った時、いつも私を救ってくれたのはここ。いつも私を守ってくれた。誰もが人生という大海の中に潜む波を浴びる。時に荒波、時に横波、時に強く、時に優しく、そのすべての波から私を守ってくれるのがここの御神馬、そしてアルプス。でもなぜか御神馬はアルプスにお尻を向けている。この二つの守護神、実は仲が悪い？のかもしれない。少しそれが気がかり。

　子供のころお父さんがここへ私を連れてきて、どうやって鷹狩山が今の形になったのかという昔話をしてくれた。

　昔、鷹狩は今のように南北に分かれておらず、一つの峰だけだった。そのころ鷹狩には山姥が住んでいた。その山姥は村人をたいそう可愛がっていたが、なぜか女だけは嫌いだった。ある日それを知らぬ女がお参りのために山へ来た。そこでとんでもない過ちを犯した。山姥の愛用の池で汗ばんだ腰布を洗ったのだ。するとどうだろう、池は見る間に血に染まり、空は俄かに曇るや大夕立となり大音響とともに今の南北二つの峰となった。これを境に山姥は村の峻嶮な山へと住処を代えた。それが今の大姥山だ。

　これだけの話なのだが、お父さんが怖そうに話すものだから子供の私はおいおいと泣いたの

を覚えている。そして、何を思ったか、近くに落ちていた松ぼっくりを拾い上げ、それを自らの股間に挟んで、

「馬美、男の子だから大丈夫だよ。山姥に怒られないよ。だっておちんちんついているもん」

と言って股に挟んだ松ぼっくりを指差した。

「馬鹿」

その一言にまた私は泣きなおした。


ここに立つといつも思う。この岳都の歴史ってどんなだったのだろうかと。私の生まれたこの星は川と雪と氷、そして雨と風とを上手に使い見事なまでに自らを化粧した。誰も知らないこの星の生まれたばかりの姿。そこから始まる歴史。きっとその中に占める人の割合ってほんの少しなんだろうなって思う。最初にここに住みついた人ってどんな人なのだろう。その最初の人から私まで。いったいどれだけの人がここで北アルプスを眺めて感動したり、心を落ち着かせたり、未来を夢見たりしたのだろう。いったいどれだけの親子が共に喜び合い、歓喜の声を上げたのだろう。ここに住んだ全ての人々が歴史には残らぬ歴史をこの山頂で積み上げてきた。そんなことを考えただけで嬉しいし楽しい。

ここで対面する北アルプスの四季。

冬……神々しいまでに白く凛としたその姿に心奪われる。
春……残雪の雪形に心躍らせる。
夏……あの峰の上に立ちたいと心奮わせる。
秋……燃えるが如くの色彩美に歓喜する。

どうして自然はこのように想いのまま、この渓谷を描画したのだろう。どうしてこんなに美しい四季を私に与えてくださったのだろう。どうして私はここで生まれたのだろう。私が私としてここに立つこと。この稀な事実をありがたいと思ってしまう。生まれてきてよかった。この家族の一員として。この土地に。どうしてもここに立つとこんなことを思ってしまう。ありがとう北アルプスって。鷹狩の山頂は心のオアシス。早春のころ、雪化粧の北アルプスは圧巻なる屏風絵。山頂から五感の全てを北アルプスに向ける。そうしないともったいなく感じてしまう。北アルプスからの風を肌で感じる。

♪春は名のみの風の寒さや〜♪

こんな春が最高に心地よい。好きな冬から春への季節の脱皮のじれったさが感じられる北アルプスからの春風。耳を澄ませば北アルプスの声が聞こえそう。手を伸ばせば触れそう。匂いを感じて、味を探って、目に焼き付ける。だからこそ、その姿を写しておきたい。私が生きたこの時代の生きた北アルプスを後世のこの地に生き続ける人々に残したいと願わずにいられない。それが写真家として私の生きる道。お父さんはお父さんの生きた時代の最高の北アルプスを残した。私だって……。

春のトレーニング。歩け、歩け。早朝、私は家から鷹狩へと向かう。歩きながら「今年も北アルプス待っていてねぇ〜〜。私行くからねぇ〜〜」言うだけで気持ちが高ぶる。頭の中には映画『サウンド・オブ・ミュージック』の映像と音が自然と再生される。清らかな川、澄みわたる青空を背景に一人丘に登ってなつかしい愛の唄を口ずさむ。そんな歌詞とメロディーが子供のころから大好きだった。映画に映る高原の風景と私の持つこの町のイメージとが重なって心にずっと刻まれている。頭にこれが浮かぶ日は相当私の気分が良い時。山を愛する人でこの映画のシーンが好きじゃない人って絶対にいない。子供のころ見た映画。女の子の私は主人公である家族の少女たちの着る服に憧れた。あんな服を着て高原を走り回りたい。こんな春の一日、家族揃って。そんな気持ちにさせてくれたのがあの映画だった。

町には劇団四季の舞台用品を収納する倉庫群がある。小さな田舎町の最大規模とでもいえそうなスペースを占める。過去の衣装の眠る町。でもこの町の春にそれはふさわしくはない。古着は倉庫に仕舞って新しいものを着よう。お気に入りの服を。春、英語でスプリング。語源はギリシャ語で開く。全ての芽が開き出す。野に山に湖に川に、そして私の心に。だから新しい服を着よう。誰もが皆、新しい旅立ちに新しい服を。心を躍らせて。春。とっても素敵なシーズン。

鷹狩を北へと向かって降りてゆく。その先には禅寺の霊松寺がある。鷹狩から霊松寺まで歩くと軽くひと汗かいている。七朗だけは、まだまだどこまでも歩けるぞという顔を私に向ける。いつも疑問に思うのだが、日頃そんなにトレーニングをする様を見たことのない七朗が、どうしてこうも歩けるのだろうかと。犬ってトレーニングなしでも体力があるのはなぜかって。時にあまりに元気にふるまう七朗を蹴飛ばしたくなる時がある。

霊松寺。このお寺って好き。鎮まる。ここは一四〇四年に開かれた長野県では最古の曹洞宗のお寺さん。今では修行というものを全く感じさせない文化遺産のよう。山中にひっそりと鎮まる古寺。それでも禅寺という雰囲気は人がいてもいなくても失われるものではない。

子供のころはあまり不思議に思わなかったのだけれど、大人になって改めてこのお寺さんを見てみると見方が全く違う。年を重ねるというのも大切だとこの時ばかりは思ってしまう。こんな山奥の田舎町。そのまた山の中になぜこれほどまでに立派なお寺さんが建てられているのだろう。人間の信仰って凄い。禅寺であるから他の宗派のように和尚となった定住者家族が代々継ぐというものではない。あくまでも修行僧が修行をする場。修行僧は大本山永平寺から次はあっちで修業せいと言われれば潔くさようならだった。昔はそんな雲水と呼ばれる諸国を行脚する修行僧で寺が成り立っていたそうであるが、時代の流れか、このような立派なお寺さんであっても今は常駐する者は一人といない。管理一つに四苦八苦。とはいっても綺麗。

四季を通じて自分と対話するのに大切な空間。それがここ霊松寺。どこでもそうだけど、お寺の歴史がすなわち町の歴史。やっぱりここもそう。そもそも歴史がたどれるのってお寺くらいしか町にはない。中には血の歴史も混ざっているけど、この地で生活を営んだ人々のことを感じることとって大切。

この地で歴史が辿れる名前が出てくるのは九九二年。信濃鎮撫使（朝廷の使者）として藤原保昌が着任。その後、一〇五二年には平清長がこの地を治めた。昔この地は仁科郷と呼ばれていたので、平清長はこの地で初めて仁科と名乗る。その後なんとこんな山奥に武田信玄公が登場する。信玄公はその当時統治していた仁科盛政を切腹に追い込むと五男信盛に仁科の跡目を継がせている。ビックリな話。ここって甲斐の国からは本当に遠い。結局、信盛は織田信長の弟に高遠で滅ぼされてしまい、霊松寺も寺禄を失い、その後徳川家光に寺領十石を寄進されるまで荒廃していた。歴史って面白い。こんな田舎町の山寺に日本史の様々な人物が登場してしまう。藤原・平家・武田・織田・徳川。そのたびに荒廃・再興・消失・再興。こう考えると自分の個人の歴史なんてどうってことはない。無きに等しいものじゃないかって思えてしまう。

私って時々変なことを考える。この町の人口が二万数千人。でもそれって今生きている人の数だけ。それなら過去にはどれほどの人がこの地で生まれ、そして死んでいったのだろう。そしてどれだけの人がこの北アルプスに恋して、そして死んでいったのだろう。私は今ここで確かにその一員であることが凄く嬉しく感じている。本当に嬉しい。

町では約八千年前の縄文時代の遺跡がある。この地で八千年の間、人が生活してきた。それはいったいどれほどの人の数なのだろう。この地の歴史で私はその何分の一なのだろうと思うだけで楽しい。八千年間、この地の人々はこの里山に生き、生活を営み、そしてこの北アルプスを眺めて今日という日々を生きてきたのだろうと思うだけで楽しい。

子供のころよく秋に霊松寺のイチョウの木の下を歩いた。忘れることができないのが、イチョウの葉の絨毯。ほんわかして温かい。今でも人がいなければ、『アルプスの少女ハイジ』の干し草のベッドの柔らかさってこんなかなと思いながら、この絨毯の上で身体を大の字にして空を見る。鮮やかな黄色の中のわずかな隙間に、秋の真っ青な空がぽっかりと穴をあける。木の葉の陰から陽の光が入ると、金色に輝くイチョウの葉の絨毯に目が焼けそうになる。

私は紅葉が色づく真っ盛りの秋より、落葉が済んだ晩秋の秋が好き。吐き出した息が白くなり出すころ。そう、冬を迎えるそんな時期が。多くの人が寂しさを感じ出すというその風景が私には何故か心地よいと感じる。私の心の奥底には何故か北アルプスが白く染まるのを待ちわびている座敷わらしが住みついていて、その時期になるとその座敷わらしたちがいっせいにそわそわし出す。

晩秋の霊松寺での私のお目当ては銀杏の実の部分と葉が一緒に付いた「お葉付きイチョウ」。小学生のころお父さんに「お守りだ」と渡されたのが最初。子供のころから銀杏ってみんな葉っぱについているんだと思っていたら、この町のイチョウが普通じゃなかった。この町では鷹狩山の北の懐にある霊松寺ともう一つ鷹狩山の南の懐にある薬師寺などのイチョウがお葉付きなため町の人はそれが普通だと思っている。でもよくよく考えるとこの年になるまで他であまりお葉付きイチョウは見たことがない。それは本当に私にとっての子供のころのお守りだったのかもしれない。私を守ってくれていた。私が都会に出るまでは。

春は霊松寺を北に向かう。すると私の家の前面道路の北の端に辿り着く。そして家まで戻る。この道の春は桜の淡いピンクの花とりんごの白い花とに誰もがうっとりとしてしまう。それらが咲き誇る様は『赤毛のアン』の「喜びの白い道」状態。モンゴメリーがプリンス・エドワード島を世界一美しい島と言うのなら、私はこの谷を世界一美しい谷と胸を張って言おう。

九、五朗君

私の前に再び五朗君が現れたのは、別れてから六年後。その朝、お父さんが黙って私に新聞を差し出した。私はなんだろうと不安になった。お父さんの顔はいつも心の中を映している。子供のころからそうだった。喜怒哀楽を大袈裟に表すのとは違う。そうではなく、顔のしわ一つで嬉しさ、悲しさを絶妙に表現する。写真館で見せるその顔に子供は安心し、大人は信頼を寄せる。しかし、その日の朝の顔には苦悩という言葉がぴったりと当てはまる厳しいしわが寄っていた。私はてっきりお父さんの戦友か旧友の訃報なのかと思ったが違った。五朗君だった。五朗君の訃報だった。

パキスタンのブロードピークでの雪崩。五朗君は山へ行っていた。それも憧れていたＫ２のあるカラコルムに。私と一緒に暮らしていた時は仕事を必死にこなしていた五朗君。そんなこと聞いてない。結婚していた時、海外遠征に行くなんて、そんなそぶりすら見せなかった。衝撃を受けた？　衝撃なんてものじゃなかった。愕然とした。

五朗君？

私はそもそも誰と結婚生活を送っていたの？　いつからそんな目標を抱いていたの？　なん

でそれを私に黙っていたの？　五朗君は山を諦めていなかった。私は彼の何を見ていたのだろう。教えて……誰か教えて。

その時、私はすがるものを探した。だけど何もなかった。糸口がなかった。五朗君はもういない。五朗君の心の中を探索するなどということは無理なことだった。わなわなと膝を震わす私は遊園地で親からはぐれ、ただ泣くしかない迷子の子供のようだった。五朗君の山、そして離婚。どこで道が分かれたの。分岐点はどこにあったの。ずっと無口な五朗君は最後まで無言のまま私から永遠に立ち去った。

五朗君の実家を両親と共に訪ねた時、五朗君のお父さんにはなぜ訪ねてきたという顔をされた。正直なところお父さんの見せたその顔に打ちひしがれた。何かこの人の大切なもの全てを私が奪い去ったように思えた。この人の人生の全てを。ただうつむく私に五朗君のお母さんは優しく声を掛け続けてくれた。しかし、それが私を一層闇へと向かわせた。どこか遠くへ逃げたくなった。そして死にたかった。私も五朗君のところへ行けたらどれほど楽だろうかと真剣に考えてしまった。でもそれはできなかった。

両親に今日は早々に帰らせてもらおうと言われたのをいいことに家に逃げ帰った。それまで一粒の涙も出なかった。普段はほんの少しのことで涙を流す私が、この時ばかりは違っていた。人の流す涙ってなんだろう。一番悲しい時こそ流れ出すものだとばかり子供のころから思っていた。でもそれは違っていた。テレビドラマや映画、恋愛小説を読むときに即席で出るものが、肝心な時には出ないということが意外だった。心の中でこれは人生の一番じゃないのかと自分に問いかけてもみた。そして私って非情なのかとも。

五朗君の家への訪問は、写真を撮りたくとも光が入らず焦点の合わない壊れたカメラを持たされ撮影旅行に出かけたようなものだった。写すことはもちろん、直すことすらできない。修復不能などうしようもない状況。周囲から寄せられる厳しい目を避け、誰の顔も見ることができず、ただ壊れたカメラのファインダーを覗くよりない。しかしそこから覗き見ることができるのは虚空だけ。ただそれだけだった。

五朗君の実家から郵便が届いたのは、それからまもなくしてからのことだった。中には大学ノートが入っていた。表紙をめくると五朗君のお母さんの手紙。

馬美ちゃんへ
五朗の部屋を片付けてきました。取りあえず全ての荷物をまとめて家に持ち帰りました。整理した中にこの大学ノートが出てきたので貴女に見ていただこうかと送りました。
それは手紙と言うよりも、小学生の子供に買い物に出かけたお母さんが自分より先に帰宅するであろう子供のために書き置きしたようなものだった。テーブルの上にぶっきらぼうに置いた紙切れ一枚「おやつは棚の上」というような。それをテーブルに置くと手元に残ったのは大学ノート。表紙が少し擦り切れているだけで、あとはどこにでもある一冊。五朗君の部屋にあったノート。いったい何が書いてあるのだろうという好奇心と共に何か恐ろしいものを感じた。それでも好奇心に勝てずにすぐに表紙をめくる。一頁目は白紙。続けてめくる。二頁目以降は山に関するいろいろなメモが書かれていた。ルート図やタイムスケジュールを記したメモ。数頁何気なく見る。するとその文字が目に入った。お義母さんがわかりやすくピンクの付箋を付けていた。

左頁の上の隅。

少し　怖い

そして右頁の上の隅には、

馬美ごめん

まるで定規でもあてがって書いたかのような文字。間違いなく五朗君の字だ。心臓が震えた。

怖かった。見てはいけないものを見てしまったような気がした。お義母さんはなぜこれを送ってきたのだろう……私に見てくれと書いてあるだけで五朗君が何について書いているのかは記されていない。作ったおやつをどこに置いたのか、そんな肝心なことを書いていない書き置き。これを見て子供はどうすればいいの？　お義母さん。

少し　怖い
馬美ごめん

なんなの？　いったい。何が怖いの。何にごめんなの。五朗君。お義母さんは私にどうしろというの。この大学ノートの答えを探せと？

わかるわけがない。お義母さん……繋がりがないの……五朗君と私。

「馬美、いったい何を送ってもらったの」
お母さんがうれしそうに聞く。うちのお母さんは人から頂くものはなんでもすばらしい贈り物だと思っている。だからこんな時、答えるのが辛い。
「ううんなんでもない。五朗君の部屋を片付けたら古い私のノートが出てきたからって。捨ててくれてよかったのに……」

「あちらさん、そういうところは律儀だからね。お礼言っといたほうがいいずら」

「うん、そうする」

さあ、どうしようか。推理小説とか読まないし、なぞなぞは昔から苦手。私の場合どう考えても問題の解決は、刑事のように足を使う以外にない。でも糸口すら思い浮かばない。

「何をぼうっとしてんだか」

「うん……お母さん……わかんないことあったらどうする」

「そりゃぁ聞くずら」

あっさり言われた。聞く……か……。いったい誰に？　何を？

「へんな娘だね。そんな当たり前のこと聞いて」

当たり前ね。そうだよね、わかんなきゃ聞くしかないと。

「そうなんだけど、私、お母さんみたいに口から生まれてきてないからさ。聞くってのは難しいから他になんかないかなって思っただけ」

「なに言って。範子さんに比べたらお母さんなんて可愛いもんずら」

「はいはい、さようでございました」

お母さんは全ての難儀を受け付けない天賦の才を持っている。少しはそれを娘に分けてくれたらよかったのに。

私は両親に嘘をついて思い出すのも嫌な都会へと出かけた。取りあえずは聞くしかない。お母さんの言うとおり。わからなければ聞く。あらかじめ大学の山岳部の仲間には聞いてみたのだが案の定だった。無口な五朗君としゃべっているのは私だけ。そうなるとあとは仕事仲間を訪ねるより方法が思い浮かばない。初対面の人との話が人一倍苦手な私。勝気で短気な私にそんな部分があることなど誰も知らない。大学の同期ともあまり会話のなかった五朗君。元妻の私が言うのもなんだが仕事仲間なんてものが五朗君にいたのだろうか。初対面の人に会うこと。存在感が薄かったであろう五朗君のことを尋ねること。この二つのことを考えると本当に気が重い。

都会の町でも冬の寒さを感じられるようになったころ、五朗君の勤めていた会社へアポをとって出かけた。アポを取るのに会社の電話番号を一度押しては止め、またしばらくして押し直し、慌ててそれをまた止めるということを数度繰り返し、やっと取ったアポ。そんな思いをしてかけた電話も相手はそれを知る由もなく、受付の事務員が出ると、いとも簡単にお越しくださいと言われた。いつもそうだ、どれだけ私が勇気を出したと思ったことでも他の人から見るとなんでもないことばかり。人と接する時の第一歩にいつも私は多大なる勇気を要する。相手が知らない人だというだけで会う前に疲れきってしまうこともある。親しい人には少しは強気な私。内弁慶。

五朗君の勤めていた会社に着くと、予め電話で私から要件を聞いていた部長さんが相手をしてくださった。すでに会社では五朗君がブロードピークで雪崩にあったことが知れていた。そのため簡単に部長さんが応じてくれた。途中からは課長さん、そして外から帰った元同僚の方までも話に加わった。

意外にも五朗君は会社では「よくしゃべる人」だった。誰からも好かれていた五朗君。みんな知っていた五朗君の夢。話をするうち、まるでそれを知らなかったのは世界で私一人のような気がしてしまった。

「彼は確か、その遭難した山よりも熱心に話していたのはK2だったと思ったけど。たぶんそこに行く前にその山で慣らそうとしたんだろうね。僕ら素人じゃわからないけどさ。夢の途中で残念だったと思うよ」

「そうですね。彼、確か雪崩にあった山のある谷から見える山をグルッと一回転、全部登りたいって言っていましたよ。なんでも尊敬する登山家が亡くなった山からスタートしてグルッとね。僕はそんなに高い山を登るって難しいんじゃないのって聞いたら、彼はいとも簡単に『運ですよ、運。僕、運いいですから』って。能天気なこと言うものだから、僕は、エッ山って技術じゃなくて運で勝負するところなのって返したら、そんなの当たり前じゃないですかって……そしたらこんなことになって」

五朗君のことを懐かしみ、愛しいように話す人たちを見て無性にむなしくなってしまった。それに加えて嫉妬した。情けなかった。私は訪れた目的を忘れてしまったのなら途中で逃げ出したかった。でも自分から話を聞かせてくれと申し出た手前、じっとそれを我慢した。

そんな精いっぱいの我慢強さも、問題の解決とはならなかった。五朗君の「少し 怖い」が誰の口からも出てはこなかった。でも、この場で全てを聞かなければ帰れない。私自身、再びここへ来る気は毛頭なかった。ここ以外にヒントを得られる場がないことは私自身よくわかっていた。

「すみません、最後に少しお尋ねしたいのですが、在籍中何か変わったところはなかったですか？」

私は単刀直入に聞いてみた。「わからないことは聞くずら」お母さんの言うとおり。

「変わったところ……ですか」

「いや……そういったところはなかったと思いますが」

ちょうどその時、お茶を持って入ってきていた事務の人が口を開いた。

「そういえば、入院したじゃないですか」

(エッ……入院？)

「それって奥さんなら知っているだろうからと思って言わなかったんだけど。あの元気なのが入院ってのにビックリしたけどね。部長の知り合いの病院で検査受けて、すまなそうにしているあいつに部長がゆっくりしてこいって……でしたよね、部長」

「ああ……でもあれ……後だったよな……だから知らないんじゃないか。確か、検査した後……その……」

「……私と別れた……」

「……すみません……」

「いえ」

「……それから入院して……あいつにとってはよくないことが続いた年だった……ご存知でしたか？」

「……い……え……」

「……」

私は離婚後のこととはいえ、なぜか無性に恥ずかしくなって、その場にいるのが苦痛に思えてきた。

「そうだろうと思いました。たぶんあいつなら言わなかっただろうと……私もどこが悪いかまでは詮索はしませんでしたが、再検査を私の高校の同級生で大学病院の医者をしている奴に頼んだんですよ。元々そいつが自分の病院に検査用の凄い機械を入れたから、試しに来てくれないかって言うもんだから。それじゃあ、その人体実験の一号になろうってんで、ここの皆と一緒に行ったんですよ。どっちみち毎年そいつの所で会社の健康診断もしていたしね。そしたらしばらくして奴から電話があって、少しお前の部下を預からせろってね。気を許す同級生って言っても奴は医者ですからね。それも大学の、少しは名のあるね。私も一瞬嫌な予感が働きましたよ。奴に即座に『悪いのか』って聞いたんですよ。そしたら奴はその逆だって、良かったって言うんですよ。私は『こいつ何言ってるんだ』って感じでしたよ。それで相変わらずお前の話はわからんなって電話で言ってやりましたよ。良かったんならなんで俺の大事な戦力をお前に渡さなきゃならないんだってね。そしたら奴はそんなことはどうでもいいから、良かったんだから早々にお前の『強運』を持った部下を俺に寄越せってね。奴も腕はいいって噂なんだけど、こんな説明されたんじゃ、よく患者に病状の説明やらで文句を言われていないなって思いましたよ。結局は私も何も聞くことなく奴を信じて会社も問題ないから早々に預けるよってね」

その夜、一人ホテルでいつにも増して寂しい時間を過ごした。会社の人たちと五朗君の気さくな関係を知ってしまうと凄く落ち込んだ。私は何をやっていたんだろう。きっと五朗君は家に帰るのが嫌だったに違いない。そう思わずにはいられない。生活に順応できずに落ち込む妻の顔を見るのを喜ぶ旦那なんかいるわけがない。私が五朗君の人生を台無しにしてしまった……五朗君の短い人生を作りあげたのは私だ。

実家に帰った私はしばらく何事もなかったかのように過ごした。もうそれ以上はどうしようもないと諦めた。その年の冬はいつにも増して寒く、むなしい日々を過ごした。好きだったはずの冬の朝の身の引き締まるような冷気もただ寒いだけにしか感じなかった。無菌であるはずの田舎に私は都会の空気を持ち帰ってしまった。換気も除菌もできない重い空気を。

春を迎えたばかりの我が家に五朗君のお母さんから手紙が届いた。

馬美ちゃんへ

去年息子の部屋を片付けてきました。その時机の引き出しにあの大学ノートがありました。まるで、なぞなぞのようなあのノートです。私も意味がわからず、何か手掛かりがないものかと全ての荷をほどいて調べてみました。でも手掛かりは何もなく馬美ちゃんなら何か知っているのではと思い馬美ちゃんに送ったのです。その後馬美ちゃんはいろいろと調べて私に手紙を送ってくださいましたね。うちの人は馬美ちゃんの手紙の内容に悪い冗談だと言いました。私も正直なところ信じることができませんでした。子供のころから病気知らずの子だったので入院という文字に夫婦して驚きました。うちの人は雪崩にあったのだから今更病院もないものだと言って病院へは行こうとしませんでした。

やっと先月になって私が従妹に会うために出かける機会を得たのでうちの人には内緒でその病院に行ってきました。馬美ちゃん、驚かないで読んでくださいね。先生に聞くと息子は癌でした。親である私でさえも全く寝耳に水でした。しかしそれは早期に発見されたもので、治療すれば間違いなく治るものでした。実際、馬美ちゃんと別れてからまもなく入院し完治していたのです。その時点では息子は本当に運が良かったのです。先生が何か予感めいたものがあったとのことで、見つかったのも偶然中の偶然でした。そしてその後再発するかもしれないとされる五年も無事経過し、ひとまずは病気前の身体に戻ったのです。

今から考えると、子供のころから病気とは無縁だった子でしたので、わが身に起こったことに何がなんだかわからなくなってしまっていたのだと思います。そして悪いことに私も旦那の家系も癌家系なのです。私が乳癌、旦那は胃癌を患ったのは貴方も知ってのとおりです。馬美ちゃんと別れる前には本人も病気が何であるかは告げられていなかったようです。しかし、あの子は感受性が強くそしてご存じのとおり、いつも早合点する癖がありました。先生の口調から何かとんでもないことが自分の身に起きていることを感じていたのかもしれません。そしてそれが癌ではないかと確信めいた予感が働いたのではないかと思います。

先生は馬美ちゃんと一緒にお話をしたいと言ったそうです。息子はその言葉に過敏に反応したと思います。癌の家系であるが故、その病気が若いうちに発症したのであれば病気の進行も早いということは知っていたはずです。あの子はそれ以降しばらく病院へ行かなかったようです。息子が再び病院を訪れた日を先生にお尋ねしたら貴女と別れた直後でした。正直なところ親としてはショックでした。馬美ちゃんばかりか私たち親にも知らせず一人それを背負いこんでいた息子に思わず「馬鹿」と言いたくなりました。そして悪いことに先生に完治するだろうと言われていたのですが、自らがそれを信じられずにいたのと、苦しい放射線治療だったためその時、強く死を感じたのかもしれません。

会社の人に聞くと取りつかれたように仕事をしていたと思ったら、あとは貴女もご存じのとおりで憧れのパキスタンへと向かいました。そこから先は実は我々夫婦が悪かったのだと思います。実はあの子が貴方と別れてから一年ほど経ったころです。家に帰ってきたと思ったら「海外の山に行く」と言ったのです。我々夫婦は、離婚をして何かあの子の心境の変化みたいなものを感じておりました。しかしそれは離婚ではなく、癌になったことが原因だったのです。私はあの子が山へ行くことで一つの区切りがつくのならとうちの人と共に送りだしました。それから三カ月後に満面の笑顔であの子が「チョゴリザ峰に登ってきた」と帰国した時は、これであの子も次の人生へと向かうことが出来るのではと思いました。しかし、あの子が選んだ第二の人生は我々夫婦が思い描いたものとは大きく違いました。「来年も山に行く」それがあの子の答えでした。どちらかと言うと、子供のころから自己主張が無かった子供でした。それがその一瞬ばかりは違いました。何か鬼気迫るものを夫婦して感じたものでした。それが全ての始まりでした。息子の人生を応援してみようと夫婦で決めてしまったのです。私はこうなってしまったことは既にあの子が生きていた時から覚悟が出来ていました。息子の夢と人生の全てがあの地にあったのですから。

そこに眠ることは残念ではあるけれど、仕方のないことだと思います。もし許されるのであれば、もう少し幾つかの頂に立てたのならあの子も本望だったのだと。特にK２には。

正直なところ、それまで貴女と別れたわけを我々夫婦はどこか馬美ちゃんに求めていたところがあったように思います。全くの親バカです。そしてその親バカの姿を去年見せてしまいましたね。これについては本当に馬美ちゃんに謝りたいのです。落ち着いているようで、どこか間の抜けた子供に育ててしまったこと。親バカだった我々夫婦のこと。元気だったからこそ人に頼ることが出来なかった息子のしたこと。最後の最後まで思いこみの勘違い、早合点をしていた馬鹿息子のことを。


こんなことがあるの？　夫婦ってなんなの？　五朗君……二人して超えられた壁。壁なんてものじゃない。せいぜい峠くらいのものだった。それも簡単なドライブコースにあるような峠。それを超えることは絶対にできたことだった。今までの人生の全てが雪崩のように大きく崩れた。それは表層雪崩ではなく谷を大きく揺らすほどの雪崩だった。

都会での生活に慣れずにいた私。治る病気を誰にも告げなかった五朗君。その時、同時進行の二つの事柄は当事者にとってはどうすることもできないものだった。超えることのできない山であり絶壁だったのだ。たぶん五朗君も私と同じように廻り道とか別のルートを探すことができなかったのだと思う。というより別のルートがあるのではということすら二人して思うことすらなかった。

人は追い詰められた時、自ら「心の闇」という名の高い絶壁を作る。五朗君と私は二人して人生の同時期にその絶壁を作ってしまった。そんな嫌な部分だけ似た者夫婦だった。私と五朗君のザイルは最後まで繋がりがなかった。お互いが信用し合って同じザイルを繋いでいたつもりだった。全てが「そのつもり」の二人の関係。認めることは辛い。こうなってしまった今となってはそれを認めざるを得ない。

ずっと普通に生きてきた。何もかもが普通だった。実はそう思っていただけの人生だった。今となってみれば普通とは呼べない。人生の幸せ行きというルートから大きくはぐれてしまった……いったいどこに岐路があったのだろう。戻れるならその岐路に再び立ちたい。普通でいいから幸せな家庭行きというルートがある岐路に。悔しいが人の一生という時限装置には戻る装置は付けられてはいない。定刻どおりに進む時計以外あるのは人生のどこかで神のみが触れる停止と記された押しボタンだけ。今はせめて、こう思うことにしよう。私も五朗君もお互いのザイルを相手のザイルに繋ぎたかった。そのための努力だけはしようとしていたのだと。そう信じるしかない。そう思いこまなければ救われない。

五朗君は九六〇分の四三八しか生きられなかった。九六〇分の五二二。半分以上残して死んだ。この世には「残して死ぬ」人と「多く生きる」人の二通りの人に加えてごく稀に九六〇分の九六〇という人の合計三通りの人がいる。三通り目の人はとても苦労の多い人生を過ごす人なのだろう。苦労の上に苦労を重ねて人生を閉じるのだから。

私は残念ながら第三の人にはお目にかかったことがないので「残して死ぬ」人と「多く生きる」人の両方を、身近に体験しながら生きてきた。私は思う、分子の数が多いのが良い人生なのか否かを。そして九六〇分の一の使い道を。「苦労の人生」を生きるということは、即ち九六〇分の一を九六〇回積み重ねること。苦労の上に苦労を重ねたところに人生の終着駅が現れる。この分子のどこに、何に私は自分というものを発見すればいいのだろう。

五朗君の訃報を受けてから五年後の夏。イタリアのクライマーによって五朗君の遺品が発見された。発見されたのは、五朗君と一緒に雪崩に遭った現地ガイドの遺体とリュックが見つかったから。そのリュックの中に五朗君の遺品もあったのだ。お義母さんからそう聞いた時、私は感情というものが現れなかった。驚くでもなく、嬉しいでもなく。好奇心が湧くでもなく、ただ淡々としていた。なにか以前から予感があった。夢に見たことがある……そんな感じだった。そして発見されたものが小さなメモ帳だと聞かされた時には、やっぱりと冷静にそう思っていた。それは私の中で意外なことでもなんでもなかった。なぜか心の中でそれを予測していた。普通に考えるとあり得ない感覚なのかもしれない。確かにそうなのだろうが、その時は逆にそれが普通だった。冷静にそう思っていたことが。そしてその時、心の中で「やっと見つかったね」と五朗君にささやいていた。心の中の五朗君は眠そうな目をしてコクリとうなずいていた。私が好きだった五朗君の寝起きの時に見せる優しい目をして。

秋の始めにお義母さんからメモ帳が送られてきた。私はそれを持ってその夜、鷹狩へと向かった。私の一番落ち着ける場所。月夜にアルプスが美しく輝いていた。夜気がそろそろ冬へと向かいつつある。安曇野が大陸からの寒気を今か今かと待ちわびているよう。

町を見下ろせば眼下には小さな町の街灯や人々の暮らしの証しであるような家の明かり。都会のような強烈な光でないところがありがたい。ここに座って北アルプスと町を見ているとなにか母親の胎内にいるように感じる。私が今日ここに来ることは、すでにずっと以前から決まっていたことのように思えた。ここ以外に五朗君のメモを見ることは考えられない。

7月20日
天候悪い　待つ
……
馬美　ごめん　俺けっこう元気
養うどころか迷惑かけちゃうと思ったら
俺怖くて情けなかった

……

7月21日

……

やっぱカメラを持つ馬美がいい
がんばれ馬美　目指すは目の前
先生を超せ　俺はこの谷

……

8月3日

……

次はK2
そしたら馬美にプロポーズ
二度同じ人に　出来るのかな
K2より難しいかも

……

本当に定規で引いて書かれたような五朗君独特の文字。その幾何学的な文字で書かれた内容には幾度となく私とのことが書かれている。初めて心底悲しくなって涙が止めどなく流れた。このまま死ぬまで泣けるのではないかとも思った。二人とも愛情の表現能力が足りなかった。お互いが大切に思っていた。でもそんな二人の辿った道は最悪のものだった。人を愛するってどういうことなのだろう。来世も夫婦でいたいと願うような二人でもこの世では愛することをうまく形にすることができなかった。寄りそう七朗に「私って何をしていたんだろうね」と誰にも言えない言葉を投げかけていた。

五朗君はパキスタンのバルトロ氷河最奥地コンコルディアを時計の針の中心軸として、チョゴリザ峰を起点に反時計回りに山を登りだしたらしい。チョゴリザ峰、別名「花嫁の峰」から登りだしたのはもしかすると私への気遣いだったの？　五朗君。

チョゴリザ峰、スノードーム、バルトロ・カンリ、ガッシャーブルムⅠ峰〜Ⅵ峰。そして雪崩に遭ったブロードピーク。毎回同行していた現地のサブガイドが言うには、登頂自体は難なくこなしていた。亡くなったのは五朗君と現地ガイドの二人。その場所の雪崩は他の現地ガイドの誰もが体験がなかった。その年の雪崩の発生率は通年と変わらなかった。ただその一回のみがイレギュラーだった。全くの油断からなのだろうか？　偶然だったのか？　以前私は五朗君に雪崩で助けられていた。だから五朗君に限って油断などなかったと今でも信じている。ただ単に五朗君はその時、神様に召される運命だったのだと。

大学二年の冬。登山部で私を冬山に連れ出そうということで、上高地まで行くことになった。私は春から秋までの山の魅力を写真に引き出すことだけにカメラを使っていたので、冬山に行こうということなど、それまで一度として考えてみたこともなかった。白だけの姿となった山の写真を撮る気が全くなかったのだ。みんなで雪山に私を慣らそうという誘いだったが、そのような理由で最初は全く乗り気ではなかった。でも皆が何度も誘うため仕方なく「じゃあ一回だけ」と言って参加してみたのだった。幸いにも山にいる間、ずっと天気が良く山行自体は最高だった。まるで神様の祝福を受けたような真っ白な山が私を迎え入れてくれた。夜中に外に出ると星が天使となって舞い降り握手でもしてくれるのかと思うほど近くに宇宙を感じた。この時ばかりは私のようなずくなし娘でも少しは冬山に入る人の気持ちがわかるような気がしたものだ。事件はそんな山行の帰りだった。上高地の入り口にある釜トンネルまであとわずかというところ。天気も良好。ラッセルの必要もなく他の登山者が作った雪道を悠然と進んだ。私は皆の後ろを遅れず歩く。冬なのに歩いていると暑さすら感じるほどだった。釜トンネルの手前。そこは有名な表層雪崩の巣。六名が距離を置き注意深く進む。私は四人目。後ろに五朗君と部長。危ないと言われている場所をもう少しで抜けようかとした時、後ろから五朗君の叫び声。

「馬美、走れ！」

一瞬、振り向く私。五朗君は凄い形相。そして指は谷の上に向いていた。同時に上を見る。

谷の上の方にうっすらと横線に動く何かがあった。一瞬で雪崩だと直感する。頭の中は真っ白。ただただがむしゃらに走った。どれだけ走ったか。時間も距離も全く憶えていない。後にも先にも人生で覚えもないほど真剣に走ったことはたった一回。その時だけ。ワカン（雪上を歩くための輪かんじきの略称）を履いて雪の上を、よくも五朗君にも負けないほどに走ったものだ。途中一瞬上を見た。目の前に迫る白い壁。思い出すのはそれだけ。たったそれだけ。それだけなんだけど、その光景はそれからずっと私の意識からも辞書からも「冬山」という言葉を消した。

恐ろしかった。ただただ恐ろしかった。私にはできないことが明白だった。一瞬の雪崩の発生。その発見。確かに「上を向いて歩け」「場所を確認して、常に自分がどこにいて雪崩がきたら前後どちらに逃げるのか頭に入れておけ」と言われはしたが、できはしなかった。映画などでよく見る雪崩。常にそこには音がある。実際に私が遭遇した表層雪崩は無音だった。事実は違うのかもしれないが、少なくとも私には聞こえなかった。静かに迫りくる恐怖。白い壁。五朗君はそれに反応ができた。五朗君は全員を救った。そして私は助けられた。私にはできなかった。それが自分でわかった時、残ったのは雪との惜別。大学時代、冬山で最後に見た光景。それは、命がけで走ったはずの谷から消え失せた自らの足跡。あるべきはずの私の足跡。それを一瞬で消し去った白い悪魔。皮肉にもその時、私を助けた五朗君は遠い地の雪の中で眠っている。

十、コンコルディア

五朗君の手帳が届いてからまもなく、私は両親に春になったらパキスタンに行くと告げた。お母さんは何も言わなかった。お父さんは「うむ」とだけ言った。心がもやもやした冬の間、次に私は何をするのか？　この先どうやって生きていくのかをぼんやりと心の中で考えていた。実家に帰ってからただぼんやりと過ごしていた私。やがてお父さんに連れられ山に通い出した。それが私のリハビリ。少なくともお父さんはそう思って私を山へ連れ出したはずだ。しかし、過去を清算しない限りは、未来へと向かうことはできないと私の心はそのリハビリを完全に拒否していた。せっかくのお父さんとマンツーマンの写真教室であったが、そんな心では何も向上しないまま、ただ日々だけが過ぎた。そして心の中からふと出た答えがなぜかパキスタンだった。

私は「孤独」という二文字から逃げ出した時、社会から迷子になり、道から逸れてしまった。そして私は田舎へ、五朗君は山へと向かった。日本人が山へと向かうには相当な覚悟が必要だ。欧米のように簡単にバカンスをどうぞという会社など存在しない。一大決心をして山へと向かった五朗君。その時、五朗君の心は解放されていたのだろうか。日本という精神社会と病魔から受ける不安から。両親から援助まで受けて一心不乱にこの谷を目指していたころ。それは私の知っている五朗君とはまるで違う五朗君。何かをやり遂げようと突き進みだした五朗君。できるならそんな五朗君を間近に見たかった。世間の目を気にすることなく自分の夢に対峙する、そんな五朗君の姿を。もし自分に恋人がいたとしたのなら、誰でもその人に納得のいく人生を送ってもらいたいと願うだろう。そしてそれを支え生きることが心地よいはずだ。私もそれがしたかった。残念ながら私の場合、人生の岐路を間違えた。つまりはそういうことだ。唯一私の救いは、人よりずっと短い生涯となった私の愛する人が、自分の生きがいのためにその短い命を使いきったことかもしれない。少なくとも、社会に絶望して自殺をしたり、過労死をしたのではないことは少なからず私の慰めだ。五朗君は九六〇分の四三八の人生だった。でもその分子に秘められた密度はとても重たく濃いものだった。私はそう信じている。今はそう信じるよりない。

パキスタンへの渡航。そしてブロードピークが見えるコンコルディアまでのトレッキング。お父さんがそれら一切の段取りをした。それでも不安だったのか、最後にはお父さんが「俺も行く」と言った。情けない子供だ。何一つ自分一人でできない。全行程二十五日間。日本を経ちパキスタンの奥地へ。バルトロ氷河という日本では考えられない六十キロ以上も続く大氷河を延々と遡り、その氷河上にテントを張りブロードピークやK2が見える場所まで歩く。六十キロという距離は北アルプスの全域がずっと氷河だということになる。

お父さんが子供のころ目指した大陸には物凄い自然が眠っているような気がした。お父さんはまだ十代だったころ大陸にどんな夢を描いて日本を旅立ったのだろう。どうしようもない日本での貧乏生活を抜け出し、希望に胸をふくらませた開拓時代。お父さんはその時、幸せだったのだろうか。満州での開拓地は日本が開拓した土地だと聞かされ一生懸命働かされたお父さん。でも帰国後知った真実は苦労に苦労を重ねて開拓した満州の人々を日本が追い出して得た土地だった。お父さんはこのことにずっと心を痛めていた。自分の知らないところで自分の犯した罪。いったいそんな罪をどうやって償えばよいのだろう。人生にはそんな世界を、見たくもない真実を見せられることもある。お父さんにとってのそれはお父さんの過去の全てを否定されるようなものだったから始末が悪かった。そして農民だったお父さんが大陸で最後にしたことは戦争参加による人殺し。やがてシベリアに抑留された。お父さんはシベリア抑留というひどい環境下での生活より、人を殺したという事実が心の負担となっていた。それは死ぬまで続いた。だからお父さんは国なんてものはいらないと言った。隣国の人との争いの果てにあったのは人殺し。現実社会でも、夢の中でも、区別なくずっとお父さんの頭の中には殺した相手の顔が映し出されていた。

「馬美、人と争うってことはそういうことずら。お父さんは人を殺した。もうこんなことはしちゃいけねぇずら。人を殺すようだったら国を捨てるずら。お前は絶対そうしろ。そうしてくれ。政治家や軍部のプライドを保つための人殺しに参加しちゃいけねぇずら。奴らはこの世の屑だ」

私はお父さんが目指した同じ大陸の山奥にお父さんと共に何かを求めて旅立つ。この先あるのは、私の求めている未来ではなく、お父さんが幾度となく味わった絶望かもしれない。それでも私は今行かねばならないと心が叫んでいる。

五朗君が眠るブロードピークはインド測量局・測量番号3番・標高世界第十二位の八〇四七m・地元名ファルチャン・カンリ。山頂が幅広くなっているためブロードピークと命名されている。有名なK2は標高で世界第二位の八六一一m・中国名はバルティ語のチョゴリ（大きな山）又は偉大な山）、他に英国探検家の名を冠してゴッドウィンオースティンとも呼ばれる。インドの測量局が測量するのに付けたカラコルム（K）の測量番号で2番目の山。その他の番号が付いた山はその後現地での呼び名が採用されたり新たに名前を付けられたりした。なぜかこの2番目の山はそのままK2と測量番号のまま、それが一般名となって現在に至る。

世界には偉大な山と現地の人が呼ぶ山が多い。植村直己が眠るデナリも意味はやはり偉大なる山。山は昔から信仰の対象ともなり、全てが偉大な存在だったのだと思う。世界に幾多とある山岳信仰。人は山に神を見る。

K2は五朗君を含めて全登山家の憧れ。それは世界第一峰のエベレストよりもノーマルルートでさえ登頂が困難な山であり別名「非情の山」と呼ばれているからかもしれない。登頂者の数もエベレストとは比較にならないほど少ない。信じられないかもしれないが、これだけ登山技術も向上し、装備も良くなった現在においても天候によっては年間を通して登頂者不在という年もあるほどだ。挑戦者が少ない割に死者が多いことでも有名なK2。非情の山に挑むことは挑戦者であり真の登山家であるという考えを持つ人が多い。

パキスタンで「好きな山は?」と聞くと決まってこのK2かナンガパルバット（標高世界第九位の八一二五m・ウルドゥー語で「裸の山」の意味で多くの登山者の命を奪ったことから「魔の山」とも呼ばれ、パキスタンの人々は「山々の王・ディアミール」と呼ぶ）という答えが返ってくる。どちらもパキスタンにある山で、どちらも最も登頂が難しい八千メートル峰なのである。エベレストに登頂した人でも、K2の登頂者には一目置く。それが実力の世界。「憧れ」五朗君もそうだった。しかし、五朗君はそれに挑戦することを神から許されはしなかった。K2に憧れ、そして挑もうとした五朗君にその山はやはり「非情の山」という顔しか見せてくれなかった。非情……その言葉は残された者たちにも同様だった。

成田空港で私は驚き、そして動揺した。五朗君のお母さんが待っていた。

「馬美ちゃん、この前はうちの人が悪かったわね。それからそのあと、いろいろと調べてもらって」

第一声がそれだった。どうやらうちのお母さんが連絡したらしい。お義母さんとは五朗君が亡くなった後に気まずい別れをして以来会ってはいなかった。五朗君の病気のことをお義母さんに手紙で知らせた。その後お義母さんのショッキングな返信。そして五朗君の手帳。それでも会うことのなかった人。そんな状況でのその日の成田だった。どうしたらよいのかわからず、ただ立ちつくす私にお義母さんは自身のショルダーバッグから何かを取り出した。

「これ持って行って。荷物になって悪いけど」

と茶色の袋を差し出し、

「いいからバッグに入れて。飛行機に乗ったらね」

そう言うなり、私のバッグのサイドポケットにそれを強引に入れた。明るい笑顔で話すお義母さんを見て、取りあえずお義母さんは私に悪い印象を持っていないことがわかっただけで少し肩の荷がおりた。

「馬美ちゃん、あなたはずっと私の娘だからね」

これが成田での別れ際のお義母さんの言葉だった。私はあまりに意外なその一言にとまどい頭の中で反復してしまった。

「馬美ちゃん、あなたはずっと私の娘だからね」

「馬美ちゃん、あなたはずっと私の娘だからね」

リフレインされる一節。

飛行機に乗るまでにはずいぶんと時間があったはずなのだが、その間私の頭はお義母さんのこと、そしてお義父さんのことと、いろいろと考えていたため時間を感じることはなかった。子供を失う親の気持ちというのは私には一生わかることがないだろうことをその時予感した。今から思うと、その時のそれは、今後自分が誰とも結婚はしないだろうことを自分自身で決めた瞬間だったように思う。

機上の人となっても私は去年からのことをいろいろ思い出していた。そしてそれ以前の五朗君とのことも。あのころの私は都会暮らしに慣れずに精神的に疲れていた。自分のことだけで精いっぱいの日々が続いたことで、残念ながら五朗君を見る機会を失っていた。そしてそのことが一生の後悔を背負う出発点だった。今後、私はその後悔をこの身で受けて生きていかなければならない。しかしその後悔という重みすら普段は一人で背負いきれず、お父さんとお母さんに少しずつ担ぐのを手伝ってもらっている始末。私ってこの年になっても周りの人の支えがなければ何もできていない。自分の存在意義ってなんなのだろう。ふとそんなことを考えてしまう。周囲の人を見ると誰もが誰かを支えて生きている。少なくとも私にはそう見える。そう見えるからこそ自分の不甲斐なさが情けない。

五朗君は私との結婚生活の中でどんな顔をしていたのだろう。いつからカラコルムに行くことを考えていたのだろう。たぶん大学からずっと考えていたに違いない。誰が考えても答えは明白。こんなことを今頃気がつくなんて本当に私って鈍感な女だ。会社の同僚の誰もが知っていた。きっと結婚生活の中でも五朗君は一生懸命そのシグナルを私に送っていたに違いない。それがわからなかった、わかってやれなかった自分が本当に情けない。五朗君は仕事に一生懸命だった。それは、それだけはわかっていた。でも、それは山への費用に充てるためのものだったことが私にはわからなかった。なぜ五朗君はそれを私に言ってはくれなかったのだろう。言わなくともわかることだったの？　他の全ての責任を私が受けるのはかまわない。けれどこのことだけは正直悔しかった。五朗君の夢が私の夢とならなかったこと。五朗君がそうしてはくれなかったことが。今の私は人を愛するってことが難しくなっている。愛を伝えて、愛を受けたかった。それが一番必要な時にそのどちらもできなかった私と五朗君。岐路がどこにあったのか、道しるべなどない人生という道程を疑いもなく歩める人がうらやましい。

北京経由でパキスタンの首都イスラマバードへ。イスラマバードへは夜遅く到着したため、その晩はホテルで寝るだけだった。翌日の朝早々にホテルを経ちカラコルムハイウェイをひたすら北上。インダス川、シガール川沿いをマイクロバスでひた走る。ハイウェイと言っても日本のように舗装された良好な道ではない。はっきり言って日本の林道のほうがカラコルムハイウェイという立派な名前を冠するこの道路より数倍立派だ。いつ落ちてくるのかわからないような岩が迫りくる山肌。ひとたび雨が降ると川となるような沢が連続する。ここでは土砂崩れによる通行止めなど当たり前。丸二日間を要し、やっとトレッキングの基地となるスカルドゥという町に辿り着く。

アスコーレからはテント泊となるため、その前日の晩、スカルドゥのホテルでトレッキング中に自分で背負う荷物とポーターへ預ける荷物の二つに仕分けた。翌日やってもよいのだが、テントの中でそれをするには狭いため不都合だ。全ての荷物をベッドの上に広げ整理する。カメラ、雨具などをデイバッグに、ポーターに預ける日中不要な着替えなどをダッフルバッグに入れる。ここまで一番使っていたショルダーバッグは不要となりデイバッグの出番。疲れた身体に鞭を打つようにショルダーバッグの中身を全て出しデイバッグに移しかえだした瞬間、身体に電気が走った。

「ゲッ……」

昔から決まって肝心なことを忘れていた時に私の心臓とのどから同時発生する音が出た。ショルダーバッグのサイドポケットの奥深く、それはあった。お義母さんが突っこんだ茶色の袋。なんでこんな大切なものを今まで忘れていたのだろう。自分が信じられない。

袋にはなぜか干し柿が一つと手紙が入っていた。

馬美ちゃんへ

以前、うちの人があんな態度をしてごめんなさい。あの人も謝りたいと申しております。馬美ちゃん、五朗の眠る地を見てきてくださってくださってくださ
い。手帳を見て思いました。五朗は本当に貴女が好きでした。生きている間、最後の最後まで貴女のことを思っていたようです。勝手なことを言って申し訳ないのですが、貴女をこれからも我が娘と思い続けてもよいですか。本当に身勝手な想いでごめんなさい。五朗と共に貴女を好きでいたいのです。

貴女と共にパキスタンへ行きたいのですが、こればかりは年齢と持病を抱えた私たち夫婦では叶わぬことです。荷物になって申し訳ないと思いましたが、五朗の好きだった干し柿を入れておきます。五朗に食べさせてください。私たちに出来ることはそれが精一杯です。あとは貴女が無事帰国してくださることを、遠く離れたこの日本より祈るばかりです。くれぐれも道中お身体には気をつけて、そして元気な姿でまたお会いできることを楽しみにしております。

お義母さん、違うの……違う。私が悪かったの。お義父さんからもお義母さんからも恨まれて当然なの。恨んでもらったほうがいい。生きること全てにぶきっちょな私が引き起こしたこと。五朗君と私がもっと話をしていればすんだこと。ずくなし娘の私が蒔いた種。そんな私に

五朗君が病気のことなど相談できるわけがなかった。当たり前のこと。お義母さんに謝られると胸が痛む。

「馬美ちゃん、あなたはずっと私の娘だからね」

「馬美ちゃん、あなたはずっと私の娘だからね」

この言葉が私の頭に何度も何度もリフレインされた。空港での言葉と共にお義母さんの気持ちをどうやって受け止めてよいのか、人との付き合い方に自信が持てない私、また一つ整理ができない大きな荷物を、心という小さな入れ物の奥底に仕舞いこんでしまった。そんな荷物ばかりをため過ぎるほどためてきたその中へ。


このコースは山好きの人にとっては本当に欲張りなコースなのかもしれない。バルトロ氷河を遡り最終目的地コンコルディアを目指す。全行程世界の名峰ばかり。ブロードピーク（標高八〇四七m）、ガッシャーブルムⅠ峰（標高八〇六八m）、Ⅱ峰（八〇三五m）、Ⅲ峰（七九五二m）、Ⅳ峰（七九二五m）、Ⅴ峰（七一三三m）、Ⅵ峰（七〇〇四m）、ムスターグ・タワー（七二八四m）、マッシャーブルム（七八二一m）、チョゴリザ（七六六八m）、バルトロ・カンリ（七三〇〇m）。この谷の周囲に見える頂は七千メートル級以上。そして旅の最終章に出てくるのは世界の憧れK2。これだけ山が見られて二十五日間。現地でポーター三十五名を雇っての大名行列。おそらく我々の孫の代になればこのパキスタンの地においても高騰する人件費から、これだけの大名行列でこの自然を見られる日本人は本当にお金にゆとりのある一部の人間だけとなるのだろう。中国とパキスタンの友好的な関係を考えるとそう遠くない将来には、この谷は中国人観光客で溢れかえるはずだ。

五朗君はこの谷に魅せられていた一人。そしてチョゴリザからグルッと反時計回りに登ることを考えていた。去年そのことを大学の先輩たちに聞くと一様に「へぇ〜そんなことを考える奴がいるんだ」と言っていた。その順番の意味にはいろいろなものが入り混じっている。それは最初から全てを登りきることがさも当然と思っていたという事実。全部がなんの問題もなくできるものだと自分で確信している以外にはあり得ない決め方。普通に山を目指すものであれば自分の憧れる山や絶壁を目指すためのステップとして他の山を登るということはある。それを五朗君はこの谷に立って見える山の全ての頂に立つことを目標としていた。そしてその順番も単に一つの山から始めて反時計回りにという単純な考え方。五朗君は生きてそのすべてをできると確信していた。それは絶対死なないという気持ちの裏返しのようなもの。自らが癌と向き合った五朗君。それは己の死との対面だったのではないか。平凡な生活をして人生を全うすることが怖くなったのかもしれない。真実はわからないが、絶対に言えることは癌と向き合って五朗君の死生観が変わったということ。

五朗君が最初に登ったチョゴリザ峰。そのチョゴリザ峰に込められた意味が五朗君の考え方の基本のように思う。それは五朗君の職場の同僚の話からわかった。五朗君の尊敬していた登山家はオーストリア人のヘルマン・ブール。ヘルマンは一九五七年、チョゴリザ峰で五朗君と同じように雪庇を踏み抜き雪崩に巻き込まれ、素晴らしい登山家としての人生に終止符を打った。エドモンド・ヒラリーという太陽の陰に隠れた偉大なる登山家。五朗君の英雄。一九五三年に彼はナンガパルバット（八一二五m）に挑んだ。それまでドイツ隊が六度挑み、そして三十一人の命と共に六度散った山。「魔の山」を単独無酸素で登頂を果たした。しかしその年の世界の山岳界の話題をさらったのはエドモンド・ヒラリーのエベレスト登頂だった。もちろん登山家の中ではヘルマン・ブールもスーパースターには違いないが、メディアは、やはりエドモンド・ヒラリーの成し遂げた世界最高峰へと殺到した。

光と影。陽と陰。太陽と月。五朗君はこういう陽の当たらない英雄が昔から好きだった。ヘルマン・ブールは登頂の記念に途中脱落した仲間から託されたピッケルを山頂に残した。それを一九九九年に頂上直下で発見したのがどういう縁か日本人の登山家、池田壮彦。池田からピッケルを戻され手に取ったヘルマンの妻オイゲニーは「私の手にした一番大切なもの」と言った。そして五朗君の一番大切なものはヘルマンの残した言葉だった。苦労の末に達成したナンガパルバットの初登頂だったが世間の目はエベレストにあった。山岳界の太陽・エドモンド・ヒラリーに。それでも影となったヘルマンはその時こう言い放った。

「世界の山は数年後に、自分の足元にあるよ」

この自信に満ちた言葉が五朗君は好きだった。「名声よりも、僕に必要なことは山に登ることさ」と。ヘルマンも五朗君も素直に「好きな山の全てを登りたい」とまるで幼子のような純粋な気持ちで己を活かし生きていた。五朗君の原点がそこにあったのは明らかだ。だから憧れのヘルマン・ブールが最後に足跡を残したチョゴリザ峰を始点として、この谷の全ての山に挑もうと決めたのだ。ヘルマン・ブールはブロードピーク登頂数週間後、チョゴリザ峰にて悲劇に遭った。皮肉にも、五朗君はチョゴリザ峰を起点にブロードピークで悲劇に遭った。

確かにK２は憧れだったかもしれないが、五朗君にとってのK２は単に通過点の一つだった。「魔の山」も「非情の山」も通過点。そんな自信があったのか、自信を持つための順番だったのかはわからない。確実なことは、この反時計回りの登山の計画を五朗君はすべて達成し、生きて帰るということを当然と考えていた。それを確信した私は登山家としての五朗君を尊敬した。

一人の人でさえ一生のうちに大きな浮沈がある。人は欲と向上心を持つ生き物。そのため人はフラットな世界に住むことを求めてはいないように思う。向上心から人よりも上を目指す。オリンピックでメダルを目指す。冒険者として誰もやっていないことをする。誰も知らない宇宙の果ての研究。再生医療など人の奥の奥までの研究。人は全てを争う。山もそう。誰が最初に登ったか。どうやって登ったか。それを競う。名声を求めて。それがため世界の八千メートル峰十四座完全制覇などという場合、山頂での写真がその山の景色ではないなどという、馬鹿げた登頂疑惑がかけられている登山家がいる始末。いったい幾人の人が純粋に登ることが好きで山を訪れるのだろう。いったい幾人の人が名声を求めて山に挑むのだろう。山はいつでも公平にその姿を我々に貸しだされる。こんな思いをするとき、ふと私は不公平だったらよかったのにと思ってしまう。純粋に山を愛していた五朗君。人との争いや名声などに全く目もくれず、ただ好きな山に向かい人生を馳せた五朗君。五朗君だけは私の元に返してくだされればよかったのにと。五朗君がK２を登って帰ってきたら、きっとまた一緒に暮らせたのにと。

次はK２
そしたら馬美にプロポーズ
二度同じ人に　出来るのかな
K２より難しいかも

このメモだけが今の私の支え。山は人の気持ちと関係なくヒーローも作るし悲劇の主人公も作る。山はただ山としてそこにあるだけ。悲劇の全ては人が勝手にやっていること。「魔の山」も「非情の山」も。それはわかっている。でもつい口を衝いて出てしまう「なぜそこにあったの」と。「なぜそこに行ったの」と。好きな山に、好きな人につい愚痴らずにはいられない。そんな夜を何度過ごしたことだろう。

トレッキングが開始された。初日の予定はアスコーレから七時間の予定で十三キロの距離を歩き標高三三五〇mのジョラというキャンプ地を目指す。バラルドゥ川とビアフォー川の合流地点の吊り橋を渡り昼食場所のコラフォンまではビアフォー氷河が作ったモレーンを横断していく。イタリアのグループは我々より三十分ほど早く出発していたために、K2方面に向かうこの日のトレッカーは我々が最後だった。私はガイドのアミンさんとたわいもない話をしながら歩きだした。

アミンさんは三十二歳で、ガイド歴七年。日本語はできないのだが、シェフのリダールさんと同じように綺麗な英語を話す。少しシャイな人で綺麗な目をしている。アミンさん、アリさん、リダールさんの三人は皆がフンザの出身だ。山岳ガイドの多くはフンザ出身者が多い。フンザという地域は杏の里とも、桃源郷とも呼ばれるパキスタンの北西部に位置する美しい土地だとアミンさんから聞いた。日本ではフンザとは『風の谷のナウシカ』のモデルとなった谷といわれているのだと言えば誰もが憧れの眼で見る、そんな土地である。

近くには七千メートル級の名峰も多いことから昔から多くの登山者やトレッカーが世界中から集まる。フンザの子供は小さなころから世界の一流の登山家を常に間近に見て育つ。事実、アリさんのお爺さんはフンザでホテルを経営しておりアリさん自身も小さい時からホテルの手伝いの傍ら、登山客やトレッカーの話し相手となって育った一人。アリさんが言うには、ホテルに来た日本人の客がたいへん礼儀正しい人ばかりだったので、いつかは日本人相手の一流のガイドになりたいと思っていたのだという。村自体がそんな環境にあるため、村では昔から多くの優秀な山岳ガイドを輩出している。勿論フンザのガイドに多くの日本人登山者がお世話になっている。

日本の登山家としてビッグネームである長谷川恒男の最後はここだった。彼はヨーロッパアルプスの三大北壁（マッターホルン・アイガー・グランドジョラス）の冬季単独初登頂を世界で最初に成し遂げた後多くの足跡を世界の山に残し、最後はここウルタルⅡ峰で雪崩に遭って帰らぬ人となった。その後彼の奥さんの長谷川昌美さんが「お世話になりました」とこの地に学校を建てたこともあり、この地で日本人は尊敬を受ける存在だ。

さて我々のトレッキングのサポートであるが、当初はガイドとポーターが一体のグループに組織されているのかと思った。しかし、アミンさんに聞いてみるとガイドはフンザ出身者で、ポーターはアスコーレに行くまでの最後の大きな地方都市であるスカルドゥ出身のバルティ人という違いがあった。そう言われてみるとガイドとポーターとでは顔立ちが違う。

違いは顔立ちばかりではない。それは収入面でも労力においてもである。ガイド側はツアーの最初から最後までマネジメントするし、当然客からツアー代金を受け取る元請け側となる。そのためお金はしっかり押さえられるし、客から破格のチップも受けられるチャンスが大いにある。それに対しポーターはたとえツアーが我々のように十六日間あっても、持ち運ぶ荷物が無くなればお役御免でわずか数日で村に返されてしまう者が多い。一日二十五キロの荷物を背負って次のキャンプまで歩いても日本円で数百円の日当にしかならない。

日本人や他国から来るトレッカーと彼らの生活環境の差ということについて大いに考えさせられた。トレッカーの誰もが立派な登山靴を履いてくるのに対し、彼らが履いているのはなんとサンダルだ。それも、それを裸足で履いているのである。彼らは我々をどういう目で見ているのだろう。綺麗な登山靴を履き、カラフルなウエアーを身にまとい、大金を使って海外からトレッキングに来ている我々のことを。彼らの笑顔の下に潜む本当の心。神様が見せてやろうと言ったとしても、それを覗いてみる事は私には怖くてできない。


前日、イタリアから来たグループと話をした時に休みという文化について考えさせられた。イタリアから来たというグループはイタリアの旅行会社の公募ツアーだったようで、メンバーは七人で内訳はイタリア人が三人、他はオーストラリア人夫婦とフランス人、それとドイツ人だった。たわいもない話をしたのだが、私は他国の事に無知であることが嫌なほどわかった。

「皆さんお勤めは?」

「もちろんしてますよ」

「でも一カ月の休みを取るのは大変でしょ」

するとが不思議な顔をした。

「私はオーストラリアから来ましたが、私の会社では年に一回、四週間の連休が取れます。私も私の旦那も去年それを取らなかったので今年は二人で八週間の休みを取ってきました」

「私はドイツのミュンヘンよ。ミュンヘンでは市民は年に最低七週間の有給を取ることが義務付けられているのよ。だからかもしれないけど皆けっこう多趣味ね」

(八週間の連休?)

(七週間の有給の義務?)

「私はフランスからですけど、フランスはだいたいの会社が一カ月のバカンスを取るわ。でも私の会社は観光業だから、バカンスシーズンは稼ぎ時なの、だからバカンスの前に休みを貰ったってわけ」

(一斉に一カ月のバカンス?)

私は目をパチクリしてそれを聞いていた。そして聞き終えた後に私は日本の有給の事情を話し、加えて日本人の精神文化について少し話してみた。私が話し終えた後は皆で「ああ日本に生まれなくてよかった」と半分冗談で半分本気顔で笑った。「日本人はいつ心をオフにするのですか?」この質問にその時私は答えを持たなかった。

しかし、フランスの半数以上の企業が一カ月間のバカンスを取るという話には驚いた。十一カ月で一年と企業は割り切り利益を上げようとしているのだ。割り切れないのは日本の経営者。使われない有給をそっくり自らの利益として計上している。サービス残業を自らの利益として計上してしまう。そして悲しいかな、休日は仕事のクールダウンと考える社員。全てが仕事のために生きている。

私は弱い者いじめをする人を嫌う。でもそれ以上に嫌うのはいじめられっぱなしの人なのかもしれない。過労で死んだ同級生の葬儀の最中にその同級生に向かって「なぜ我慢していたの？」と言った。そのために残された子供が本当に可哀そうだった。同級生が悪くないとは思いつつ。日本人として九六〇分の九六〇を生きるには、やはり苦労の上に苦労だけを乗せ続けなければならないのだろうかと思ってしまう。生きるってなんなんだろう。オーストラリアから参加の夫婦はこのようなトレッキングツアーでも普通の旅行となんら変わらないものだとしてきている。それはフランス人もイタリア人も同じだ。誰もが、一カ月程度の休みを社会から普通に与えてもらえるがために長期の旅行にも慣れきっていた。日本の場合、この程度のトレッキングツアーであっても、それを知らない人に話すと「冒険」とまで言われてしまう。仕事ってそれほど大切なものなのだろうか。

トレッキングの昼食には驚いた。先行していたリダールさんとアリさんが立派なテーブルと椅子をセットして待ち構えていた。食卓に着くと最初に出てきたものは塩ラーメン。

「セットは立派だし、ラーメンは美味いし景色はいいし」

「そう言っていただくと嬉しいです。トレッキングではなかなか固形物が入らない人が多いので。このラーメンはヒンドゥー教徒でもイスラム教徒でも問題ないので助かります」

これは疲れていてもスッと口に入るのではないかというリダールさんのアイデアだった。確かにここまできての温かい汁物はありがたかった。お腹にたまるという意味でも塩分と水分を補給するという点においても申し分のないメニュー選択。メインはスパゲティ。デザートにはここでもマンゴが添えられる。

「リダールさん、食事気合が入り過ぎ。お父さん、他の国での食事もこんな感じなの」

「おいおい勘違いするな、馬美。ここだけ特別なんだ。だからアミンに頼んだんだ。ここまで良いのはリダールだからだ。他の国の昼食なんかはランチパックを渡されるだけってとこも多い」

「ランチパックって？」

「軽食みたいなもんずら。あれは味気ない……パンとゆで卵に……焼いた鶏肉を一つ程度……それにバナナかりんごを一つ入れてあって……それにパックのジュース……ビスケット。それを自分のリュックに入れて歩くずら。食べる時はどこか日陰を見つけて石や地べたの上にシートでも広げてな。確かにネパールではこうやってテーブルと椅子を用意してランチをする場合もあるずらけど、こんなに美味いのは経験ねぇずら」

私は家にいてもこれだけの食事をすることがないので、この条件下でのこれらの食事には正直驚いた。

我々の食事が済むとポーターは早々にテーブルセットを片付け、それを背負い本日のキャンプ地へと足早に出かけて行った。後でアミンさんに聞くと彼らは我々がアスコーレを出発した後キャンプ地を綺麗に片付けてから出発し、途中我々を追い抜かしてコラフォンまで重い荷物を背負って、我々の二時間前に到着していた。私はお父さんと写真を撮りながらなのでどうしても遅れるのだが、それにしても早い。リダールさんやアリさんは登山靴であるが、他のポーターはサンダルだ。私は彼らのサンダルを密かに「魔法のサンダル」と呼んだ。

魔法のサンダルを履いて、二十五キロの荷物を背負う。おそらく彼らにとって二十五キロという重量はさしてどうというものではないのだろう。以前はもっと重たい荷物を背負っていたという。しかしそれでは多くの人が仕事にありつけないという理由から重さを制限し、より多くの人に仕事が回るようにと、一人で背負う荷物は二十五キロまでということになったという。驚くことに理由は重い荷物を背負うという人権問題ではなく就職問題だ。それでもアスコーレのキャンプ地には、ポーターの職にありつけなかった十数人が職を求めて立っていた。将来この地で労働争議があるとすれば、論点は一人当たり背負う荷物の重量を二十キロにしようというものだろう。

昼食後バラルドゥ川右岸沿いをしばらく歩くとドゥモルド川の合流地点へと出る。この合流地点に橋があれば、ずっとバラルドゥ川沿いにコンコルディアまで進む近道となるのだが、ここには橋が無い。そのためバラルドゥ川右岸を上流に登ったところにある橋まで迂回する。途中バラルドゥ川の左岸にその日のキャンプ地であるジョラが見えるが、そこには橋が無い。上流の橋まで行くよりない。

初日トレッキング七時間。到着後お茶をいただく。そして夕食までファインダー越しに山を観る。キャンプ地からは、隣国インドにでも行けばリンガとして崇拝されるような山形のバコルダスが夕日を受けて綺麗だった。私は一枚だけそれを撮って後の時間はカメラの前で五朗君もこのキャンプ地で泊まったのかなと思いながら、ただぼうっと過ごした。私の唯一の友達であるカメラも、風にさらされるだけで寂しそうだった。好きな山に囲まれているのに、撮るべき写真を思い描くことができなかった。お父さんはそんな私に話しかけようともせず自分のカメラの前でじっとバコルダスを仰ぎ見ていた。私は山を捉えるお父さんの目にずっと憧れてきた。あの目を通して私の目標とする写真集を作ったと思うと私にとってのお父さんとは自分の親でありながら自分の親ではないような感覚になる。

夕食時間は午後七時。その時間まで陽が落ちず明るい。標高が三三五〇mであったが寒くはない。幸いにも私自身は春先から北アルプスに登っていたこともあり高地に対する抵抗力が備わっていて高山病の症状は全く出てこない。それどころか日本に居た時より体調が良い。

トレッキング二日目。次のキャンプ地のスカム・ツォックに向かう。標高差はほとんどない。リーダーのアミンさんは毎朝キャンプ地の片付けをチェックしてからキャンプ地を離れる。そのため、アミンさんが我々に追いつくまでの間をアリさんがガイド役として歩く。アミンさんが追いつくとアリさんは昼食の準備のため急いでリダールさんを追いかけていく。

歩行距離八キロ。まずはドゥモルド川左岸を歩き、再びバラルドゥ川の合流地点まで前日とは川の右岸と左岸が違うだけの道を歩く。そして再びバラルドゥ川右岸を上流へと歩く。幸いにその日は雲が多く歩くのには楽だった。この日は特に見るべき山もなく歩くだけ。これが炎天下では嫌になっていたことだろう。ここは日陰もない。

退屈になると思われた日であったが、歩行中にアリさんは面白い話を私にしてくださった。それは歩いているバラルドゥ川の対岸にある谷の話だった。マキノタニという名のその谷は、数日トレッキングすると、その先にある山村に辿り着く。しかし二十年前に入った欧米人だけのグループのトレッカー十三名は、誰一人として村に辿り着かなかったのだという。

アリさんが言うには、昔からその谷には魔物が棲むという伝説がある。当然地元の人もアリさんたちガイドやポーター仲間もそれを信じていた。アリさんが私に真剣に言うことには、あの谷には「地獄の番犬・ケルベロス」が氷河の中に棲んでいるという。地元の人たちは、トレッカーがケルベロスに襲われたことを固く信じて疑っていない。アリさんの顔も真剣だった。日本人同士で同じことを言うのであれば笑って済ますところであるが、その土地の言い伝えを頑なに信じるアリさんを笑い飛ばすことはとてもできなかった。

ケルベロスはギリシャ神話に出てくる冥界の番犬。獅子のような三つの首に竜の尾と蛇のたてがみを持つ。意味も「底無し穴の霊」だから氷河の中に棲んでいたとしても不思議ではないだろう。

「アリさん、その後マキノタニを村まで抜けた人は？」

「誰もケルベロスには勝てません」

「じゃぁアリさん。今度ツアーでそこ企画したら？　ケルベロス」

「ハハハ、ケルベロスツアーですか？　無理ですよ。ポーターもガイドも集まりませんから」

「でも相手がケルベロスなら確か音楽を聞かせたら寝てしまうはずよ。それに甘いものをやったらそれを食べるのに夢中になるんじゃなかったかな？　よくわからないけどケルベロスを追い払う方法はあるはずよ。アリさんどう？」

「お一人でどうぞ」

「なんなの、この冷たい一言は」

私は山男たちの意外な一面を垣間見ることができてなぜか嬉しくなった。ケルベロスを真顔で信じ、それを心底恐れる山男。強さと弱さ。男の二面。私はけっこうこういう人たちが好きなのかもしれない。

「アリさんマキノタニに棲んでいるのはケルベロスだけ？」

「もちろん、妖精もいます」

「へぇ～妖精か。それももちろんときたか。妖精だったら可愛くていいじゃない。見たくないのアリさん」

「お一人でどうぞ」

「ハハハ、アリさん面白ッ」

もしアリさんが、私が怖がりで田舎の観音様に伝わる登れば帰れないと言われる階段を恐れて、そこに近寄ったこともないことを知れば、臆病などということはあんただけには言われたくないと言ったことだろう。

私は昔からその土地に伝わる話が好きだ。この日は歩きながら私の頭の中に五朗君の登場はなかった。私の頭はケルベロスに占拠されていた。いったいケルベロスはどうやって氷河の中に潜んでいるのだろうかと。そしてアリさんの言うケルベロス以外の氷河の住人である妖精とはいったいどういう姿をしているのだろうかと。私は勝手に羽が生えた天使のような妖精を思い浮かべ、ずっと自分の世界に入って歩き続けた。私は一人っ子のため『赤毛のアン』の幼少期のように、何かを妄想してわけもわからない自分だけの物語の世界に入ることに慣れていた。

この日は午前中だけでトレッキングは終わり。その後キャンプ地で私は持ってきた本を読んだり、アリさんやリダールさんと話をして過ごした。半日暇なポーターたちは輪を作り歌に興じる。水入れのポリタンクをドラム代わりに打ち鳴らし本当に楽しいリズムを綴る。毎日ポーターたちはこの儀式にも似た歌会をキャンプ毎に繰り返す。これが始まると決まって、その輪の真ん中でかっこよく踊り出すリダールさん。私も釣られて踊る。ストレス発散の場を求めていた私にとってありがたい場だった。久しぶりに心の底から笑い、久しぶりに声を大地に向け発散させた。私の学生時代はちょうどディスコの全盛期だった。ジョン・トラボルタやビリー・ジョエルが青春だった。その当時、田舎から離れ、もんもんとした生活を送っていた私にとって踊ることは写真以外に自分を表現する唯一の手段だったように思う。身体を動かすことだけは好きだった。そしてその一瞬だけは何もかも忘れることができた。

トレッキング三日目。次のキャンプ地パイユ（標高三四五〇m）へと向かう。距離九キロ弱。ここパイユでは二連泊する。だいたい前日と同じ標高。三日間歩いているため既に十分高度順応ができている。次の日はこのキャンプ地に滞在し、少し標高の高い場所まで登ってさらに身体を高度に慣らすスケジュールが組まれている。どのグループもここで連泊をするようで、キャンプ地のスペースも広い。我々の他にアスコーレから一緒のイタリアのグループの他ドイツのグループがキャンプを張っていた。このキャンプ地には多くのバラの木があり赤に近いピンクの花が咲き乱れている。十センチほどの大きな花で高さ五メートル近くに育った木をピンクで埋め尽くす。

このキャンプ地だけにあり周囲の山肌にはないものがある。それは緑。なぜだろう？　と思い聞いてみると、インドのラダックから植林用に木を持ち運んだのだとアリさんが教えてくれた。どうでもよいことなのだが、私はパキスタンの敵国であるインドからなぜ？　と疑問が湧いた。植林された木より、インドという国名に違和感を覚えた。トレッキング中も数カ所に軍の駐留施設があった。トレッカーより銃を肩に提げて歩く軍人に会うことが多い日もある。ここはトレッカーにしてみると楽園なのかもしれないのだが、まぎれもなくこの地は血の臭いのするパキスタン国境地帯。毎日頭の上を軍のヘリコプターが飛び交う。

翌日の高所順応ハイキングは、イタリアのグループに交ぜていただいた。そしてけっこう高いところまで登った。私はこの日「あぁ〜〜あ、歩きたいなぁ〜」という前日までの欲望を満たした。今回のトレッキングは普通の日本人向けのトレッキングツアーの予定と同じ日程で組まれていた。それでは私とお父さんの二人にとっては物足りない。一日の歩きが足りないのだ。

ここのハイキングルートは「香りの小路」。

「馬美さん、ラベンダー。ここのラベンダーの香りはパキスタンでも一番です。ハーブの中でも最高級品です」

ここのものが世界のラベンダーの原種なのだろうか？　匂いがすごくきつい。歩いている間、空気をこのラベンダーが独占していた。森林浴ならぬハーブ浴とはこのことだ。まるでその匂いがテントの中までついてくるのではと思えるほどに匂う。

「馬美さん、これ」

「なに？」

アリさんの掌には赤紫色した小石が載っていた。

「ガーネット」

「ガーネット？」

確かにそれはガーネットだった。一月の誕生石としられるガーネット。このトレッキングルートには多くのガーネットが足元に転がっている。大きなものは地元の人たちが拾ってそれを中国の国境で売買している。

「馬美さんも下を見て歩くと拾えますよ」

アリさんは五ミリ〜一センチ程度のガーネットを昨日だけで五つ拾ったと言って私にプレゼントしてくれた。純度が低いため混ざり物が多く品質が悪いガーネットではあるが、その色に何か魅かれる。ただ私は「山にあるものを山から持ち出すことだけはするな」というお父さんに従い日本へ持ち帰ることはせず、干し柿と共に五朗君のお供えにすることにした。ガーネットは、愛情と信頼の証しとして教会などの装飾に使われてきた。また、実りの象徴とも呼ばれる。こつこつと積み重ねた努力に呼応する石だとされる。愛情と信頼は努力して積み重ねなければ手に入らないという意味合いもあるのだろう。ポッケに入れたこの五つの小石は、努力とは無縁の私に何かを与えてくれるとは思えないが、ありがたくいただいた。

この日から山形が面白いパイユピーク（標高六六一〇m）が姿を現すと同時にいよいよ今回のトレッキングの核心部へと向かう。明日からはトランゴタワー群、カテドラル、マッシャーブルムとお待ちかねの山々が次々と現れる。これほどの山群ではあるが、驚くことに多くの山が無名峰なのである。Ｋ２の意味は測量のためにつけた単なる番号だとは知っていた。しかし七千メートルに満たない山は基本的には特徴的な山でない限りは名前がない。七千メートルを超えてもおそらく全部名前があるとは思えない。アミンさんに、この谷の幾多とあるピークを指差し聞いても決まって「ネームレス」と答えが返ってくる。いっそのこと「ネームレスⅠ峰」「ネームレスⅡ峰」とかって命名でもいいから名前を付けてあげたらどうだろうかと日本人的に思ってしまう。それでも、私にとって、名前があろうがなかろうが、形が良ければグッとくる。それが山。稜線の美しさ。私が山に求めるものはそこにある。

パキスタンは山が多過ぎる。いったい幾つの山があるのだろうか。八千メートル級がＫ２、ブロードピーク、ガッシャーブルムⅠ峰、Ⅱ峰、ナンガパルバットと五つの峰が名を連ねる。七千メートル前後はおそらく百近くはあるのかもしれない。

パキスタン政府も七千メートル級以上は登山者から登頂料を徴収するのだが、それ以下の山は登るのはフリー。このことから、登頂料を取る七千メートル級の山には名前程度はあるのだろうと想像するのだが、実際には名前もない山が多々存在するのかもしれない。何もかもが日本ほど他国は厳格ではない。日本ではわずか十メートルに満たない滝ですら名前を付ける。パキスタンではそれこそがあり得ない発想となる。パキスタン政府は六千メートル級以下は山とは数えていないのだと思う。そして当たり前のように名前などない。これが実態のようだ。どうだろう？　日本人ならば、峰の一つ一つ、沢の一つ一つ、滝の一つ一つ、全てにおいて名前

を付けるであろう。それが日本人だし日本文化だ。所変われば とは言うが、これほど違ってい

いものだろうかと思うほどに国民性というものが違う。綺麗な高山植物があるのでガイドに花の名前を聞いても「フラワー」、どんな種類の花でもそれは「フラワー」なのだ。そして七千メートル以下のほとんどの山は「ネームレス」、それでいいのだ。名などなくとも誰も不足はない。世界って本当に面白い。人も国も思想も全てが違っていいんだ。だからこの世は面白いのだし興味を惹く存在として人の心に宿る。ここへ来て違う文化と触れてみることで、私の心が解放されるヒントのようなものが宿り出す。それだけでも、五朗君に導かれるようにしてここまで来てみて良かった。全てに名前を付け、物の全て、人の全てを監視するかのような日本文化の中で委縮していた私の心。ここへ来てやっとその心が解放へと向かった。

パイユで連泊した後のトレッキング五日目。ついにバルトロ氷河の上を歩き次のキャンプ地であるコボルツェ（標高三九四〇ｍ）へと向かう。氷河の上と言うとだいたいの人は白い氷の上を歩くイメージを抱くはずだ。しかし実際のバルトロ氷河は氷の上に多くの岩が載っているため、ガレ場を歩くのとあまり変わらない。日本の河原歩きを想像してくれたらよいように思う。アイゼンも必要ないし登山技術も無用。我々は登山靴。ポーターは「魔法のサンダル」で歩く。氷河は下流へと流れるにしたがい、谷の両サイドの山肌の岩を削り取る。また、その山肌の上部の岩も毎日のように落石を繰り返し氷河の上にたまる。そうするうちに氷河の上面は岩で埋まる。下流へと流れるにしたがい、その岩はやがて氷河全体に広がっていく。

気をつけなければならないのはそこに生じるクレバス。クレバスとは氷河が流れ下る時に生じる氷の歪み。その歪みは氷の塊に大きな口を開け時に人を呑み込む。マキノタニのケルベロスも恐ろしい存在なのだが、このバルトロ氷河を歩く我々にとっての最大の危険はケルベロスではなくこのクレバス。今は雪が無いからいいが、ここに雪が積もりでもしたのなら、どんなベテランでもその割れ目に落ちる可能性を排除できない。幸いにこの時期雪は無く、クレバスを目視確認しながら進めるため、安全度は高い。また多少のアップダウンはあるものの、全体として平坦なここの氷河には斜面のセラックの崩壊のようなことも考える必要はない、雪が降りでもしない限りはスノーブリッジも無い。多少の危険はあるが冬とは違い六月ともなれば随分とリスクは低い。

氷河トレッキングでトレッカーが嫌なのは歩行する場所で岩や小石の下に隠れて氷があること。氷の上に砂埃が堆積している場合、氷か岩か判断がつきにくい。また小さい岩の集まりの直下が氷であるときも同様で、下り坂でうっかりその氷の部分に足を置いた場合、滑って痛い目に遭う。

氷河トレッキングとはどのようなものかと想像するなら、五十センチから一メートルほどの大きな岩がゴロゴロとしている日本でもありそうな河原歩き。私は子供のころ、町に流れる高瀬川をずっと遡ったことがあったが、その時の感覚に似ていた。砂場もあるし岩場もある。欧米の人はよくストックを持って歩いているが、一般的にはこのような場所で歩く場合ストックは使わない。河原で遊ぶ子供がストックなど使わないように。岩と岩との間にストックが挟まりやすいし、氷や岩の上にストックを置いても滑りやすくて危険なこともある。何より標高差がなくストックを使う必要性がない。要するに邪魔。ポーターを見ればよい。彼らは荷物を背負って杖など使わず魔法のサンダルでどこまでも早く歩く。

体力も技術もその山に適していない人が山に入り命を落とす。私の田舎ではそんな当たり前のことを、誰もが小さい時から見て聞いて知っている。山は大きな恵みを我々に与えてくださるが、時として畏怖の念を持たず入る者に対してだけは「試練」という別の与えをくださる。このお気楽そうなトレッキングでも、一定の能力が必要となる時もある。ここでは正直な話、ただひたすら歩ければ問題ない。「歩く」それが全て。しかしたまにその上に「早く」が必要となる場合がある。ここは谷であるため場合によってはルートが谷側近くとなる個所が数カ所ある。昼近くなるとその岩肌が熱せられ岩の表面が膨張し落石が発生し出す。ポロポロ、ボロボロと崩れる岩肌。それを横目に見ながら一部では走ってそこを通過しなければならない。

「早く！　早く！」

アミンさんが真剣に叫ぶ。トレッキングルート上には、ごく最近落ちたと思われる岩がゴロゴロと横たわる。

「早く！　早く！」

アミンさんは何度も続けて叫ぶ。ここだけは早く歩いてくださいと怒鳴るように言う。絶壁の上の方が崩れ小さな岩が急降下して落ちてくるのが見える。トレッキングルートは絶壁から二〇メートル以上離れているのだが、そのトレッキングルートに真新しい岩片が幾つも転がっている。上方で跳ねた岩が離れたトレッキングルートにとんでもない速度で跳ねて飛んでくる。

山ではこれが怖い。私は冬の上高地で走れるだけの体力だけは持ち合わせていたため、かろうじて雪崩から逃げ切り生き延びた。お父さんに連れられて行った北アルプスの大キレットでは落石が多いために、確実に浮き石を落とさず早く通り過ぎることを求められた。いつも私は体力と運があることを証明した。自然は実力のないものを選別する。そしてその人の運を試す。歩くことができさえすればなんとかなるコースではあるが、運だけは必要不可欠。特にここの落石は見ている間にも数十個。これほどの落石があって一般者が入るトレッキングコースは世界でもそうあるものでもない。大キレットでは浮き石を誰かが触ってそれが落ちるという人的要因が多いから半分は予想できる落石かもしれない。しかしここでは全てが自然に落ちてくる。

明治から大正時代に活躍し、新田次郎の小説『剣岳　点の記』で有名な剣岳の山案内人・宇治長次郎。剣の三ノ沢雪渓は今でも彼にちなんで長次郎谷と呼ばれているほど名を残した案内人だったのだが、彼は山案内する時、たいへん厳格だった人物としても有名だ。彼は道ばかりでなく、天気の予知能力にも長けていた。

「そっちは駄目っちゃ」

「今日は駄目っちゃ」

と彼が言えば、言われた者がどんな立場の人間であろうとその先へとは進めなかった。山でのリーダーとなるにはこれができなければ駄目。客となるにはそれに従うことが最低条件。従えないのであれば一人で歩け。けっして人を頼らずに。アミンさんはパキスタンのガイドであるが、何処のガイドであろうともこの長次郎と同じ資質を持つ。そして私もお父さんも彼に黙って従い走る。

氷河トレッキングでいいのは水場が豊富なこと。歩きながら数カ所で冷たい氷河の恵みが足元に流れている。トレッキングでの楽しみは幾つかあるが水という自然からの一番の恵みは何にも代えがたい贈り物。その一口が身体の隅々に力を与えてくださる。五朗君のノートには七千メートルを超えるところまで行った場合は一日に四リットルも五リットルも水を飲まなければならないとあった。多少の高山病で意識が朦朧としていようとも水分摂取だけは忘れるなと書いてその上にピンクの蛍光ペンを走らせてあった。五朗君もこの水を飲んだのかと思うだけでその時私は幸せだった。交わらなかった私と五朗君の人生。やっと少しここで接点を持つことができた。そんなことを想いながら歩いたこの日、ついに見えた。

「馬美さん、奥の左……ブロードピーク」

アミンさんの一言。

「エッ……あれが……」

「そうです、今日は見えますすね」

（ブロードピーク……五朗君……あそこにいるんだ）

そう思った時、私の瞳が潤んだ。

「やっと、やっと辿り着いた……」


キャンプ地は水が豊富なので上着などを洗濯した。幸いに厨房テントの横を通るとリダールさんが夕食の準備をしていて、私の洗濯物を見ると厨房テントに干すようにと言ってくださった。厨房テントはガスを使っているため温かい。登山用の上着などは夕食までには乾く。外に干したのでは土埃が多く洗濯をしたのか汚したのか分からなくなるほどに酷い風が吹く。かといって自分のテントの中では乾くことはない。

洗濯をした場所のすぐ先がバルトロ氷河左岸の山肌。そこには多くの高山植物が咲く。田舎のお母さんが高山植物好きなこともあり高山植物には興味がある。お母さんからは出発する前に珍しい花があったら写真をお願いと頼まれてもいた。周囲にはエーデルワイスやアスター、アラルディア、プリムラといった一般的な種類の高山植物が山肌や氷河上の岩の間に沢山咲いている。エーデルワイスを見るとつい『サウンド・オブ・ミュージック』を思い出し、歌いだしてしまう。歌いだして慌てて周りを見る。「音痴」と誰かに言われはしないかと。昔、日本の山を歩いていた時に一人だと思って楽しく歌を歌いながら歩いていたら、突然子供が角から現れて、すれ違いざまに「音痴！」と言われて以来、私はいつも山では心の中で歌っていた。

この日も周囲に誰もいないことを確認してから少し口ずさむ。エーデルワイスを見て『サウンド・オブ・ミュージック』のマリアを思い出す。エーデルワイスは気高い白の意味。高原の貴婦人とも呼ばれる。私にとって映画の中のお転婆なマリアはそのとおりに気高く、そして美しいまでの白さと清らかさで踊っていた。マリアを加えたトラップファミリーの家族愛にどれほど憧れたことだろう。結局自分の家族を持てなかった私にとって、トラップファミリーは永遠の憧れだけの存在となってしまった。

　お父さんからは、あまり花は期待するなと言われていたのだが、私が思っていたより数倍の花が咲いていた。中には目を見張るような色彩の花もある。サクラソウの仲間の綺麗な白い花。単に白と言うがその白さに驚く。いったい世界のどこに、この白より白い白が存在するのだろうかと思うほどの白さである。こういう白さや他の花の色は、なかなか写真で実際の色を再現することが難しい。花は光の入り具合で七変化どころか百変化する。花弁が薄いと花弁がすっかり透けて見えたりもする。花の写真の場合はどの程度の光を入れるか、どの時間帯の光を入れるか入れないか？　背景は山か空か？　画面いっぱいを花で埋め尽くすのか？　そういったことを考えて撮ることが楽しいのかもしれない。

　自然の楽しみ方は千差万別。自然って本当に面白い。いろいろなものを見せてくれる。私にとってそれがどれほど嬉しいことであるか。トレッキングでも唯一私を癒やしてくれるもの、それが自然。山・花・水・風。全てが私を味方してくれる。流れる雲さえも私にエールを送ってくれているよう。きっと五朗君もこの花を見て綺麗だと言ったはずだ。五朗君はそんな人だった。口数は少ないけれど、綺麗なものは綺麗。好きなものは好き。ボソッと言うのが五朗君だった。愛しく懐かしい五朗君。残念ながら懐かしい存在になってしまったがそれでも愛しい。今でも、おそらくこれからもずっと。人は思い出の中に生きる動物と誰かが言ったが、本当にそうなのかもしれない。今ここで私が一番失いたくないもの。それが思い出なのかもしれない。それは将来というものが見えてこない今の私ならではの感覚なのかもしれないが。

キャンプ地の南西にはリリゴという山が凛々しくそびえる。沢に面したリリゴの斜面は小さなピラミッドの集合体のように見える。幾つもの小ピラミッドが斜面に沿って綺麗に並ぶ。それは段階的に氷河に削り取られたことを示す。そのピラミッド群に太陽光が当たると光と影が織りなす絶妙な芸術作品となり我々の目を楽しませてくれる。この山もこの日見ることができる斜面と、前日まで見えた反対側の斜面とでは全く違う山にしか見えない。正直私はその山がリリゴだとアミンさんに聞いた時、頭の中には?マークしか浮かばなかった。もっと言うなら「アミンさんなにか勘違いしてない?」なんて失礼にも思ってしまっていた。しかし、それは事実リリゴである。こういうことは山ではよくある。田舎でもいつも見ている方向からの北アルプスがあまりにも頭から離れないから、たまに車で移動して他の場所から同じ山を見ても、どの山なのかわからなくなる。そのため私は等高線の描かれた地図を見る事を始めた。地図上の等高線を見て個々の山形を思い描く。それも八方から。綺麗な稜線を持つ山は等高線で見てもやはり美しい。リリゴはその美しい山形と山肌にへばりつくように立つ幾つものピラミッドという特徴的な山容から特に印象深い山と言えるかもしれない。雪ばかりではなく、雪と岩、それに幾つもの小ピラミッドとのコントラストが最高に美しく目に栄える。岩は黒く、それは正にカラコルム（黒い砂礫）である。

リリゴはその山名の由来も面白い。昔、アメリカ人の夫婦がこの地を訪れた。そして数年後に旦那さんだけでこの地を再訪したのだが、その時既に奥さんは亡くなっていた。前回のことを覚えていたポーターは彼に「今回、奥さんはどうしたんだい？」と尋ねると、旦那さんは冗談で山を指差し「リリー（奥さんの名前）はもう山へ行ったよ（ゴー）」と答えたそうだ。ポーターはその後「リリーゴー。リリーゴー」と繰り返した。するといつしかこの山がリリゴとなった。リリーはゴーしたと言った旦那さんにすればリリーがゴーした場所は天国だったはずなのだが、こうして奥さんの名前を冠する山ができてしまうのであれば、ポーターのとてもいい勘違いなのだと思う。私はこうした地元の逸話が本当に好きだ。なにか心が癒やされる。たとえそれがケルベロスのような怖いものであっても。

一つ一つの頂に、これまでの歴史を感じ、そしてその歴史を想うことで山への愛着が湧く。二つの大陸が衝突して、それまで海だったところが隆起した。風は雲を生み、そして雪をこの地に運んだ。雪は静かに降り積もりやがてそれは氷の層となり、自らが舞い降りた地を削りこのような芸術作品を作り上げた。今我々が見せていただくことができるこの風景。奇跡だと私は常に思う。何が奇跡かって？　その奇跡を見ることができる私が今ここにいること。私が生きていることそのものが奇跡。私はいつも地球と自分の命をそう思って見つめている。この全てが地球という素晴らしい物語の中の出来事なのだと。この夜の星は特に美しかった。田舎の星空も美しいが、ここの夜空も感動を覚えずにはいられない。日本で見る北斗七星もパキスタンで見る北斗七星も同じ北斗七星なのかもしれない。でも下に見える山が違うというだけで、心が別の感情を作り上げる。ここでの夜空は五朗君との距離を特に短くさせてくれる。五朗君はこの地であの煌めく星々をどんな気持ちで見ていたのだろう。そっと心に五朗君の寝顔を思い描いた。

トレッキング六日目。五キロほど先のウルドゥカス（標高四〇五〇ｍ）へと向かう。コボルツェからバルトロ氷河左岸のサイドモレーンを歩く。このサイドモレーン沿いには沢山の高山植物がある。それを見て歩くだけでも心が和む。ウルドゥカスは高山植物が多くはない氷河トレッキングの中にあって、高山植物が比較的多いことで有名な地だ。ガイドのアリさんが私のために午後の一時間余りを高山植物の散策に費やしてくださった。キャンプ地の上には本当に沢山の高山植物が咲き乱れていた。種類は前日までとあまり変わりはしないが、斜面の一面に咲く高山植物は圧巻だ。勿論黄色いケシの花や大きなサクラソウの仲間など、この氷河トレッキング中、そこでしか見られない貴重種もある。どうやってこれらの植物はその種をここに運んだのだろう。全く違う谷に咲く花と全く同じ花を付ける種がそこにある不思議。

私たち親子は不思議なことにずっと昔から植物を動物というか人間のように扱っていたように思う。全能性を持つ植物は我々親子にとっては神からの使いのようなものに見えていた。植物には目もあれば口もあるし脳味噌などは私より多いのだと。お父さんもそれは同じだったと思う。植物は遺伝子を残すために昆虫や鳥たちに好かれようとその姿を変えて進化してきた。そのような進化に必要なものこそ昆虫や鳥たちを観察する目であり考える脳ではないか。昆虫や鳥たちをいかにおびき寄せるかを考え、そして自らの形をも変えて植物たちはその遺伝子を残してきた。単に言葉で示すとこれだけのことなのだが、これはどれほど凄いことなのかを深く考えた時、私は植物の偉大さにただ畏敬の念を抱くばかりとなる。そうなのだ、我々親子は常に植物をそのように敬って生きてきた。そしてファインダーを通して植物の花弁一つ一つを愛しくとても大切なものとして捉え続けてきた。蜜を集めに来る昆虫に合わせた自らの身体作り。目的とする昆虫がその蜜を必要とする時期は？　好きな色は？　好きな匂いは？　好きな形は？　植物は常に自らの眼で見ている。昆虫の動く姿を。植物は全身全霊を傾け、そして全神経を研ぎ澄ましずっと感じている。昆虫が何を思っているのかを。昆虫が何を望んでいるのかを。その観察眼を持って植物はずっと自らを進化させている。昆虫が好きな色になるように。昆虫の好きな匂いを発散できるように。昆虫が好きな形となるように。昆虫が生きるのに必要な栄養を与えられるように。受粉という高貴な行いのため。高山植物は子孫を残すただそれだけのために短い夏を生きる。そして短い夏に自分の生きた証しを残すばかりか、種族の将来への新たな情報をも種として残す。植物からは多くのことを学ぶ。彼らのように私も私の写真を未来へ残すために日々自然を観察しなければと教えられる。

この日は半日でトレッキングが終わった。ポーターは持て余した時間を使い相変わらず楽しそうに空のポリタンクを叩くリズムに合わせ歌い踊る。アリさんと高山植物の散策を終えた私は洗濯物が乾くように干す位置を替えたり、本を読んだりして過ごした。

ここまでアリさんとポーターたちの行動の違いを必然的に見てきた。よくよく見ると、同国人ではあるが、民族が違えば考え方も習慣もいろいろな違いがあることに気が付く。アミンさんやアリさん、リダールさんはフンザの人。ポーターはスカルドゥ出身のバルティ人。宗教もフンザはイスラム教のイスマーイール派。ポーターはシーア派。フンザの人たちは比較的裕福な人たちが多い。またアリさんのように一流のガイドになろうと勤勉さも目立つ。アリさんが言うには、ポーターたちバルティ人の人たちは学ぼうという意欲を見せる人が少ないという。これはフンザのイスマーイール派の人たちが一様に見せる他民族への偏見のようなものかもしれない。私などが見た場合、ポーターたちは物凄く貧困な生活をしていることは明白であるから、貧しさゆえの教育の差だと思って両者を見ていた。幼いころからずっとその日一日をどうやって生き延びるのかだけを考えて生きてきた彼らと、十分な教育を受け育ったフンザの人々とでは比べること自体間違っているように思えた。裕福なフンザの人たちは皆が最低限の教育を受けている。それに対してバルティ人の人たちは学校に通えない子供が少なからずいる。それが他の民族から偏見の目で見られる原因。アリさんは良い人なのだが、明らかに彼らをさげすんで見ていることに関してだけは少し反感を持った。日本人は平気でアジアの人たちを偏見の目で見てきた。白人が有色人種を見る目と同じように。経済的豊かさからくる心の貧しさを人は持つ。私はお父さんがロシアでの抑留から帰って日本国内で「赤」だと言われたことを聞いて育ったし、私の田舎のような小さな町であっても朝鮮民族などへの差別的なものを見て育った。どこでも偏見や差別は普通にある。それが世界。しかしどこであってもそれを目の当たりにすると反感を覚えずにいられない。

同じイスラム教徒であっても宗派が違えばやることも違う。ポーターたちは日に五回のお祈りをするので、当然彼らがお祈りする姿を毎日見ることになる。特にパイユなどでは全員が一カ所に集まりお祈りをする。その儀式を目の当たりにすると宗教に不慣れな日本人としては一歩引いてしまう。それに対しガイドたちは日に三回。それも朝と夜なのでまるでお祈りなどしていないように見えてしまう。イスマーイール派はイスラムの他の宗派に比べ戒律も緩い。お酒を飲まないという印象が強いイスラム社会の中にあって、フンザでは自らワインを作る。アミンさんなどは自宅に立派なワインセラーがあるのだと自慢する。リダールさんにいたっては相当な数のワインの利き酒ができると自慢する。女性もカメラに顔を隠すようなことはなく、こちらが頭を下げてカメラを向けると若い子などは喜んでポーズをとってくれるという。日本の文献などではよくイスラムは禁酒との見方がどうしても強いのだが、ワインなどはパキスタンのフンザが例外ではなく、イスラムの他地域でも作られているし、飲まれていると教えられた。お父さんの知り合いのパキスタンでも有名な登山家は日本酒が大好きで以前撮影でパキスタンに行った時など「何故、俺のために日本酒を持ってきてくれなかった」と真面目に怒っていたというから面白い。本当に世界は「百聞は一見にしかず」なのである。わずかな文献だけを頼りに書いた日本の有名な小説などでも、このようなことを知らずにイスラムは一律に禁酒だとか、お祈りは日に五回だとか書かれているものも多い。イスラム自体が日本の仏教界と同様に多宗派が寄りそう寄り合い所帯なのだ。戒律の強弱もお祈りも全てが地域や宗派によって全く異なっている。

女性の写真を撮ることに関して言えば、トレッキングの起点となるアスコーレではカメラを向けるだけで皆が逃げていく。場合によってはカメラを向けるだけでトラブルになることもあるので、写真を撮りたくても女性にはカメラを向けないでいただきたいとアリさんから注意を受けていた。我々日本人にしてみると宗派の違いというものに関してあまり知識がない。ここでわかることとは宗派の違いと考えるよりも宗派の違いイコール宗教自体の違いと考えたほうがわかりやすいということだった。やることなすこと全てにおいて違うのであれば、ガイドとポーターは、パキスタンという国は一緒でも民族も宗教も生活域も全く違う人たちなのだと認識した。

トレッキング七日目。ゴレⅡ（標高四三八〇m）というキャンプ地まで約十二キロを歩く。ゴレとはガレ場の意味でキャンプ地一面が岩で覆われている。ここまでくると、今回のトレッキングの核心部であるコンコルディアまで間近。ガッシャーブルムの山並みもはっきりと見える。

コンコルディア方向を見るとG４（ガッシャーブルムⅣ峰）とミトレ（標高六〇二五m）が綺麗。富士山の横幅を二分の一にしたようなG４はこのコースでは主役。ゴレの手前からずっと正面に見ることができる。ゴレから見るミトレは猫の顔をしている。アリさんはコンコルディアで見るミトレは全く違った山で、鋭角なその山容は誰もが好きになると言っていた。常にG４は見ることができるのだが、G１〜G３はG４の陰で見え隠れする。我々のコースだとG１など見えるのは一瞬。我々親子は幸運にも今回全ての山を見ることができた。こういった運だけは強いものを持っている。

さすがにテントの下が氷では寝るには寒い。私は支給されている通常のマットの上に持ってきた本を上手く平らになるように敷き、その上に自分で日本から持ち運んだエアマットを敷いた。お腹には使い捨てカイロを貼り、日本からわざわざ持ってきたお湯を入れられる小さなペットボトル二つにお湯を入れ、その各々を自分の靴下の中に詰め込み湯たんぽ代わりに足元に忍ばせるという完全防備で寝た。

お父さんは日本の温かいものが入れられるペットボトルは意外と丈夫で湯たんぽ代わりにな

るのだとアドバイスしてくれた。歩行中はぬるくなったものを飲むことになるが、どうせ昼には温かい物が食べられるし飲めるのだから、確かに保温性の容器は必要なかった。夜寒くて眠れないという経験を私は今までも何度かしていた。それはずくなし娘の私の準備不足と、荷物を減らしたいという理由から発生する悪行なのだが、基本的に身体の体温を維持することは、山では全てにおいて優先順位を高くする必要がある。準備不足というプロとしての心構えの欠如についてはお父さんから何度も怒られた。

今回はポーターが荷を運んでくださるということに甘えて、装備は万全にしてきた。そのお陰で下からの冷気が防げたため温かく夜を過ごすことができた。やり過ぎかとも思ったが、風邪をひいたら皆に迷惑がかかってしまう。この山奥で病気になることだけは避けたいという恐れがずっと私にはあった。アスコーレではシュラフだけでも暑くて寝苦しかったことを考えると毎日の環境への対応と体温調節の難しさを感じる。

温かくする事でぐっすりと眠ることができた。そんな朝の目覚め。うっすらと目を開けるとテントの中に入る太陽光の色がいつもの朝とは違っていた。

「馬美さん朝ですよ」

とアリさんが紅茶を入れて私のテントに来た。トレッキング中、毎朝起床時間にアリさんが紅茶と洗面用のお湯を洗面器に入れて持ってきてくれた。本当にありがたいサービス。

「おはようアリさん」

そう言ってテントのファスナーを開けてアリさんから紅茶を受け取ろうとすると、外は真っ白だった。

「馬美さん、今日は少しゆっくりしましょうね」

「……」

「馬美さん、今日は雪が降って危ないから少し遠くが見えるようになってから出発します」

私はテントから出て辺りを見回した。私が熟睡している間に辺りは真っ白。降っている雪はさほど多くはないが、視界が悪い。新雪が十センチくらい降り積もっている。私は六月の最終日に視界が遮られるほどの雪が降るという初めての体験をした。それこそ海外に出なければ体験できないこと。新雪の上に自分の登山靴の跡を付けてみる。新雪と靴とが触れ合ってキュッという音が鳴る。私の大好きな音色。まさかこの時期にこの音色に会えるなんて思ってもみなかった。世界って、自然って面白い。一、二、三、四、五と数えながら足跡を付けそれを楽しんだ。寒いことも気にせずに。本当はその日、一刻も早くブロードピークを間近に見たかった。その朝、その雪を見て五朗君の顔がふと浮かんだ。二人にとって白い雪は常に人生の岐路となった。この雪は私に何を運んでくれるのだろうか。ブロードピークの上も雪なのだろうか。五朗君の上にもこれと同じ雪が降っているのだろうか。

我々親子は急ぐ旅ではない。キャンプ地から全てのグループが立ち去った後の八時ごろ、その日のトレッキングを開始した。前のグループが雪をしっかり踏みしめて良好なルートができてから行こうとお父さんが言う。ガレ場を歩くより、雪道を歩くほうがずっと歩きやすい。また風もなく小雪が降る天候というのは暑さに耐えて歩く条件よりはるかにありがたい。そしてなにより他の人が歩いた後というのはクレバスに落ちる危険度もずっと低くなる。

「キュッキュキュッキュ……」雪の上を歩く。私の大好きな音色が聞こえる。快適だ。お父さんは特に雪が好き。真っ白くなった周りを見回しては楽しそう。そんなお父さんを見ると人はどんなに年を重ねても心はいつまでも子供のままなのだと実感させられる。

コンコルディアが目の前に見えてきた。

「良かったですね。無事にここまで来られて」

コンコルディア直前で一斉に雲がなくなり、言われたとおりの大展望が目に飛び込んできた。

「ブロードピーク！」

私は思わず心の中で叫んだ。名前どおりの広い頂。

「……五朗君……五朗君……五朗君……」

私はその広い頂に向かってまるで念じるように言っていた。どこに眠っているのかわからないが、五朗君は確かにあの山のどこかに眠っている。やっとここまで来た。私が去年、突然心に浮かんだブロードピーク。その頂は目の前。どこかへ行くという行為はその途中に旅があるから楽しいものだと何かで読んだことがある。私は五朗君の旅の一部をなぞった。五朗君はここまで来るのに何度笑ったのか、何度山を仰ぎ見たのだろうか。そしてそれは始終楽しいものだったのだろうか。五朗君の旅はいったいどんな旅だったのだろう。もうそれを知ることはできない。それでも私は五朗君が最後まで夢見て歩いた土地に立つことはできた。

残念ながら、K2はその日我々にその姿を見せる事はなかった。私はテントに入り、荷物の中からお義母さんから預かった干し柿を取り出した。テントはファスナーを開けると正面にK2。そして右隣にブロードピークが見える絶好のポジション。前に障害物は一切無い。K2を北に見て、東にG4、南東にバルトロ・カンリ、スノードーム、南南東にチョゴリザ峰の一部が見え、南にミトレ。ミトレは鋭角で私好みの稜線を持つ山だった。ここで見える山の中で標高的には最も低い山のようなのであるが、私の基準では最高の山に見えた。はるか西の遠方にパイネやトランゴタワー群がうっすらと見える。北西にクリスタルピーク、マーブルピーク。K2だけがお出ましにはなっていないが、正に圧巻の風景。登山家はもとより世界中のトレッカーがこの地に集まるのがわかる。誰だってこの景色は見てみたいだろう。四十六億年かけて地球という芸術家が作り上げた岩と氷の芸術作品を。

「五朗君、わかる！　ここまで来たら登りたいって。絶対わかる。なんでそこに行ったの？なんて疑問を持って御免。行きたかったんだよね。登りたかったんだよね。この山全部。登山家五朗として……」

良かった。ここに来て良かった。一緒にいる時に感じることのできなかった、五朗君の想いの一端に触れられて良かった。チョゴリザ、スノードーム、バルトロ・カンリ、ガッシャーブルム、ブロードピーク。五朗君の登った山々の麓に立って初めて知った。私も登山家ならば同じことをしていたのかもしれない。そう思わずにはいられない。眼前に迫りくる峰々が私の心を震わせた。人の心を一瞬で震わせる。ここの山にはそんな力がある。それが五朗君の愛したこの谷なのだ。この星が創り上げた芸術作品。それに魅せられた五朗君。夢、そして五朗君の生きる目的の全てがこの地にあった。自分の生きる目的を探し当て、愚直なまでにそれに向かうことができた五朗君。幸せだったのだ。五朗君は幸せだったのだ。それを疑う余地をこの地から見出せなかった。日本の社会に埋もれ、平凡な人生の果てにあの世に旅立つのではなく、短いけれど自らの人生目的を見出し生き抜いた。そんな五朗君をやっと私は受け入れられた。

「干し柿をどこにお供えしたらよいのやら」

呟きながらガッシャーブルムの方向へと歩く。アミンさんに聞くとテント場からは死角となっているK２の左側にあるエンジェルピークも見えると言う。だったらそこまで行ってお供えしようと私は歩いた。エンジェルに五朗君の眠る場所までこれを運んでもらおう。

するとそこに先客がいた。アリさんだ。何やらお祈りをしている。アリさんはイスマーイール派。アリさん自身が言っていたことから考えると、その時間はお祈りの時間ではない。いったい何をしているのだろう。お祈りとあっては声をかけるのもためらわれる。私はアリさんを避け、その先まで行こうと少し方向を変えて歩きだした。するとそれに気が付いたアリさんが私に声をかけてきた。

「馬美さん、どこに行くの」

私はそれまで誰にもなぜこの地へと来たのかをしゃべらずにここまで来た。皆さん自分の山行自慢を語るだけで、誰も私のことを尋ねることがなかったこともあるが、私自身他の人に話す気がなかった。私は正直なところ、ここまで来たのなら五朗君の情報が欲しいと思っていた。だからパキスタンまで来て、初めて他人に今回の目的を話した。相手がアリさんだったから私も安心して話したのだろうと思う。同じ日本人にはあまり聞いてほしくないと内心思っていた。

「実は……」

アリさんは真剣に私の話を聞いていた。顔には驚いたような表情が浮かぶ。そして私の話を聞き終えると私の目を見て話し出した。

「……貴方が五朗の奥さんだった……五朗の……」

「エッ！　……アリさん……五朗って？　貴方、五朗君を知っているの？」

「……知っているもなにも、五朗はいつも私の伯父と山では一緒でした……そしてそれは最後まで続きました」

「……どういうこと？」

「私の伯父は我々一族自慢の山岳ガイドでした。私は伯父に憧れてガイドになりました。そしてあの日……私はガイドとして初めてこの地を踏みました。そしてあの日……あの上で……」

そう言ってアリさんはブロードピークを仰ぎ見た。

私はここまで来れば、誰かがそのことを知っているのではないかと、内心ずっとそう思って日本からやってきた。しかし、それを話すと同時にそれを知っている人が現れたことに正直驚いた。

「まさか私がこの地に初めてお客さんを連れてきた時にそんなことが起きようとは、本当に残念なことでした」

「そうだったのですか……」

「馬美さん、私にできることがあるようでしたらなんでも言ってください。貴方と私がここで会うことはきっと神様の思し召しがあったからです。私はなんでもしますよ。私にはその義務があります。私の伯父さんがついていながら貴方の旦那さんを助ける事ができなかった。我々一族はそのことが残念でなりませんでした」

「……」

黙って二人でブロードピークを仰ぎ見る。それ以上二人で話すことはなかった。

「馬美さん、Ｋ２が見えます」

お祈りをしてテントに帰りかけた時アリさんがそう言うので見ると、Ｋ２の頂上だけが雲の中に浮かぶように見えた。

「あれがＫ２？」

「はい、あれがＫ２です」

そうか、あれなんだ。五朗君が次に登るはずだった山。五朗君は天国で既に登ってしまっているのかもしれない。その時なぜかそんな気がした。天国へ行っても五朗君は五朗君なのだと。ただがむしゃらに山に向かっているはずだと。

その夜、私はいろいろな気持ちが錯綜して眠ることがなかなかできなかった。今日はあまりにいろいろありすぎた。五朗君のこと、私のこと、お父さんのこと。そして写真のこと。うとうととしてやっと眠ったと思ったら夜中の一時ごろトイレに起きた。テントに戻る前に山々を眺める。冷たい夜気の中、雲一つないコンコルディアの絶景の中、右にブロードピーク、左にマーブルピークを従え、月明かりを受け谷の奥底に鎮座する威風堂々としたＫ２は正にこの谷の王者のように見えた。

自然と私の目はチョゴリザ峰からスノードーム、バルトロ・カンリと五朗君の登った山を順に追った。そして最後にブロードピークにお祈りをした。満月前夜のこの夜、十四番目の月に照らされたＫ２とブロードピーク。二つの頂は美しいというより神々しいものだった。クリスタルピークの上に輝く北斗七星の光も温かく感じた。見事に七つ並んでいる。毎晩天体望遠鏡を覗く人の気持ちがよくわかる。ここに立つと誰だってあの光の不思議を覗きたくなるだろう。標高八千メートルから見える宇宙ってどんなだろう。五朗君は汚れなき空気の先の宇宙をどんな思いで見たのだろう。感動して夜空を見上げる五朗君の顔が思い浮かぶ。

その後、朝までぐっすりと眠る。久しぶりに朝方夢の中で五朗君に出会った。彼はあごひげを凍らせ私に向かって微笑みを投げかけていた。山に登れたことが嬉しかったのか、嬉しそうな五朗君の顔が印象的な夢だった。

「馬美さん、朝ですよ」

「はぁ〜〜い」

アリさんが紅茶を持ってきてくれた。この時、私は人に起こされるまで起きなかったのは何年ぶりだろうと思いながら、テントのファスナーを開けた。この日の朝は自由起床だったので紅茶のサービスもないはずなのだが、朝日に輝くK２があまりにも綺麗なのに、外に出てこない私をどうしたのかと気遣って、アリさんが紅茶を持ってきてくれた。紅茶をゆっくり飲むことで徐々に自らの目を開けてゆく。テントのファスナーを全開にしてK２とブロードピークを見る。

「いいなぁ〜」

思わずそんな言葉が出る。

「馬美さん、昨日行ったところに行くといいですよ。今、エンジェルピークに朝日が当たってます。きっと良い写真が撮れます」

「ありがとう、そうする」

確かにそれは美しかった。K2の稜線の一部にちょこんと間借りした居候のように乗る真っ白のピラミッド。それがエンジェルピーク。私は写真の芯を少しエンジェルピーク寄りにしてK2をファインダーに収める。朝の刻々と移り変わる陽の光。その変化が面白い。続いてブロードピークを狙う。アリさんは、五朗君たちはブロードピークの北峰から主峰へと縦走しベースキャンプに戻る途中に雪崩に遭ったと言っていた。その場所はアリさんもアバウトでしかなかったが、私はだいたいあの辺りかなと思ってファインダー越しに、

「五朗君……」

そう呟いてシャッターを切った。


その後、私はお父さんと共にこの谷の魅力を写すことに専念した。白と黒。カラコルムとは「黒い砂礫」を意味するのだが、本当に岩が黒く見える。この日は雪景色の中だったから、この谷は雪の積もらない岩肌の黒と真っ白な雪とで、見事な芸術作品となっていた。写真を撮るのには申し分のない景色。

なのに何故だろう？　北アルプスの自然を切り抜く時のようなワクワクとした意識が働かない。確かにいつもと違う。五朗君を思い出しながらファインダーを覗いていた私。好きなはずの山を見ていて変に違和感があった。きっとそれは山と私の中間に五朗君が入っているからなのだろう。その時、私はその違和感の正体をそう思うことにしてしまった。しかしそれは五朗君とは関係のない、私自身の内からくる違和感だった。写真家北野馬美としての……登山家としてがむしゃらに己の人生に向かった五朗君を目の当たりにして、私の心の奥底で写真家としての道しるべをつかむための何かに、この時どうやら私は触れたようだったのだ。実はその時感じた違和感こそが大切だった。しかしそれがどのように大切なのか、その本当の理由を自分自身が知ったのは私の人生のまだまだずっと先のことだった。

五朗君のことを考えながら山を眺めていた。そしてそのままぼんやりしていると私はいつしか自分のことを考え始めた。私の身体はいったいいつ、どこで永遠の安息に就くのだろうかと。もう私は死を意識して残りの人生を考える年齢になっていた。人は将来を夢描く子供から、現実を慌ただしく生きる年齢を経て、やがて社会に慣れる。慣れてしばらくすると人は人生の終わりを知ることとなる。私はそんな人生の折り返し点を過ぎ己の死から逆算して物事を考えながら生きる人生の後半へと入っていた。自分の大切な人や同年代の人たちの死というものを体験しながら少しずつ自分の死という現実が近付くことを予感できた。日に日に死というものが自分自身にとって身近な存在となる。嫌でも考えざるを得なくなる。私の場合、死を考えるという行為はあまりに早い時期に訪れた。五朗君の死は私を少なからず変えていた。死を考える時、私はいつも私自身の九六〇分の一の人生を考える。その時、私の分子の数は既に重たいものとなって下の苦労の上に乗っていた。

コンコルディアのキャンプ地では三連泊。そのため朝食も九時からとのんびりだった。トレッキングに参加して本当の意味で初めてゆっくりとした時間を過ごした。紅茶にたっぷりと蜂蜜を注いだ。チャパティーも蜂蜜を山盛りにした。最後にミントティーにたっぷりと蜂蜜を注ぎこむ。そのコップを持ち、山を眺め、あとはボウーッとするだけ。

山々を眺めていたら自然と五朗君と会話した。

「五朗君、登れてよかったね」

「……」

「五朗君、挑戦できて幸せだったね」

「……」

「五朗君、次はどこに行くの」

「……」

相変わらず五朗君は無口だった。

その日多くの歩く人たちを見て過ごした。こんな日は暑くてテントになどいられるものではない。コンコルディアからチョゴリザ峰方面へと向かう人。K２方面へと向かう人。登山隊に加えて多くのトレッカーやポーターが歩く。

「ここって、もしかすると私の田舎の商店街よりも人通りが多いかも」

「魔法のサンダルに裸足って凄いな」

「私も気がすむまで歩きたいな」

雪の照り返しのある暑い日差しの中、私のファインダー越しに見える世界は私の心をいっとき無にしてくれた。

午後になると多くのポーターが各々のベースキャンプへの荷揚げを終えて帰ってくる。そんな風景をずっと私は追っていた。ぼんやり人の歩く姿を見ていると人の過去と現在、そして未来とを見ているかのように感じた。あまり哲学的な難しいことは考えないのだが、いつの間にか私はただじっと人の歩く姿を追っていた。ちょっと前にずっと遠いところに姿を現したと思ったポーターが今、目の前を歩く。彼らは、あっという間に私の前からその姿を消しゴレキャンプへと消えて行くのだろうと未来予想の目がそれを見つめる。そんな一連の過去・現在・未来の姿を人生に照らし合わせてしまう。ただ、なんとなく。

「写真か……」

この十年は私の失われた十年だったのかも。私はパキスタンという遠い地にやってきてやっと人生が再起動し出す事を予感した。新たな鼓動が鳴り出したのかもしれないと。大切な命の鼓動。再び透明な光の神秘を追い続ける日々を私は予感した。

昨日、写真をやり続けようと心に決めた。でも今はあまりそれを考えまいと私の心が命じていた。それは私の心の防衛本能が言わせていた言葉。何度も人生に躓くと勝手に心が命じることがある。「待て」「慌てるな」と……心が叫ぶのだ。

「私の写真ってなんだろう？」十年以上の疑問が今ここで解決などしない。今の私はその答えを求めるには、あまりに写真に対して経験がなさ過ぎる。山の経験が不足している。そして自らの感性を磨いていない。全てにおいて準備ができていない。それを見つけるまでゆっくり待とう。経験を積もう。山と向き合おう。それが私の今の最善だ。それが私の心から聞こえた声。

ポーターがいつものように歌を歌いだした。円の中で踊るのはもちろんリダールさんだ。意外にもその日は珍しくアリさんもアミンさんも踊っていた。リダールさんはラテンダンスの経験者で、思わず踊る姿に見惚れてしまった。楽しそうな踊りで見ている者全てを幸せにする。例えれば、そんな踊りだ。皆で輪になってK２をバックに踊る姿をファインダーに収める。山の王様も嬉しそうにそれを眺めていた。もしかすると山の王様K２もできるものなら一緒に踊りたかったのではないのだろうか。王様もステップを踏みたいときがたまにはあるだろう。特に皆が楽しく踊る姿を見た時には。山の王も天照大神も踊りたいはずだ。岩戸に隠れようとも、谷の主として威風堂々と谷の最奥に鎮座しようとも。素朴で楽しいポーターを見て、ふとそんな気がした。

次の日は、残念ながら雪だった。そのため山はお休み。明日からはまたトレッキングの始まり。もう旅の半分は終わりだと思うと、早い時間の流れに心が揺れた。もう少しブロードピークの頂を見ていたかった。それはなんの意味などありはしない。そうすることで何かを発見できはしないものかと、往生際の悪い心が叫んでいるだけ。何かとは五朗君の影と写真のヒント。それに自分自身が写真家として今後生きることへのヒントだった。

コンコルディアに別れを告げる朝。天候が回復し、再び絶景が現れた。朝早く起きた私は再び干し柿をお供えした場所に行き五朗君に別れを告げた。干し柿は雪の中で五朗君と同様に姿は見えなかったが、私はここまで来た事に本当に満足していた。そして五朗君にはさよならとは言わず、あの世で会うまでという意味でsee youと言って別れた。軽い別れだ。五朗君はそこでじっと私を辛抱強く待っていてくれる。私はそこに自分の成し遂げた人生の成果品を持って行かなければきっと五朗君に叱られる。絶対にそれだけは避けたい。私も五朗君のように自分の人生という最高の一枚を自らの手で撮ろう。そうしない限り五朗君に笑顔で再会はできない。だからそれまでsee you。絶対にsee you。

トレッキングとなると帰路は毎日が楽しかった。アリさんの伯父さんの思い出話を聞いたり、私は五朗君のことを話したりと何か同級生と昔話に興じているような感覚だった。

帰路は朝早く出発し早く歩くことにした。往路で見ることができなかったムスターグタワーなどの雄姿を捉えるためだ。陽が昇ってくると自然と雲が発生し山が隠れてしまうことが多い。晴れた日の午前中でなら山を捉えるチャンスが増える。また、朝は光が山に対して横から当たるため、光と影により山をより立体的に捉えることができる。私の場合、山のそんな影が凄く好きだ。

それにしてもポーターの歩く速さは尋常ではない。私の背負う荷物と言えば、少しばかりの水に雨具、カメラに上着が一枚。だから早く歩けるのは当たり前と言えば当たり前。ポーターは最高二十五キロの荷物を背負っている。それも足は「魔法のサンダル」。その強力ぶりには感心させられた。私が早く歩くとポーターの皆が「馬美、凄い凄い」と言ってくれるが、ポーターの凄さは私の常識を超えていた。

ゴレで夕食前にパイユの方角に虹が見えた。

「アリさん、虹、虹。こっちに来て初めて」

「馬美さん、こちらの言い伝えですけど、虹は王様の命が尽きる前に出ると言われています」

「エッそうなの。だったらこの国の王様って凄い数ね。虹ってしょっちゅう出るでしょ」

「わかりませんけど、言い伝えではそうなってます」

「日本では虹って素敵なことの前ぶれよ。橋に例えてね。橋って川の両岸を結ぶ役割をするでしょ。だから虹って人と人とを結ぶ架け橋になるって。五朗君も虹が大好きだったし私もよ。でもこっちの人は喜べないわね。もっとも悪い王様だったら喜べるか」

その昔、日本でも虹は凶兆だとする地方もあったそうだが、私にとって虹は人と人との架け橋になるといったポジティブなもの。その虹がここでは王様の死であり冥界への架け橋となっている。日本流に言うと三途の川の架け橋だ。なんとネガティブなものなのだろう。確か、南米の世界最大瀑布であるイグアスの滝の周辺に住む原住民の民話では満月の夜に虹が架かる時、生き物の魂が蘇るらしい。小さなことなのだが、生まれた地が違うというだけで、人の思考もだいぶ違う。違って当たり前なのだが、こうも違うと笑ってしまう。人って面白い。違うってなぜか素敵に思える。

七月初めのアスコーレは凄く暑かった。アスコーレでは日本の菜の花のような黄色い花が畑を覆い尽くしていた。背景の山と相まって素晴らしい景色を我々に提供してくれていた。トレッキングの全ての行程が終了した。私は様々なものをこのトレッキングで得た。私がここで得た最大のもの、それは明日へ向かうという気持ちの芽生えだった。

帰国後、私は五朗君の実家へ向かった。以前とは違い、五朗君のお父さんも喜んで私を迎え入れてくださった。そして大きく引き伸ばしたブロードピークの写真に加え、私の作ったコンコルディアから見える三六〇度の合成写真を部屋の欄間のところに飾った。五朗君のお父さんもここへきてやっと吹っ切れたような顔をしていた。私が帰るまで終始穏やかだった。

「馬美ちゃん、俺も奴みたいに若い時に吹っ切れていたら挑戦したと思うよ」

「エッ！　登山ですか」

「いやいや、小説だよ」

「小説家？」

「ああ、学生のころよく文学賞に応募したものだよ」

「そうなんですか」

「うん、それで入選してね」

「なぜその道を選ばなかったのですか」

「周りの誰もが反対した。それも猛烈に。特に親がね。特に我々の時代は小説家で生きていこうなんて考えるのはとても無理な時代さ。認知度が低くて」

「そうだったんですか」

「でも本当の理由は自分にあったように思うよ」

「……」

「親に駄目だと言われて反発しても最後に決めたのは結局、自分さ」

「……」

「反対されて、結局自分でも自信がなかったんだろうな。その世界で食べていけるのかって自問自答したよ。それで悔しいけど今の道を選んだ……」

「……」

「だから五朗が自分の夢に向かって歩き出した時には嬉しくってね。最初は自分の親のように五朗に言ったよ。なんで人と同じに働かないんだ。お前は怠け者だなんてね。人並みの親のふりをして」

「……」

「でもパキスタンから五朗が帰ってきた時の顔を見たら変わったよ」

「……」

「人類なんて数十億人いるんだ。その中の一人が働かずに山に入り浸ってもいいじゃないかってね」

「……」

「それからだ、真剣に五朗を応援したのは。親バカかなとも思ったよ。自分の夢を息子に託す親だってね。俺自身は夢を追えなかったけど、息子には追ってもらいたいってね。世間様が何を言おうが、数十億の中のたった一人の夢に俺は加担しようとね」

五朗君のお母さんは泣いていた。

「馬美ちゃんありがとう。五朗は良い人生だったんだ。良い旦那じゃなかったがね」

「いえ、五朗君は私にとって最高の旦那様でした……」

「馬美ちゃん、人は生きていく中で沢山の岐路があるんだ。あいつはその岐路に立って間違いのない道を選んで、そして進んだんだよ。休むことなくね」

「……」

「また寄っておくれ。馬美ちゃん、貴方はいつまでも私たち夫婦の娘だからね」

「ありがとう……お母さん……」

その時、私は私のお父さんの言ったとおりだと思った。

「一生を賭けられるだけのことに巡り合えることは誰にでもある。誰でも巡り合ってるはずだ。できねえのはその先ずら。やるかやらねえか。やった奴が勝ちずら。どんなに財産貯め込んでも、どんなに欲を掻いても、誰でも死は平等にやってくるずら。死は確立百パーセントずら。欲張った物なんかあの世に持ってけやしねえずら。それだったら自分の我がままでもいいずらで、自分が一生を賭けられることをやるずら。ありがたいことに周りの奴らは死に物狂いで働き、我慢して社会を作ってくれるずら。俺のような変なおじさんの一人や二人いたって世の中大丈夫ずら」

五朗君のお父さんも巡り合っていた。五朗君も、私のお父さんも、そして勿論私も。そして私は、今の私は幸福なのだと思わなければ申し訳ないと思わずにはいられなかった。そして五朗君も道半ばの人生ではあったが、幸福な人生に巡り合い、その巡り合ったものを最後まで手放さなかったのだと。そしてそれを支えたのはまぎれもなく五朗君のお父さんだった。巡り合ったものを手放したお父さんだった。五朗君のお父さんはそれに巡り合うこと、そしてそれを追うことの尊さを知っていた。それも自分の挫折という経験から。この時私は心から五朗君のお父さんにありがとうと言っていた。ありがとうと何度も何度も繰り返し言っていた。家族ってなんて素敵なんだろう。親子の愛ってなんて素敵なんだろう。自然も素敵だけど、人の心も自然に負けないだけの愛があるんだと思った。

こうして五朗君の両親との幾重にもからまってしまった糸がほぐれていった。

私は自分自身の境遇に、その時初めて感謝した。少なくとも私は、巡り合ったものを手放さずに生きている。目標もなく、ただＯＬをして生きているのではなく。明確な目標に向かうことのできる人生が私には与えられていることを初めてその時実感した。

十一、再びの山

いろいろあった年が暮れようとしていた。そんな年末に紅白歌合戦を観ていた。その年も一年間お父さんにずっとついて歩いたけど何の成果もなかった一年だと振り返りながら。するとお父さんがここぞとばかりにその時間にやってきた。それまでお父さんが紅白を観ているところを見たことがなかったから、とても不思議に思った。実は私もそこだけを観るためにテレビのスイッチを入れていた。中島みゆき『地上の星』、彼女の歌う舞台はお父さんの生涯の思い出の地「黒部ダム」、それもお父さんが掘りぬいた坑道。お父さんは正座をしていた。

「お父さん正座して……」

「馬鹿」

その時、私はふと若いころユーミンのコンサートを松本まで観に行った時のことを思い出した。地方都市。それも田舎の。会場の最前列はパイプ椅子。ユーミンはそれを見て「プロレス会場」と言っていたっけ。ユーミンはコンサートの中で私の認める女性アーティストということを話していた。当時、唯一名前の出てきたのが中島みゆきだった。ずいぶんユーミンは中島みゆきのことを認めている。ライバル……その時、初めて思った。ライバルっていいなって。

お互いに高めあう。百段の階段を上ることが限界と思っても、その人がいると百一段上ってしまう。いま私の隣に正座している人は私のライバル？　まさかね。『地上の星』を聞きながらのネガティブシンキング。ライバルって、そもそも競い合えるレベル同士。これって悲しい現実。ユーミンはその時、中島みゆきのことを本当に才能豊かで云々……そんなふうに相手を持ち上げておいて最後にこう言い放った。「私のほうが先に旦那を捕まえた」結婚してまもない幸せいっぱいのユーミンが本当に嬉しそうに言った。「へへへ……これだけは私が勝った」思わず笑えた。こういうライバル関係っていいなって。楽しいだろうなって。「馬鹿」っていうお父さん。「馬鹿」と言われる娘。この部分だけはユーミンと中島みゆきのライバル関係に似ているかもって……勝手に考えた。

「アッ中島みゆきが歌詞間違えた」

「馬鹿」

紅白が終わり、全国各地の様子などがテレビに映し出された。北アルプスに登る人たちの姿もあった。初日の出を北アルプスで過ごすのだと全国の登山家が北アルプスを目指す。この町の人は山に入るのに日を決めて入るということを嫌がる。町の人同士だったらまずそういうことをしない。週末しか登れなくとも、天気が悪ければ山に足を向けることはしない。早々にギブアップして週末の予定を変える。山に入るのを決めるのは天気。それしかない。だから山に行くのにでも口約束で「週末晴れたらね」と言うだけ。それが自然を知るってこと。自然に畏敬の念を持ち続けて生きてきた町に住む人の自然な考え。年末年始の登山はそれに反する。山ではなく、ただ元旦の初日の出を目指す。天候に関係なく。地元が忌み嫌う山を敬うことのない外来者。

昔、大みそかにお父さんがボソッと天気予報をみて「二・三人」と言った。私は聞き逃さなかった。お父さんに突っ込みを入れなかったのはその言葉の恐ろしい意味を私もわかっていたから。年が明け一週間で三名の尊い命がアルプスに消えた。お父さんの予告が当たる。これはお父さんだけではない。町の誰しも声に出して言わないだけ。空気に「死」の匂いがする。それがわかっている。この空気の匂いがした時、これだけの人が登ったなら……と誰もが頭の中に数字が浮かぶ。だから遭難のニュースが流れても「気の毒に」とは思わない。それより自分たちの知り合いや身内の者が、それら遭難者を捜索するのに二重遭難にならないように、事故に遭わないようにと祈る。雪の中、山に登る者、町で暮らす者。どちらも山を愛する者。だけど違う。山を愛するという言葉に込められた中身が全く違う。我が家の玄関にある額縁「晴耕雨読」、お父さんが大切にしていた言葉。そしてお父さんは「晴行雨退」でもあると言った。

日頃から訓練を重ね、自信を持って登った結果であれば死んだとしても、私はそれを大いに賛辞する。五朗君のように。でもそうではないとしたなら、いつも悪者にされるだけの山が可哀そう。そして粗末に扱われたその人の命も。毎年冬山で繰り返される悲劇。日本人はグループで登る人がほとんど。一人で歩く経験の絶対値に乏しい。自然の中を歩くのに、なぜか他人への依存度が高い。他人がいることに安心してしまう。自分の実力以上の山に入る。「あの人が一緒なら」「あの人が連れて行ってくれるのなら」時には「誘われたから断れきれずに」というとんでもない選択をする者までいる。しかし結局、自然とは個の実力を試し試される場なのだ。個々の実力が揃わないグループがその試練に直面した時に重大な事故が起こる。人はそれを悲劇という。物言わぬ自然はそれを悲劇とは思ってはいないだろう。決して自然のせいではない。山岳事故に天災などない。あるのは人災だけ。人は自然に対してそう思わなければならない。自然がこうだったからではなく、わが身が自然に及ばなかったと。自然は自然としてただそこにあるだけ。自然の急変と言うが急変するのも自然の一部なのだ。そのことをもっと理解してもらいたい。私の好きな山と自然に何も嫌なことは言わないでと言いたい時がある。

雪は私の中で大きなウエートを占めるもの。雪崩から救ってくれた五朗君。そんな五朗君を好きになったのも、その時そこに雪があったから。そして私を冬山から追いだしたのも雪。そして悲しいことに雪は五朗君をこの世から、そして私の前から永遠に連れ去った。でも、私は思う、雪は全ての始まりのものではないのかと。春が季節の始まりではなく、雪が全ての大地を覆い尽くしている冬こそ全ての始まりなのだと。雪があるからこそ、この地の人たちは有史以来絶え間なく水という恩恵を受けている。全ての命の源泉。私はその雪と上手く付き合いたい。どんなことがあろうとも恨むなんてとんでもない。雪こそは全知全能の神が与えし最高の贈り物。そして全ての始まり。嫌な思い出ばかりが詰まった雪に今はこんなことが言えるようになった。今でも雪は五朗君を覆い守っていてくれる。

そろそろ残りの数字が気になるようになってきた。ウルトラマンがカラータイマーを気にするかのように、私は九六〇の上に乗る分子の数を気にしていた。

そんな初夏のある日、お父さんが「次の休みは針ノ木」と言った。

針ノ木（針ノ木岳・標高二八二一m）は町から北アルプスを見る時、正面に見える威風堂々とした蓮華の裏。家からは見えない。私のお気に入りは蓮華。町を訪れる多くの登山客は深田久弥が大好きだと言ってはばからなかった鹿島とか爺に魅力を感じる人が多いが、私はこの座りのいい蓮華が子供のころから大好きだった。

町の春。田んぼに蓮華草の花が咲く。蓮華岳にはまだ雪が残っている。蓮華と蓮華。毎年繰り返される変わらぬ風景。私はそれが好きだった。蓮華草は咲いている間に機械で土と混合され田んぼの肥やしとなる。そうすることで蓮華草の蓄えた窒素を土に含ませるのだと教わった。そういえば稲妻も夏にその大音響と共に空中の窒素を雨に含ませ田んぼに落とし、稲の生長を助けることから稲の大切なパートナーという意味で稲妻と呼ばれるようになったとか。いったい昔の人はどうしてそんなことがわかったのだろう。蓮華草が肥やしになるなんて私なら思いもしないことだし、怖い稲妻が稲の成長を助けるなんて全く考える対象ともならない。

残雪の蓮華とピンクの蓮華草が揃うと、いよいよこの地に本格的な春が山から下りてきたことを知る。蓮華を見ることで私の心はいつも落ち着いた。この山が全ての私の拠り所となってきた。山の好き嫌いはそんなことから決まることとだってある。落ち着きのあるうっとり美しい身なりと顔の両方を併せ持つ、そんな魅力がこの蓮華岳にはある。

登山客が抱く山の魅力の基準はどうしても標高の高さとか知名度になりがちだ。それは山岳部に在籍していた当時も感じていた。山を目指す人は一メートルでも高い山を目指す習性がある。でも残念ながら山は標高じゃない。これも断言できる。断固として。標高なんてものはなんの基準にもなりはしない。ネパールやパキスタンの子供たちが日本を訪れたなら富士山を見ても「一つの丘」でしかない。世界を見ると富士山を超える山の数など数えきれないほどある。そもそも標高四千メートルに都市があり人が生活している。それなら山の良し悪しはなんなのと問われると女である私はきっぱりと「顔」だと答える。間違いない。「顔」だ。文句ある？町から見てその顔がいいのが市内から見る蓮華。そのハスを広げた顔は、慈悲深く感じる。まるで北アルプスの真ん中に鎮座する大日如来様の如くに。蓮華は山としては女っぽい。それは隣に爺や鹿島が見えるから。蓮華は決して美女ではないのだけれど見ていると落ち着く。デートに誘いたくなるような子ではないけれど、夫婦として暮らすにはいい。空気のような存在になれる。これが蓮華。そう、山も人と一緒。場所によって、年代によって、気分によって選ぶべき基準が違う。

その日の私の気分は「次の休みは針ノ木」だったので嬉しかった。町から見る蓮華も好きなら針ノ木から見つめる蓮華も好き。自己主張のない顔が私好み。町の中心部から見ると一番どっしりと落ち着いて見える。この安定感ある姿に気持ちが落ち着く。登山客にとっての蓮華は決して単数としては出てこない山なのかもしれない。針ノ木や他の山の縦走路のついでといううように。でも私は違う。蓮華を好きになる理由がある。お父さんの影響からか、私は子供のころから山岳地図の等高線を眺めるのが好きだった。蓮華の等高線は実に魅力的。頂上からスッと町を目指す綺麗な稜線の東尾根。等高線はこの尾根から放射線状に美しく広がる。そして山岳地図上に見せるその姿はまるで優雅なハスを見るようだし、美しい雪の結晶にも見える美形を作り出す。等高線が本当にほどよい間隔で並ぶとともに見事な結晶を創作する山。これを美しいと言わずして何を美しいと呼べるのだろう。

北アルプスの夏山シーズンのスタートは針ノ木。「慎太郎祭」がそれ。

「山を想えば人恋し、人を想えば山恋し」

と詠んだ隻眼の山神・百瀬慎太郎。針ノ木小屋と大沢小屋を建てたのもこの人。町の中学校に通っていた明治三十九年、既に友達と白馬岳に登っている。歌人であり登山家。わずか二歳で囲炉裏に落ちて右目を失ったものの、山に対する深い愛情から様々な功績を打ち立て今では隻眼の山神として多くの人に愛されている。この町の先人たちの歴史は面白い。

特にこの山の神・慎太郎様は本当にいろいろとおやりだ。大正初期にスキーを始めると、昭和初期に中山スキー場を造ったのもこのお方の仕業なれば、なんと私の好きな鷹狩山にも東山スキー場を開いている。今ではそのどちらのスキー場も閉鎖されてしまった。それでも中山スキー場はＮＨＫの連続テレビ小説『おひさま』の白い花咲く蕎麦畑として今でも町の観光に役に立っているから恐れ入る。私の場合、このスキー場には小学校の行事として一泊二日のキャンプをした楽しい思い出がある。

慎太郎は一九二三年には名古屋の資産家より資金の提供を受け、雪の針ノ木峠越えでスキーを試みているばかりか撮影技師を同行させて映画まで作っている。この映画はその年の六月にはなんと天皇陛下に献上されたというからこれまた凄い。町の伝説となっている百瀬慎太郎。毎年六月初旬に行われるこの慎太郎祭からいよいよ夏の北アルプスが本格的に始まる。

この針ノ木峠も歴史を辿れば面白い。町の山岳博物館の史実を読むと、この峠は戦国時代にはすでに一般に知られたものとなっている。一五八四年に秀吉により窮地に追い込まれていた富山城主・佐々成政が十一月二十三日に富山を出立して立山温泉↓ザラ峠↓黒部川中瀬平↓針ノ木谷↓峠↓野口村大出↓遠州街道↓十二月二十五日に浜松の家康との対面とある（ルート確定はできていないが、真冬に北アルプスを越えて家康と対面したことは事実）。この町では毎年立山黒部アルペンルート開通時にはそれを偲んで佐々成政の武者行列をする。通常考えると佐々成政は富山城主だったのだから、このイベントには富山県知事でも招いて佐々役をと町の人は願うのだが……実態は……知事など来てはくれないものだから、この町ではその役を市長などがやる。これは小さな町の御愛嬌。

佐々成政以降も山での人の出入りは活発だったようで、東方を警戒していた加賀藩は一六五〇年代から黒部奥山の監視と警戒役として奥山廻り役の巡回というものを始めている。彼らは北アルプスの稜線を縦横に歩いたとある。またこの町では、立山信仰という山岳信仰も盛んに行われてきた。立山はそこを登ることによって生きながらにして救われるというもの。一番古い文献として登場するのは『万葉集』で七四七年には既に立山は神の山として登場する。その後仏教の布教により地獄谷など、非日常の景観が広がる立山に人々は地獄を見出し、やがてそれが曼荼羅などにより確固たる信仰へと通じ、山間修験者による修行場としての歴史は平安初期からというから驚いてしまう。この町の信者は針ノ木峠からザラ超えという立山登拝の裏参道ルートを開拓している。これとて江戸時代のことであるから驚きだ。

山に入るには、前日に荷物を万全に用意しておく必要がある。お父さんは荷物一覧表なる物を自分で書いて壁に貼っていた。縦走していく時はどのセット、夏の服装はどれ、カメラセットはどれというように荷物をローマ字や数字で決めていた。お母さんにわかるように夏山から冬山までの装備品を分け、お母さんは前日の夕方までにそれを用意して、寝る前にお父さんが自分でその全てを確認するというのが決めごとのようになっていた。持っていくお菓子まで決まっている。暑くなければ明治のミルクチョコレート。暑い日はグリコのキャラメル。お父さんの大好物。一粒で三百メートル余分に歩けると言っていた。

山の装備は昔も今も変わりはしない。ちなみに明治時代（一九〇五年ころ）の夏山登山装備品を紹介する（田部重治著『わが山旅五十年』桃源社　一九六四年）。

「衣」
ルックザック・肩掛け鞄・草鞋（わらじ一日一足）・雨具として着茣蓙（越前茣蓙）と油紙・脚半・カナカンジキ（雪渓下降時使用）・メリヤスの下着・メリヤスのズボン下・夏用洋服・和服・鳥打帽・股引・手拭

「食」
米・味噌（なるべく辛いもの）・醤油エキス・鰹節・梅干・干瓢・椎茸・白子干・桜蝦・葱・馬鈴薯・味付海苔・ワカメ・パン・焼麩・砂糖・スターチ（でんぷん）・ビスケット・果物缶詰・甘酒やお多福豆の缶詰・ウィスキー小瓶・ナイフ・フォーク・匙・缶切り・飯盒・小鍋・燃料は生のハイマツ・イワナ・筍・アザミ類・シダ類の若菜・イワブスマ（地衣の一種）の澄まし汁・ウドの味噌汁・岳蕨の味噌汁・アザミの味噌汁

「住」
テント（片桐特注の二〜三人用）・テント代用の油紙（四畳半・仙花紙を蕨餅でつぎ、亜麻仁のボイル油を塗ったもの）・毛布・提灯（蠟燭）・西洋蠟燭・アセチレン灯・火縄・マッチ・小刀・針金・糸・紙・鉛筆・万年筆・小楊枝・歯磨・石鹸・薬品数種・補虫網

これら登山客の荷物約四貫（約十五キロ）と史実にある。

我が家の板チョコとキャラメルよりずいぶんと贅沢。百年以上前、この地の人たちは登山客にこれだけのものを用意させ、また提供していたという事実に驚く。できたら私も当時のスタイルで町の登山案内人に連れられ荷運びの人たちと共にキャラバンを組んでみたい。どう考えても素敵に思えてしまう。考えただけでゾクゾクする。きっと誰でもそう思うでしょ。

休みの日の夜明け前、お母さんが扇沢まで送ってくれた。「山に近い」この町のいいところはこれに尽きる。見るのも登るのもその日のうち。「なぜ山に登る」と問われて「そこに山があるから」も名回答なのだが、この町では「近い・安い・旨い」という答えが正解。まるでこの町では山はコンビニ。山に行けばその日のおかずが採れるし、歩いたり駆けたり登ったりと無料の遊び場となっている。それがこの町の誰もが持つ山への感覚。それほど山が日々の生活と心の中に溶け込んでいる。

中学校や高校で誰もが登山を経験する。ＮＨＫの連続テレビ小説『おひさま』でもそうであったように安曇野の学校では戦前より常念や燕に一泊二日の登山を学校行事として行っていた。爺、白馬、燕と年代によって登っている山は違っても皆が経験者。『おひさま』の時代のことを考えると、ついほほの筋肉が緩む。昭和初期のこの地の子供たちは燕の頂上に辿り着いた時、あの奇妙な花崗岩のモニュメントを見ていったいどんな顔をしたのだろう。そんな想像だけで楽しい。

我々の学生時代は「魔法のサンダル」も立派な登山靴も持っていなかった。あるのは単なるスニーカー。中学時代は北アルプスをスニーカーで歩いていた。私はお父さんが山岳写真家で私自身も小さなころから山に通っていたので登山靴を持っていた。それでも学校行事では皆と同じ靴を選び、そして共に歩いた。この町には同じ山で同じ時を過ごし、苦しみも喜びもわかちあってきた仲間がいる。共に汗を流した仲間がいる。そんな共有できる過去の記憶を持って互いに助け合って生きている。そんな町だからこそ素敵に思える。この地に生きる人々は共有物を持つことを大切にしている。そして支えあう。厳しい自然に向かうため。そんな人たちだから私は帰ってきたかったのかもしれない。今はただ、なんとなくそう思う。自然だけじゃなかったって。私の求めていたものは。

全ての季節、全ての山がこの世のものとは思えないほど美しく輝く。この世のどんな芸術家も一瞬とてその美に到達し得ない美しさ。そんな美的センスを潜ませる山。毎年、毎日見続けても町の誰もが共通にこの山の美しさから目が離せないでいる。種まき爺さんの爺。遠方に見える白馬乗鞍の鶏。白馬の代かき馬。五竜の武田菱。昔の人はこの山の残雪の形を見ながら農事に励んでいた。よく書物では雪形で農作業の時期を見極めていたなどと書いてあるが、地元で暮らすとそれはあてつけであるように思う。だいたい市内ではゴールデンウィーク以降に田植えを行うのだが、農家では雪形ではなく昔から暦を大切にしてきた。雪形が一定の形となって見えるのはその年によって大きく違うからだ。つまり農事の目安にするにはとてもおおざっぱ過ぎるのである。もっと言うと地元農家の人に雪形と言っても年寄りでさえピンとはこない。確かに山の名前を決めるのには雪形から名前が付いている山が多いのだが、地元の人はそれほど雪形を気にするでもなく農事をしてきた。それからわかるように雪形とはけっこう新しい北アルプスの見方なのである。おそらく写真家田淵行男先生の写真集以降のものではないだろうか。でも農事をしながらちょっといっぷくとなった時、北アルプスを眺めてはその年の豊作を祈念していたであろうことは容易に想像できる。北アルプスはそれほどこの地の人々の生活と密着している。

食も山に依存する。湧き出る水は全て山からの恵み。米も野菜もこの恩恵なくして語れない。春の山菜、秋のキノコに栗やブルーベリー。「山はコンビニ」の意味の中には食物倉庫という意味合いが多く込められている。貧しかった我が家でも時期になるとお父さんが山に入り山の恵みで食卓が賑わいお腹いっぱい食べることができた。この地で暮らす人々にとってのそれは既に遺伝子の一部となっている。素晴らしい与えを授けてくれるばかりか美しくもあり尊くもある。この町の人は常に山に対し畏敬の念を持ち感謝する。自然に身を委ねる。それがこの町に住むということ。

この町の自然を大きな声で一つ一つ言ってみたい。子供のころ『赤毛のアン』を読んだ時そう思った。内弁慶な私は家の中だけはしゃべることができた。それでもお母さんと比べると本当に少し。お母さんをマリラって呼んでみた。お父さんをマシューと呼んでみた。マシューは「馬鹿」と言った。それでも私はアンに倣ってこの町の自然を一生懸命大きな声で私のマシューとマリラに叫んでみた。大人になった今でもその気持ちだけは変わらないような気がする。というよりも、逆に今になってそれができたらどんなに素晴らしいことかと思う時がある。子供のころはまるで自然に直球を投げ込むような勢いと素直さでそれができていた。今それをしようと思うと同じようにはできないだろう。今はいろいろな方向から自然を見ている。だから全部が直球というわけにはいかない。日々変化する自然と一緒で私の自然を捉える心も変化する。叫ぶ言葉に幅ができた。こんな私でもそう思えることはなんだか嬉しい。それは写真の表現力にも直結していることのように思えたから。

まだ夜は明けていない。頭に電灯を点けて歩く。薄暗さに慣れてきたころに朝が訪れる。この時のお父さんは既に七十代。でも速い。この当時、私は大学でもっと訓練をしておけばよかったと後悔ばかりしていた。声に出して言うのは恐ろしいことなのだが「お尻が重い」。山を歩く人って基本的に自分をいじめることが好きな人なのかもしれない。修験者が山を歩くのにもきっとわけがある。私が思うに自分をいじめるとなにかを得るのに得やすいのだ。きっとそうに違いない。悟りを開く人はみんなそうしている。そう考えるとどうやら私の悟りは来世以降であるのは間違いない。今世で自分をいじめる気はないし、何かにすがることはあっても、悟りを開こうとする意志だけは持つことはないだろうから。

「ずくなし娘、休むずらか」

「ううん、まだいける（って休みたいけど）。

お父さん、そのずくなし娘は止めてって」

「おめえの用意、今朝も母ちゃんやってたずら」

図星だ。私のマシューはよく見ている。それにしても、いい年こいた娘を「ずくなし娘」はないだろうに。確かに私はずくなしだ。認めないことはない。

「だって……」

「だってもさってもあさってもあるか。いい年こいて料理の一つもやらねえずら。おらほのずくなし娘様は」

グサッとくる一言。おらほの台所はいつもお母さんが独占しているから入る余地などない。

「おらほ」とは「私」という意味であったり「私の家では」とか「私の方」ってな感じの意味。この場合「我が家の」。お母さんは、地区でも有名な漬物作りの名人。料理も好きで、朝から晩まで台所で「暮らしている」。家にいると四六時中食べ物が目の前に突きだされる。ただ座っているだけで。「お茶注いだ」「りんごむけた」「お茶注いだ」「漬物切った」「お茶注いだ」

「菓子開けた」「お茶注いだ」これがテレビを観ている時のテレビのスピーカー以外から出てくる唯一の音。お茶どころはお隣の静岡県。でもそれはお茶を作るってこと。この町はお茶を飲む方のお茶どころ。お母さんのお茶のみ仲間が来たら最後、一日何回魔法瓶の中身が代わるのやら。お茶のみ仲間がまるで町の水道局のまわし者のように思えてしまう。町では、お客の湯呑みのお茶が少しでも減ったらすぐにお茶をつぎ足さないと「駄目な嫁」扱いとなってしまう。家にいるとこんな感じだから、山にでも行かなかったらどれだけ太ることやら。なにもやる必要がない。お母さんが全てやる。私は内心、「お母さんの老化を防いでいるいい娘を演じているのだ」と思っているのだが、それを認めてくれる人が誰一人としていない。みんな私のことを「ずくなし娘」だと信じて疑わない。

「ねぇお父さん、前から一度聞きたかったんだけど、お母さんのどこがよかったの」

「馬鹿」

ははぁ～馬鹿ときたか。なかなか言いたがらない。実は前にも一度聞いた。その時は聞こえたはずなのに知らんぷり。今日の「馬鹿」は進歩。まぁいいや、次に期待。のんびりいこうか。大正生まれに、愛だの恋だのを聞くのは難しいものだ。

「夕方くるな……」

「お父さんよくわかるね」

「馬鹿」

この時の馬鹿は「この土地で暮らしていれば誰でもわかる。馬鹿かお前は」の短縮形。ちなみに夕方にくるものの正体は雷雨。本当にこの土地で暮らすお年寄りには感心する。山が近く見えるからとか雲があの尾根まで降りたとか肌が湿っぽいと五感を通して天気予報をしてしまう。基準は「経験知」。お父さんや山仲間たちは簡単に予測できてしまうが、私にはわからない。私はずくなし娘だけでなく、鈍感娘でもある。確かになんとなくだが、天気がこうなるんじゃないのかなぁ〜とは思う。でもお父さんたちみたいにそれを断言して語るまでとなると、とてもとても。だいたい好きで見ている自然もこと観察眼となると私の場合は大いに疑問。土地の人の中には花の咲く時期や芽の付き方、昆虫や鳥などの様々な変化を見て長期予報までもしてしまう人が少なからずいる。とてもかなわない。いったい私は何年この地で生きてきたのやらだ。

「おめえ、ひも！」

アッまただ。忘れていた。靴ひもが緩んでいる。以前、緩んでいる靴ひもが反対の登山靴の金具にひっかかって転倒しひどい目に遭ったことがある。お父さんに何度も言われていた「靴ひも丸めろ」たったそれだけのことが今日もできていない。余った靴ひもは締めた靴ひもに絡ませて表に出ないようにしとけって。

「だからずくなしって言うずら、おめえは」

「……」

返す言葉がない。こういう状況では黙って聞こえないふりをして靴ひもを締め直す。

「余ったひもはひもに絡ませて……はい出来上がり」

顔を上げるとお父さんは随分先に行ってもう見えない。私は重いお尻をフリフリさせながら歩き出す。こういう時、山では絶対前の人を慌てて追わない。歩くペースを乱すと後が大変。

雪渓でお父さんに追いつく。というかお父さんは美味しそうにグリコの一粒が三百メートルを食べている。本当に甘い物を食べている時のお父さんは幸せそう。

「じゃ、いくずらか」

なにを急ぐんだか。お父さんはいつもそうだ。だけど途中で休まない方が楽なのだという。せいぜいグリコを口に入れる時間程度がよいと。そう言えば同じことを五朗君も言っていたっけ。どうも私の周りの男は「ポレ、ポレ、ポレ、ポレ」で続けて歩け歩けというのが好きなのばっかり。しゃあない、歩くか。雪の冷気が気持ちよい。この雪渓が発する冷気が私は意外と好き。変かもしれないけど、凍えて凍てつくような冬の朝って好き。何か身が引き締まる。でもこうしてお父さんと雪渓の上を歩くまでには私自身ずいぶんと心の葛藤があった。私は雪から逃げていた。そうあの大学時代の雪崩以来。

「シャッ、シャッ、シャッ……」

アイゼンと雪のハーモニー。この音もやっと好きになってきた。確かに私には雪を嫌うだけの理由が沢山あった。大学での表層雪崩。あの瞬間の雪壁は今も私に迫ってくる。それはきっと一生消えるものではないだろう。そして命からがら逃げた後、上高地の釜トンネルを歩いた。入り口が雪で埋まっていたトンネルの中は中央に氷柱が立っていた。恐ろしい雪崩にあった後での密閉された、まっ暗闇の中で私はただただ震えていた。その時だ、五朗君が優しく声をかけてくれたのは。五朗君との付き合いはそこからだった。五朗君が私をずっと励まし続けなければ、私はおそらく冬山だけではなく、山そのものから逃げ出したかもしれなかった。翌年の夏、五朗君とハイキングに出かけた。半年間、五朗君は粘り強く私を山に誘ってくれた。まるで骨折後のリハビリのように五朗君は私を山に連れ出した。そんな五朗君でさえその後、私に冬山に行こうとは言わなかった。でも、お父さんはその全てを知った上で私に山と雪を教えてくれた。

「なにもお山の神様に喧嘩しにいくんじゃねえずら」

「挑むもんじゃねえ」

お父さんの口癖。大切なことだった。我が家は登山家ではない。写真家だ。山と共にあればよい。山という神の社の一部に少し入らせていただく程度でよい。それとお父さんは言いはしなかったけれど、自分の娘が四季を通じて山を好きになってくれたらとずっと思っていたのだと思う。そうして自分の遺伝子を伝えたかったのだと。この地に生まれて、山と正面から向かうことのできること。それがどれほど幸せなことかを、一生を通じて我が娘に教えようとしていた。

「山は戦争じゃねえずら。征服するんじゃねえずら。神のお社にちょこっと御免くださいってな」

こんなことをお父さんは繰り返し繰り返し私に言った。確かにそうだった。頂を目指す必要はないんだ。そしたらいつの間にかお父さんの背中を見ながら雪の上に立てた。そういえば子供の時、お父さんは自転車に乗れない私を根気よく見守っていてくれた。

「馬美にもできるから」

「馬美にもできるから」

と繰り返し言っていた。親は子供の成長を見たい。子供は親に喜んでもらいたい。白い悪魔を私の心の中から追い払ってくれたお父さん。子供の時には自転車に、大人になっては雪の上に乗せてくれたお父さん。反抗期もあった。でも親子はずっと親子。親子っていいな。我ながらそう思う。そして恋人も。私はお父さんと五朗君の二人のリハビリによって山に戻った。大好きな山へと。私の唯一の友達であるカメラを携えて。

針ノ木では大好きな蓮華ばかりか、後立山がS字状に見事なラインを見せて迫りくる。これが目に入ると私はいつもユーミンの『中央フリーウェイ』を口ずさむ。心の中で大音響で歌う。以前声を出して歌っていたら急に目の前に現れた子供から通り過ぎざま「音痴！」と言われたのは忘れようとも忘れられない、この峠だった。それから私は声を出しはしない。少し悲しい。スバリ、赤沢、鳴沢と続く山。私にとっての中央フリーウェイ。とっても魅力的な山並み、そして活き活きとしている。そっと心でユーミンの歌を呟くように歌う。

我々の年代は本当にユーミンが好きだ。この北アルプスでもユーミンは身近にある。爺ヶ岳の柏原新道を登ると登山道の途中に「包優岬」と書かれた場所がある。「ほうゆうざき？」はてな？　と思ってお父さんに聞くと種池山荘三代目が造った造語だという。秋にここからの紅葉を見ていたらユーミンの歌詞を連想されたようで、

カーテンを開いて　静かな木漏れ日の
やさしさに包まれたならきっと
目に映る全てのことはメッセージ

この歌詞からとったそうで……。ここに立つと本当にこの峰がどこまでも続いているかのように思える。やっぱり山は男と一緒。魅力がないとやっていられない。ぞくぞくするくらいに。その気持ち、わかってくれる娘がいたら嬉しいんだけど。それがわかったらきっと山に惚れる。絶対に。

山頂はもうすぐそこ。きつい時は思いっきり中島みゆきの『ファイト！』を歌う。

「馬美、今日は一本」

「……（はいはい、一本ね）」

そう、これだけ苦しい思いして、ここまで来て。お父さんに撮るのを許されるのはたったの一巻き十二枚。私にその一巻きの意味は不明。とにかく沢山写して、現像したものを見て写真の感覚を養うことが大切だという人が多いのがこの世界。でも我が師匠様はそうは教えない。現在ではデジカメで撮られる写真。昔は貴重なフィルムを使って撮影した。勿論撮ったその場で結果を見ることはできない。写真家は写した時の光と風、そして景色を記憶の中に焼き付けておく必要があった。それら記憶を次の機会に活かすため。しかし、次の機会というのはまるまる一年後だったり二年後だったりするのがこの世界。だから自然相手の我々にとっては自然が映し出す世界の全ての瞬間が一期一会の出会いだと考え大切に撮った。ずっとその場でカメラを構えて待つ。ただ一瞬のため。山岳写真はそんな作業の繰り返し。何が楽しいのかと人には言われる。私も待っている間は同じ質問を自分自身に投げかける。確かな目的がなければやっていられない。

お昼。お母さんが詰めてくれたお弁当を胃袋にかっこんで目の前のセクシーラインにカメラを向け続ける。その間、お父さんは蓮華のほうに移動して純白のコマクサの前に座りこんでいる。古語を使って言うならば、高山植物はお父さんのその当時の「マイブーム」。私を監視するのでも、教えるのでもない。だからといって私は余分に撮るような真似はできない。あくまでも一日一巻き一発勝負とお父さんに言われている。お師匠様は、なぜ一本かは言わない。目の前の人は間違いなく私のお父さんなのだけど、写真に関してだけは私のお師匠様。お師匠様に「どうして」と聞いて「そんなことは自分で考えろ」と言われればどんな異論があろうが従わなければ師弟関係は成り立たない。だから一枚と言われれば一枚。一巻きと言われれば一巻き。「はい、一巻き」なのだ。ただ私の場合「はい」と答えるところを「はいはい」と「はい」が一回多いのがわずかな抵抗。私はじっと目の前の山を見つめる。その日の私の恋人。

だいたい写真の大家の言うことは難しい。私には不明な言葉が多過ぎる。っていうか、全く解読不能。「大気を取り込め」って、人はエアコンにはなれない。「空を近く、低く」って、息苦しくなるんじゃないの？　そんなことしたら。って感じ。お父さんはさすがにそんな哲学か禅問答のようなことは言わない。

「難しくするな。息するようなもんだ。考えねぇでもできるようになるずら」

「なんでも難しくするな。お前はお前の好きでいいずら」

「下手でもいいずら。いいものだけ、好きなもんだけ写しゃぁ」

「自分だけの納得でいいさ。結局はそこだ。人がなんぼ認めても自分が認められんもんは駄目ずらよ」

「おめえ、俺に認められてぇのか？　だったら俺は一生認めんぞ。俺の山とお前の山は違って当たり前ずら」

そんなお父さんでも一つだけはそうしたいってのがあるって言っていた。

――その場へ誘え――


「どんな意味」

「馬鹿」

何でも「馬鹿」だ。でもお父さんが亡くなってからなんとなくその意味がわかってきた。だってそれってお父さんの座敷わらしそのもの。見たら取り込まれ、そして画の中へ誘われる。『ドラえもん』のどこでもドアの如く。目で見る写真でも、心で見る写真でもなく、心にスッと入り込むそんな写真。私にはこれができない。悔しい。いつか私も写真を見ていればその景色の中に誰もが入れる、そんな作品を残したい。写真を見てくれた人に「綺麗」「凄い」「ワァ~行ってみたい」なんて言われるような旅行のパンフレットのような写真じゃ駄目。理想は作品の前に立ってしばらくすると写真のドアが開く「ウエルカム」と座敷わらしの呼び込みが聞こえる。そしてその世界へ入っていく。そんな写真が私の写真。私の目指すもの。

「おめえ、けえるずら。母ちゃん待ってるずらで」

本当にお父さんとの会話って少ない。でも二人の間に嫌な空気はない。というか、間には何もないようだ。それが心地よい。まるで私の大好きな真冬の朝の空気みたいに。一巻き撮り終わったフィルムの入ったカメラを大事にカメラバッグに入れる。こんな時、私はたった十二枚の出来に心は向かない。それよりも今日という一日を山で過ごせたこと、お父さんと過ごせたこと、自然と過ごせたこと、山で人に出会えたことに感謝している。今日一日ありがとうと。そして五朗君に向かって「私目指しているよ、私の高い頂を」と語りかけてその日を終える。お父さんとの山はいつもそうだった。

下りはいつもダッシュのお父さんを追うのは不可能。でもお母さんが待っているからそう遅くもいけない。でも私の場合、問題がある。何故だか知らないけど、写真を撮るのに立ちっぱなしでいてから歩き出すと見事に毎回足がつる。内転筋が「ピクッ」ってね。これをやるとしばらくは屈伸運動やらなにやら時間が取られる。足が冷えるといつもこうなる。どうやら今日もきた。内転筋の「ピクッ」太ももを擦って温める。それから片足ずつ内転筋を伸ばす運動。もう慣れた。お父さんにはよく水分とったか？　なんて聞かれる。何を飲もうが駄目なものは駄目。人と違って何かが足りないんだきっと。深くは考えない。歩き出すと足が温まるからいつの間にやら楽になるのだが嫌な感じ。人生ってなんでも慣れ。私はそう思う。今日も恨めしそうに蓮華のお花畑を遠目に見て、蓮華の頂上に祀られている町にある若一王子神社の奥の院に頭をペコンと下げ、これから幕を開ける北アルプスの夕焼け劇場に後ろ髪を引かれつつせっせと下る。私のお師匠様が見せてくださるのはいつも同じ。後ろ姿だけ。

「早くけえるずら」

お父さんとの撮影登山のタイムスケジュールを一般の登山者に話してみても誰も信じはしない。七十代のおじいさんと四十代の女が、高瀬ダムから烏帽子までの、俗に言う日本三大急登の一つを重たい撮影機材を背負ってガイドブックにあるタイムスケジュールの六割程度の時間で上がりきってしまう。途中お父さんは偶数の休憩所でお水を「グビリ」とやる。五朗君の時は奇数の休憩所で「グビリ」だった。けっこうこの数字にこだわる人が多いのも山。ゲンを担ぐ人って多い。下りは登りの半分の時間でダムまで脱兎のごとくに帰る。ガイドブックのタイムスケジュールの半分とは言わないが、それに近い時間で山を移動する足を我々親子は持っていた。私たち親子に必要なのはただひたすら体力なのかもしれない。他人は、そんなに慌てんでもゆっくりと落ち着いて撮影すればともっともなことを言う。私自身もそう思う時がある。でも逆に体力重視の撮影ができなくなったのなら、その時は山に入るのには危険な身体なのだと山の神に肩を叩かれ追い出されるのかもしれないと思いゆっくりすることが怖いのだ。そんな厳しさをいつでも携えていなければならないということをお父さんの背中は常に私に教えてくれていた。山の優しさに甘えるなと。

扇沢に着くとお母さんが待っていた。いつものこと。これから行く所もいつもの所。わっぱらの湯。劇団四季の資料館の前。町には劇団四季の資料館の他、劇団の稽古場や全国の公演に使う舞台装置が保管されている大々的な倉庫群がある。わっぱらの湯はその資料館の前に古くからある温泉。以前は市民浴場と呼ばれていた。だからと言うのでもないが料金も安い。昔は源泉である七倉ダムの下の葛温泉・高瀬館にも行くことが多かったのだが、地元の者にとっては料金が割高。お父さんが言うには、雪の降る日、高瀬館の露天風呂で見る雪はこの世で最高の極楽浄土である……のだけれど、この世の極楽浄土とは、残念ながらお金がかかる。

わっぱらの湯はこの葛温泉からの引き湯。源泉温度が高いため正真正銘のかけ流しとして営業ができる。私の温泉の基準はたいして難しくはない。温泉を講釈し評価する人がいるが、あれは最悪最低の温泉人。我が愛する温泉様の評価は無用。温泉様自身、毎日コンディションが違う。湧出温度も成分も毎日が全く同じってことはない。だから入らせていただく我々が温泉様のコンディションに合わせて大切にいただく。温泉とはそういうもの。そうすると温泉様は優しく命の成分を分けてくださる。

普段お母さんも一緒にとなると北は小谷温泉、町ではわっぱらの湯、南は中房温泉に行く。これは温泉に対する我が家のポリシーみたいなものかもしれない。慣れ親しんだ湯。癒やしとはそんなところにあるのかもしれない。お父さんが言うには共通項がそこそこあるという。湯量の豊富さ、湯温の高さ、湯質の良さ。

「なんでも元が良けりゃいいもんずら」

ここの温泉様から分けていただいた成分は「ジィワァ〜」「ジィワァ〜」とくる。「閑かさや岩に浸み入るお湯の声」少なくとも翌日の朝まで私を温かく見守ってくださる。「あ〜〜極楽、極楽」私は難しいことはわかんないけど確かに湯冷めはしない。私とお父さんは長風呂。お母さんは早い。いつものことでお母さんはロビーで知り合いとぺちゃくちゃ。私は知り合いも少ないからここで話し相手に会うことは稀。だからあまり人と話すことは少ないのだが、こんな私でもたまには自分から話しかける人がいる。私の変な癖。ついつい温泉に浸かると人の足の爪を見る。するとたまにいるのである。爪が内出血で濃い紫色の人が。こんな人を見るとついつい聞いてしまう。

「どこの山に行かれたのですか？」

私も下山する時、紐の結びが悪いのか毎年足の指の爪を二本くらい紫に染める。だから足の指のそのサインは登山者とわかる。だからつい聞いてしまうのだ。しかし残念なのはここから。お母さんとは違う私。話が弾まない。お母さんは私に話術を教えてはくれなかった。取りあえず私の場合は温泉様だけで満足、満足。こうしてプチ極楽浄土を味わったなら帰路へと就く。

私とお父さんの山はこんな感じ。なにもドラマがあるわけじゃない。二人での長期遠征は稀で日帰りが多いからロマンチックな夕焼けにも背を向ける。私のカメラを覗いて何言うでもない。青春時代を取り戻すかのようにひたすら自分の山を楽しんでいたお父さん。でも、そんなお父さんを見ているのが私は好きだった。

十二、父娘の神降地

夏。お父さんと穂高連峰を歩いた。夏の上高地はマイカー規制があって沢渡の駐車場まで車。沢渡でバスに乗り換えて上高地へと入る。大正池は上流からの土砂の流入により年々池とは呼べない状態となってきている。それでも大正池と焼岳の両雄は自然の中で見事な姿を成し人を惹きつける。

お父さんは上高地に来ると絶対にウエストンの記念碑へと向かう。大町を岳都として育てた百瀬慎太郎とも深いつながりのあるウエストンの下へと。お父さんはウエストンと百瀬慎太郎のどちらも尊敬していた。お父さんはこのウエストンのブロンズのレリーフに関するエピソードをとても大切にしていた。レリーフが設置されたのは昭和十二年。そしてその後、英国を敵国として日本は戦争を始めた。

そんな時代を背景にこのレリーフにはこんなエピソードがある。百瀬慎太郎の友人の茨木猪之吉が戦時中の昭和十七年の初冬にわざわざ上高地まで赴いてこのレリーフを一度はずしている。ウエストンは敵国の人間であるため、必ず密告されそのレリーフが煮溶かされてしまう。猪之吉の行動はそれを防ぐためのものだった。この茨木猪之吉は百瀬慎太郎と共に戦前に針ノ木小屋に皇室の久邇宮三殿下を迎えたこともある。そんな皇室との関わりがあった人が、レリーフをお国のためにと差し出さないということはいかに大罪となるかをよく知っていたはずである。そんな時代に、お国より国境を超えた人と人との繋がりを大切にした。帰国してからそれを知ったお父さんはそのことを誇りに思っていた。唯一日本人として誇れることのように。お父さんを認めなかった日本という国の中にも、人と人との友情を大切にした人がいたことを。

そのレリーフは戦時中密かに日本山岳会で保管され、空襲で全壊した建物の中から奇跡的にも掘り起こされた。そして戦後二年目の昭和二十二年に再び元の上高地に戻され、初めてウエストン祭が行われたことは今では有名な話となっている。

お父さんは山岳写真家としてスタートした時、真っ先に向かった所がこのウエストンのレリーフだった。国の体制から敵国の山仲間を北アルプスの山仲間が守ったレリーフを見たかったと言っていた。それと神河内へ行きたかったと。今でこそ上高地と書くが昔は「神河内」であり「神降地」であった。神がいる場所。神が降り立つところ。それが上高地。お父さんはその地から山岳写真家としての人生を始めたかったようだ。山の中に神がいることを信じていたお父さん。神と共に先人を敬う事を大切にしていた。そして自らも大きな足跡を山に残そうとしていた。

お父さんと一緒にウエストンにお祈りをした後、初日は涸沢のキャンプ地を目指す。河童橋を過ぎ徳沢・横尾山荘と続く道は梓川のせせらぎの音を聞きながら歩ける。途中川を覗き見るとイワナの泳ぐ姿が見える。ここの水と空気はどこまでも透明で、境目がない。目にはイワナだけがストレートに飛び込んでくる。私は相変わらずお父さんの後をポレポレと歩く。夏と言ってもこの道は木が生い茂り直接陽は当たらない。森林が絶えず浄化し、提供してくれる空気はとてもさわやかで、新緑に彩られた山は美しく、川のせせらぎの音は柔らかく絶えず心を癒やしてくれる。森の木の一本一本から体内にエネルギーが加わる。荷物が多いから余裕では歩けない。それでも周囲の自然はこのように感じることができる。この地には自然という力がみなぎっている。いったいどれだけのパワーを秘めているのかわからないほどに。

「おめぇ～大丈夫ずらか」

「うん、なんとかやってる」

「くたばる前にくたばるって言え。わかったか」

「そうする」

八十代のお父さんに見下ろされている。私が情けないのか、お父さんが異常なのか。たぶんそのどっちも当たっている。

「お父さん、ここらは変わってないね」

「そうでもねぇずら。今じゃ工事の車がこんな奥まで入る。だいぶ変わったずら」

「仕方ない？」

「人が歩けるだけありゃぁいいずら」

「文明反対か」

「馬鹿」

　お父さんはお国がやることに対していつもこんな感じだ。それは私も一緒なのだが、これを地元の人には言えない。地元の人は公共事業と観光で食べている。現在の田舎とはそんなものだ。「不便の中にこそある美」を求めるのは我々写真家親子だけかもしれない。自然が好きな地元の人も、生活の糧が欲しいというジレンマの中にある。誰も自然を眺めてだけでは食ってはいけない。お父さんが信じていたことは、不便さが残った土地だけがいずれ観光地として残るということ。いつでも誰でも入れるところはいずれ観光地としての魅力がなくなる。便利を追求して一時いいものは金儲けだけ。それも小金だ。やがて人はどちらも失ってやっと自然が自然であることの大切さを知る。たった一世代の人のわずかな小金を得るために全てを失う。自然を残せばいつかはその自然は人を活かしてくれる。その時までじっと人は小金を欲しがらず待つべきだ。自然を壊すなら潔く人がこの地を去ればいい。これがお父さんが言っていたこと。

「西表島のイリオモテヤマネコは人が殺してるずら。この地上にわずか百匹しかいねえネコの国に勝手に人が道路なんて造りやがって。年に五匹も死んだこともあるずら。年に五匹だぞ。こんな馬鹿なことやってる国がどこにあるずら」

　確かにお父さんの言うこともわかる。五匹という数を日本の人口と置き換えてみる。

一億二千万人をネコの総人口百匹に置き換えて考えてみると、なんと交通事故で失ったイリオモテヤマネコ数はその五パーセントの六百万匹となる。ネコの世界ではどんな世界戦争より大がかりで残虐な行為を人類から受けていることになる。原爆なんてものではない。そこまでして島に道路が必要なのだろうか。

「愚かだ。本当に愚かだ、この国は。この先にあるのは種の絶滅ずら。誰もがそれをわかってやっているずら。何もかも」

そんなことを言ってお父さんは悲しげに天を仰いだ。お父さんは国外から持ち込まれる外来の動物、特にペットショップは大嫌いだった。「ここは島国だってことを誰もわかっちゃいねぇ。金・金・金……どこまで金が好きなんだか……馬鹿者どもが」大陸から戻ったお父さんはこの島国を誰よりも愛していたのだ。

山も多くの人が入れないようにすることが逆に魅力を高めるはずだ。お父さんは多くの海外の山へも行っていた。海外の山では一日に入れる人数を規制している山もあることを知り感心して帰ったことがあった。愛好家たちはじっと自分の順番を待つ。待つことで自然への愛着がより一層湧き出てくる。規制を受け入れるだけの国民性がある。国はそこに入ることがいかに貴重であるかという演出をする。そうすることにより人々にその地に畏敬の念を持たせるとともに入らせてもらうことそのものにプライドを持たせるし、お金も存分に徴収する。お父さんは日本にこそ、そのシステムが必要だと言っていた。あまりに多くの人が山に入ると自然が乱れる。無用な施設を作らざるを得なくもなく。その自然の乱れを直すことは容易ではない。極端に言えば山に入るのは自然を保全する人だけでよいのだ。冒険や修業、信心の対象としていた古き良き時代とは今はかけ離れてきたのだ。我々親子のように山で合うのは自然と野生動物だけでありたいと願うこの考え方は十万人に一人の考え方かもしれない。お父さんは年を重ねる毎に自然を守ることの大切さばかりを私に問うようになった。自然。それは我々山岳写真家にとってみれば人生の全て。それがなくなることの恐ろしさをお父さんは感じていたのかもしれない。山でゴミを拾いながら。

「俺にはこんくれぇしかできねぇ」

「不便が不幸じゃねえずら。不便は豊かだってことずら。汗さえ流しゃ何でも手に入る。都会じゃ全部が金でしか手に入らねえずら。ここは違う、山がある」

と話したお父さんの姿がいつまでも忘れられない。

横尾山荘までは歩くのに問題はなかったが、山を登り出すと久しぶりに担いだ縦走用の荷物に身体がついてこない。お父さんはなぜ平気なのだろう。いつもの疑問をブツブツ言いながら歩く。

「水飲むずら」

「はぁ〜〜ヨイショッ」

「ババアみてえずら」

「どうせババアですよ。お父さんこそ八十過ぎて化け物みたい」

「慣れずら慣れ。お前も慣れるまで歩け。このずくなし娘」

「これでも努力しているほうなんだけど」

「馬鹿」

疲れてどっかりと石の上に座り、ようやく息を整え水を飲む私の隣で、グリコのキャラメルを食べながらお父さんは涼しい顔をしていた。キャラメルの箱をリュックに入れるとまたすぐに歩き出す。「どこまで元気なんだか」

そんなお父さんについては行けず、雪渓の残る沢で私の足は止まった。ポレポレもできない。

「先行くずら。おめぇ後からのんびりと来い」

「そうする」

お父さんは振り向きもせずに歩いて行く。

「荷物が無ければ私のほうが早いのに」

いつもの調子でブツブツ言いながら一人で歩く。遅れたついでに私は雪渓の一番下で雪解け水を飲んで一息つく。行くところはわかっているんだし、なにも慌てる事はない。テントはお父さんが背負っているから、私が後でも大丈夫だ。お昼は小屋の食堂を使うことになっているからこれもOKだ。真夏の日差しが強くなってきたものだからゆっくり歩きたかった。昔ここの水を飲んでいると登山者から大腸菌がどうのこうのと言われた。私はそんなことを気にしたことなどない。子供のころ私は町の田んぼに流れる水を平気で飲んでいた。それを考えたらこの水などどうってことはない。少し濁っているかもしれないが……。

「おねえさん元気だね。そんなに荷物持って」

「後ろから見ると荷物が歩いているみたいだけど、おねえさん大丈夫？」

「おねえさんみたいな細い人って意外と力があるんだよね」

行きかう登山者が勝手なことを言っては過ぎ去る。たまにムッとくるようなことを言う人もいるのだが、山を歩く人っていいなと思う。普段街中では誰に会おうが関係ないという顔をして歩いている人たちが山ではすれ違う人に「こんにちは」と挨拶を交わす。これは山だけの特別ルール。海にはない……と思う。私はあまり海には行かないからわからないけれど、昔海水浴に行った時に砂浜でいちいち会う人に頭を下げている人は見たことがなかったと思う。そんな山でも「こんにちは」と言っても無言で過ぎ去る人が多くなったのはここ数年。でもそれは仕方のないこと。今は山好きな人ばかりではなく様々な人が様々な理由で山に入っているのだし、日本人の文化も変わってきていることは事実なのだから。と心の中で最大限譲歩してもムッとする。「挨拶くらい返せ！」「できなきゃ山に入るな！」と心の中で言ってしまう。私はいつになったら、いわゆる「できた人間」になれるのだろう。いつになっても表の顔と心とが一致しない。

雪渓は既に多くの人が歩いていた。そのため歩くところが階段状になっている。アイゼンを付けなくとも歩けるから楽だ。頭には夏の日差しがあり、足元には真冬の雪がある。夏山で出会える冬ってなんて素敵なんだろう。キュッキュッという冬の音。そして冷気。荷物は重くともけっして心は重くはならない。気持ちが荷物から雪渓に移ると何故か荷物が軽く感じられる。私にとって自然とはそういう存在。

涸沢では既にお父さんがカレーライスを美味しそうに食べていた。

「おめぇ早くテント場に荷物降ろしてくるずら」

「嫌！　先にご飯。お腹と背中がくっ付く」

「馬鹿」

「雪はどう？」

「少ねぇな」

その年はいつにも増して雪が少なかった。雪解けが早いのか、降雪量が少ないのかは知らないが、お陰で歩くのは楽。高校の時、同じ時期に歩いた時はもっと長く雪渓を歩いた記憶がある。お父さんは何時の昔と比べているのかはわからないけど、記憶にあるどの昔よりも少ないようだ。

取りあえずテントを張る。お父さんは既に自分のテントを張ってあった。私はお父さんに頼まれて二人分のテント場の使用料金を支払ってからテントを張った。年々テント場は広がりテントを張る人の数も増えてきた。文明が発達すると人は自然を求めるのか、お金を得ると人は自然を求めるのかはわからないけど、綺麗な衣服をまとった登山客でこの沢はいっぱいだ。私の高校時代には考えられなかった風景。私の高校時代と言ってもそう古いものではない。十年ひと昔なのだとすれば、たったの数昔前。

北アルプスを登山で訪れる人の様相は確かに変わった。登山愛好家ばかりの時代から、団体登山と個人山行。そして外国人へ。少なくとも私の高校時代には、若年層の女の子が奥穂の岩に足を掛けることはなかった。女の子がいる場合、それは決まって、登山家を目指すような子で、どの子も顔に「男なんかには絶対に負けない」と書いてあった。それが今では「私、登れるかしら？」と随分？？？マークを顔に付けた子が多くなりつつある。時代と言ってしまえば時代なのだろう。そして秋の涸沢はトイレの一時間待ちというお父さんが嫌う地球上でも稀な奇異な土地へと変貌した。

昔は女人禁制といった山もあった。禁を破って登った女性が石に変えられたなどという話はよく聞いたものだ。皆が一番よく知っているのは美女平だろう。女人禁制の禁を破った女が神の怒りに触れ杉に変えられたという。でもそれも今は遠い昔話。今はどこの山も女性客を取り込むのに必死。これをいったい山の神はどんな顔をして見ているのだろう。日によってはこの山も女性客の方が多い時すらある。

女の子のだいたいが山小屋で泊まるため、私のような中年女が一人テントを張っていると珍しい動物でも見るような目で見られてしまう。そんな時私は心の中で「ハイハイ、おばさんは貧乏なんですよ」と言ってその目を避ける。正直なところ私は夏山の山小屋は大嫌い。宿泊客が多い時には一畳も寝るスペースが確保できない場合もある。中学、高校の登山教室でそれを経験してからはずっとテントにしている。一人用のテントで寝ることは山での大いなる楽しみ。自然の中で生きていることを、これほど実感できることはない。星降る夜は寝入るまでテントのジッパーを上げて流れ星を追う。雨や風の強い日は一人不安を抱えて寝ることになる。でもその怖ささえも好きと言えるまでになれば、人は誰しも山から逃れられなくなる。人はいったい何を幸せと呼ぶのだろう。最高級と言われるホテルに泊まることを幸せと考える人もいれば、私のようにテントの中でシュラフに包まって寝るのが最高の幸せだと心から思う人もいる。人って面白い。

午後、お父さんは高山植物を眺めていた。あんな顔をして実は花が大好きなのだ。お母さんも一緒。二人して花の名前は片っ端から言えてしまうから驚く。娘の私は全然駄目。どれもこれも「フラワー」だ。だいたい山の名前すらたまに忘れる。花の名前なんて覚える事は一生ないだろう。重たい思いをしてまでマクロレンズを持ってくることもない。私はひたすら山の稜線を追う。

高山植物は自ら生きる場を山の上の厳しい環境下においた。私はその潔さを美しいと思ってしまう。スポーツ選手が常に自分を厳しい環境に追い込んで最高の自分を求める。高山植物にもなぜか同じものを感じてしまう。ひたすら世界一の運動能力を身につけようと自分を追いこむ精神力。その究極の人間の姿を探求する求道精神。その結果得られる筋肉からなる引き締まった身体を美しく感じるように、厳しい環境下でこの世のどんな植物よりも可憐に咲く高山植物に魅かれてしまう。生きるって何？　そんな難しい問いに自然は全ての答えを持って我々に見せてくれているように思う。実際にはなんら難しくないであろうその答えを。高山植物は小さく可憐に咲くから強いんだとお父さんが教えてくれた。私も強くなりたい。生きる基軸を持ちたい。

マクロレンズを持って嬉しそうに歩くお父さんの命令で、その時私が家から担がされてきたレンズは単焦点レンズ一個。このレンズの意味を語るのは情けない。そう、私の場合、常にお父さんに駄目だしを食らう理由の一番は構図の悪さ。このレンズでは構図の良い場所まで行かない限り良い写真は撮れない。カメラ自体が画面の枠を初めから決めている。ズームレンズのようにクルクル回せば、その場に居ながら自在に枠の大きさを変えられるというありがたい機能は付いてない。そういったずくなし娘向きのズームによる手抜きをこのレンズは許してはくれない。

単焦点レンズは、好きな構図を頭で描けたら、描けた構図どおりに収まる場所まで自ら足を運ばなければいけない。そう、単焦点レンズとは融通の利かない奴だ。だからこのレンズを持たされる意味は「ずくを出せ」「構図の勉強を身体を使ってやれ」というお父さんからのメッセージ。写真の初心者向け訓練法。私はここでもまだ初心者としてカメラを構えていた。先生がこう言う以上、私は逆らうことはしない。確かに私に不足しているものはそこにあるのだから。

「意地でも今日一番の景色と構図を見つけてやるぞ！」

お父さんは山を歩きながら私がどこでカメラを構えようとするのかを観察している。要するに登山途中のどこで私が閃くのかを見ているのだ。「構図」これは生まれ持った感性の中にあるように私には思えてならない。お父さんは一瞬で画面の収まりがわかると言う。自然の景色のどの部分を抜けばいいのかを。確かにお父さんは多くの絵画を見て自分なりに勉強をしているのは事実なのだが、勉強したとおりにできるかどうかはその人の資質にほかならない。結論を早く言ってしまえば私にはその才能が始めから備わってないってことを言いたいのだが、それは誰にも言えないし、今までそれを聞いてくれる相手もいなかった。まぁそれが今まで無事に私が写真家としてやれてきた理由でもあるから、それはそれでよしとしよう。それを口に出してしまった瞬間に、私は自称・写真家を終えなければならないような気がしてここまでやってきた。今となっては「ここまで来たら後には引けないぞ」なのである。才能があろうがなかろうが私は私の力でこの世界で生きていくより道はない。自分自身がそれ以外の方向へ進むことを全く考えてはいない。

写真を始めた人が構図でまず教わることは三分割法、四分割法、対角法、日の丸法の四つの構図だろうか。主役を画面の何処にどれだけのスペースを割いて納めるかの目安となるのがこの代表的な四つの構図となる。これとてセンスのある人ならわざわざ勉強をする必要もない。センスのある人は、目の前にあるものを見てカメラを構え撮る。これだけだ。勉強することもなく自然と安定感のある写真を撮ってみせてしまう。元々お父さんはそんな才能を持っていた。それに加えて世界中の絵画を見て勉強もしていた。努力の人でもある。だから元々才能を持たない私が追いつくには相当な努力を要するに決まっている。それは自分でわかり過ぎるほどわかっている。誰だってそうだ。自分の能力の限界まではわからずとも自分の能力のスタート地点くらいはわかる。私が槍ヶ岳を登るための登山口は日本海の中にあってお父さんの登山口はこの町だった。そしてお父さんは早く歩く能力をも持ち合わせていた。私はそこでも劣っていた。いったいいつ追いつくのだろう。私の槍ヶ岳はうっすらとも見えてはこない。悲しいかな、それがこの時の私の現状だった。

涸沢では夕暮れ時に、夕日が奥穂に差し込む時を待ってカメラをセットする。お父さんはこの日は高山植物だけで山にはカメラを向けなかった。

「花びら真剣に見て」

「花ちょっと変わったずら」

「変わった？　なにそれ？　花が？　うそ」

「馬鹿」

「本当に？」

「……」

「花が？」

「……」

「花でしょ？　昔と今と比べて違うとこって……あるわけないじゃない。いくらなんでも数十年で花も進化しないでしょ」

「馬鹿」

「馬鹿、馬鹿ってなによ。本当のことじゃない」

「馬鹿だおめえ」

「……違うの？　……昔と？」

「……」

「意味がわかんない」

「わからんずらか？　我が家のずくなし娘様は」

「わかんない」

お父さんはよく見ていた。それから数年後、テレビのニュースで北アルプスの高山植物の巨大化というレポートが放送されていた。凄い観察眼だと私は思った。お父さんはずっと前からそれがわかっていた。温暖化による花の進化？　なんだろう？　山は変わりつつあることは確か。そんな変化を私は捉えることができない。お父さんの観察眼は自然を見ることを生業としている者にとって必要不可欠のもの全てが備わっていた。私が備えなければならない必需品。私には課題が多過ぎる。

自然は私に命のことを教えてくれる。北アルプスの短い夏に命のリレーを忙しくするのは花だけではない。こうしていても様々なチョウチョが目の前を飛び交う。ちょっと前までウジ虫だったものが、こうも美しくなるのかと思うほどに美しい羽を広げ次の世代へと命の伝達をしている。私は醜いウジ虫から無事に羽化できるの？　いつもチョウチョに問いかける。

「お父さん、山は撮らないの？」

「ここの夕日はあまり好きじゃねぇずら。それに今日は絵にならんずら」

「だったらご飯作って」

「馬鹿……ずくなしめが」

前に来た時もお父さんはこの夕日を受ける穂高連峰を撮らなかったことを思い出す。その時私は今回同様に写してみたのだが、現像してみてがっかりしたのを覚えている。全く使い物にならなかった。今回も私は一生懸命ファインダーを覗いていた。お父さんは黙って沢全体を眺めていた。お父さんは何時も現地に立つだけで、その日カメラを構えてシャッターを切るだけのチャンスがあるのかないのかわかっている。私にはそう思えてならなかった。お父さんはこの山脈の全ての気候と現象をわかっているのだと。私はいつでもいつの日も絶対チャンスが訪れるとばかりにおかまいなしにカメラを構える。この差ってなんなのだろう。結局この日シャッターを切ろうと思える景色に山は染まらなかった。結果はお父さんの予感どおりだったが、この部分だけは私はお父さんと同じ能力がなくてよかったと今でも思う。私は絵になる風景にならなくてもカメラを構えぼんやり眺める山が好きだった。スタイルはお父さんとは違うかもしれないけれど、お父さんと好きな物は一緒。山と自然とカメラが好き。

その日は、お父さんとラーメンを作って食べた。お父さんの好きなのはチキンラーメン。私は出前一丁。最近の新しいラーメンはどちらも敬遠している。子供のころからお父さんも私も浮気はしない。明治のミルクチョコレートもグリコのキャラメルも。お父さんはお菓子を買いに行くたびに、店に新しいお菓子ばかりが並ぶのを嫌っていた。お菓子だけはカメラのように新しい物を好まなかった。美味しいと思った物はずっと食べたいから美味しいんだと確信を持ってお菓子論を説くお父さんに笑った。確かにそうだ、お父さんは外に食べに行くのでも行くところは決まっていた。温泉同様に同じ店に通っていた。昔から変わらぬ味を愛していた。定食屋、蕎麦屋、うどん屋、寿司屋と全てが馴染ばかり。お父さんの晩年にぶっこみ屋のおばちゃんが店を畳んだ。するとお父さんは残念そうに言っていた。

「あの味こそがこの町そのものなんだが……誰も守っちゃくんねえ……里山もそうだが、里山で生まれる味ってのが貴重なんだ。この町のだれもそれをわかっちゃいねえ。たぶんそれは町に住んでるからわかんねえずらな。もうあれが食えねえのかな……町の最大の食文化だがな……この地であの味が守れなかったか……だでこの町は駄目だ」

確かにそうなのだ。

ぶっこみとは煮込みの野菜うどんのようなもので、特に麺が太くて短いものを言う。昔は味噌仕立ての汁にどんな野菜でもぶちこんで作ったことからこの名が付いている料理で信州の名物でもある。ぶっこみなんて名前なものだから勿論楽しい昔話がある。

昔、旅人が夕刻迫る時刻になって農家に一夜の宿を乞うた時のこと、夕飯は本当にあり合わせの物を出されて旅人は早くに床に就いたのだが、なにやら聞こえてくるのは泊めてもらった家の老夫婦の話し声。

「なあ、爺さま、珍しいお客様だに、明日は何にしやしょう」

「そうだなあ、手打ちも半殺しもできめえで、しょうねえから、ぶっこみか、とっちなげにでもしろやれ」

隣の部屋で、夢うつつに二人の話を聞いた旅人は仰天した。まさか手打ちにも半殺しにもすまいが、ぶちこまれたり、とって投げられたらたいへんだ、と老夫婦の寝静まるのを待ち、夜中にこそこそと逃げ出してしまった……というユーモアたっぷりの昔話。

手打ちとは蕎麦切り、半殺しはぼた餅のことで、これは米の粒を全て潰さずに半分だけ潰して作ることから半殺し。ぶっこみは煮込みうどん、とっちなげはすいとんの地元での呼び名なのだが、それを理解しない旅人が恐れ戦(おのの)いて夜逃げをしたというこれは地方の独特な名称から生まれた私の大好きな昔話の一つ。

おばちゃんのぶっこみは信州一般のぶっこみとは全然違っていた。たいがいのぶっこみはぶっこみうどんと言われるほどに小麦粉を麺状に伸ばす平麺が多いのだが、おばちゃんのぶっこみはまるで団子を少しだけ薄く伸ばした程度に太く大きく「どん」と偉そうにどんぶりの中にまるでつみれの如くに横たわっているといった感じ。一杯頼むと、とても食べ切れない量を大きなどんぶりに入れて運んでくるので、いつも我々親子三人で行った時は一杯分程度がお持ち帰りとなる。味に関して言えば、都会の人が食べてみて特別にそれが美味しいというものではあるまいが、我々地元の人間にとってのその味は故郷そのものであり、母の胎内の一部のようなものだ。お父さんもその味を継ぐ人がおらずにその味が失われることが悔しかったのだろう。私のお父さんとはそんな人だった。

この夜は午後八時に寝た。お父さんとテントが別なのには理由がある。お父さんはいびきが大きい。親子だからあまり遠く離れた場所にテントを張れないが、それでも一緒のテントで寝るよりはずっといい。一緒だとそれだけで体力が失われる。お父さんは既に午後七時半から大音響のいびきにより、周囲のテントを張る人たちから失笑を受けていた。

翌日朝の四時半。お父さんはカメラを沢の上へと向けていた。お父さんは北穂から前穂にかけて広がる沢の頂に朝日が当たる瞬間が凄く好きだった。刻一刻と変わる色。お父さんが昔撮った朝日の当たるモンテローザ（スイス最高峰・標高四六三四ｍ）はまさに山の名前のとおりに薔薇色に染まって美しく輝いていた。モンテローザの薔薇に対して、ここの朝日はまるで赤ワインを入れたグラス。様々な角度から光を加え、その変化を楽しむかのような、そんな演出を自然は自ら楽しむかのように我々に見せてくれる。その瞬時の変化を捉える。同じ場所なのにお父さんの写真と私の写真とでは、出来上がりが随分と違う。この時も家に帰って現像したら私は自信を失った。私のは赤ワインがグラスから見事にこぼれ無残にも床に散っていた。お父さんのそれは見事なまでの質感と透明感を上品に蓄え、ワイングラスの中で輝いて魅せた。

「マジック・アワー」という、山岳写真家にとって一番の勝負の時間帯というのをご存じだろうか。「魔法の時間」それは朝夕の日に二回訪れる貴重な時間帯。日の出前の暗闇が解け、太陽が昇るまでの時間と日が落ちて夕闇となるまでの時間。その二回だけは太陽が直接地上に当たらないため山全体が淡い光で包まれる。そして地上から影を消す。空は淡く暖かな色合いとなり雲や雪を暖色に染める。これが「マジック・アワー」の最大のポイント。写真をやらない人でも空がやけに薄紫に染まった淡く優しい山岳写真を目にしたことがあるのではないだろうか。日常ではない幻想的な世界が現れるのがこのマジック・アワー。これを最大限に活かせるのがお父さん。逆に天の恵みを活かすことのないのがこの私。お父さんは世界が変わるその瞬間に自分は何をしたらいいのかを十分に理解してその場に立っている。私も多少は事前から描くものの姿を頭に入れてあるのだが、いざその時になってみると思うように身体が動かない。

情けないがそれが私の実力。

朝食を早々に済ませ、お父さんと北穂へと向かい歩き出す。ポレポレ。ポレポレ。テントも荷物も置いて必要最小限の物を持っていく。けっこう急峻な登山道が続く。毎回この坂は苦手。それでも一時間もするとお父さんがリンドウを撮るからって珍しく止まったものだから助かった。普段は一度も休まず頂上まで登ってしまうお父さんの娘に対する気遣い。

私たち親子はその日、山頂付近でずっと周囲の山を見て過ごした。今回お父さんも私も良い写真を撮ろうとして来たのではなかった。突然お父さんが行こうと言い出し店を臨時休業として、慌ただしく家を出てきた。お父さんは七十を過ぎてから予定もなく急に山に行こうという機会が多くなっていた。元気そうに見えるお父さんも自分の死を意識していた。

「いつまでも山だ山だと言ってらんねぇずら。そのうちお迎えも来るずらし」

そんなふうに笑って言っていた。しかし、おそらくそれはお父さんの本心だったと思う。死にはしなくとも年々足が動かなくなってくることは誰しもわかること。だから歩けるうちに北アルプスをもう一回見たかったのだと思う。

私も七十過ぎたら同じことをするのだろう。お迎えが来る前に見ておきたい景色は決まっている。お父さんと一緒、この北アルプスだ。以前だったらこの沢には紅葉を求めて秋に登っていた。お父さんはここの紅葉を愛していた。そんなお父さんが夏に登ろうと言ったこと自体不思議なことのように思われた。でもよく考えるとそれはお父さんの必然だったのかもしれない。

結局お父さんは七十を過ぎてから、北アルプスのほとんどを私と共に見て回ることとなった。この間に写した写真はほんのわずかなものだった。私以外の友人と山へ行く場合などはカメラさえも持たずに出かけていた。

山頂で夕日を見終えたら再び薄暗い登山道を下りて涸沢のテント場へと帰った。その日、お父さんは高山植物を数ショット撮り終えると、その後の時間はコーヒーを飲みながらまるで初恋の人でも見るように山を眺めていた。私はお父さんに内緒で山を眺めるお父さんの横顔をメインに槍や奥穂を脇役として数枚撮った。半世紀も山を追って生きてきた山岳写真家の横顔はファインダーの中の主役となっていた。

考えてみると我々親子はメインとなる山にはあまり登っていない。今回の槍と奥穂のように。メインの被写体は当然のことながら登ってしまえば撮れない。富士百景を撮る人が実は富士山へは一回も登ったことがないという話もよく聞くことであるが、我々親子も同じことをしている。もちろん写真を撮るのだから縦走となる場合は必然的に全部の山を歩く。でも地元の我々親子は単発で登ることが圧倒的に多かったために、主要な山への登頂回数は意外と少ない。また単発で山へ行っても山頂まで行かないことのほうが多い。登山家がそれでは不満だろう。

我々親子は山に入らせていただくことを大切にしていた。登るということはその行為のほんの一端。登頂することに満足感を覚えることはなかった。今回もここまで来たのに、被写体である奥穂まで足を延ばすなどということは頭の片隅にも思い浮かばなかった。行こうと思えば数時間で往復できてしまうのだが、それはあくまでも被写体であり、自然の一部として楽しむものだった。そこが登山家と我々親子との違いかもしれない。勿論、北アルプスには毎月登る。それでも山頂まで行くことは必然性がない限りはない。

サミッターは目の前に山の頂があるのならひたすらそこを目指す。五朗君はそのサミッターだった。私は五朗君にお父さんを超す写真家になれと言われた。そんな私が山ですべきこと、それは山の周囲を眺めること。太陽の位置を考え、様々な撮影位置を想定し、朝夕の最高の山の構図を決める。お父さんのように瞬時に構図が描けないような者は何度でも山に足を運び、汗をかくことにより己の才能を補う。時には何年もかけてその山の最高の顔となる時期と時間そして場所を探る。写真家の場合、登山家のように一回登れば終了という具合にはならない。一生涯かけて富士山だけを撮り続ける写真家がいるように様々な方向から一つの山へアプローチを繰り返す。そこまでしても納得の写真というものは生涯でたったの数ショット。これはどんな高名な写真家でも同じだと思う。お父さんのように生涯を通して莫大な量の写真を撮ってみても、納得したと思われる写真は写真集のほんの一部でしかなかった。それでも一枚も持たない私より相当良い確率。

翌日は早く山を下った。上高地は多くの観光客で埋まっていた。どんな理由があるにせよ、北アルプスの自然を体感しに来る人が多いことは嬉しい。自然に触れたいという気持ちが人から失われる時、この地球という星に人間というものが存在する意義などないのだと私は信じている。自然には人の心の全てのねじれを矯正する力がある。都会で大きくねじれた私の心を長年かけて元に戻したように。人間の自然を欲する気持ち。それは鮭が遡上するのと同じ。動物としての原点に還る。

以前テレビで都会と地方というテーマで討論があった。その時「地方は地方で自助努力をしたらいい」と都会の人が言っていた。でも都会とはそもそも地方にその全てを委ねている。仕事の担い手は地方からだし、食べるものも勿論そう。快適な生活を送るための電気エネルギー。それもこの地から送っている。都会の人は疲れた時に心の平静を取り戻すのにこの地の自然を利用している。都会の原動力の全ては地方の人間と自然から生まれていることをもっと都会の人に知ってほしい。それほど大切なものがこの地にあることを。都会の生活に疲れを感じる時、山に入ってそっとその自分の疲れや心の重荷を下ろす人もいるはずだ。そんな役目も山は持っている。そんな人々の負の荷物も山はやさしく受け止め、そしてそれを落ち葉でそっと隠し、雨や雪で地の中へと吸収してくれる。やがてはそれら負の荷物を山は透明な真水としてそっと里へと返してくださるのだ。

家に帰る途中、波田町でスイカを買って帰った。安曇野の夏の代名詞・下原スイカ。お母さんの大好物だから毎年買って帰る。直販店で買うと安ければ千円くらいで大玉が買える。甘みが強くお母さんはいつも一口食べ終えたら「ほっぺが落ちそうずら」と言う。安曇野は山ばかりでなく、こうした食の楽しみも豊富にある。この時期であればスイカやモモなどが道端で売られる。秋になるとブドウや柿。その後は主役を林檎に移すといった具合だ。これら全てが山の恵み。特に果実は日照が長く雨が少ないと甘みが増す。安曇野は西からの雨を北アルプスが防いでくれているためブドウなどの良産地となって世界有数の絶品ワインを作り出す。山はこの地の人々に昔から多大な恩恵を与えてくださっている。だからこの地の人々は山に祈りを捧げる。

十三、お父さんの背中

そんなお父さんも八十四歳であっさりと逝ってしまった。九六〇分の一〇一〇。本当にあっさりと。二百歳まで元気だと思っていた私にとって、それは大きなショックだった。扇沢から爺へ登ろうと歩き出したら娘の目の前でばったり倒れた。深田久弥の最後みたいに。病院へ搬送されたが三日と持たなかった。そして天へ召された。爺さんが爺へ向かってばったりと。お父さんらしい。最後まで私はお父さんの背中を見つめて歩き続けた。爺の登山道で山人生の最後を看取ったのは私だった。搬送された病院のベッドの横でお母さんはずっと意識の無いお父さんの手を握っていた。そんな二日目、ほんの少しだけ意識を取り戻した。

「お父さん、お母さんに手握られて……」

「馬鹿」

結局その弱々しくお父さんらしくない「馬鹿」がお父さんの最期の言葉となった。やっぱり最期も「馬鹿」だった。一生懸命お父さんに「ありがとう、ありがとう」って囁くように言っていたお母さん。五十年連れ添う夫婦の間のありがとうはいったい何に対してなのだろう。結婚生活が短かった私にとって、その言葉の持つ意味がとてつもなく重たいものに感じられた。

人の倍以上の速さで失われてゆく私の脳細胞。その日ばかりは残された細胞がフル回転した。お父さんと過ごした日々のあらゆるシーンを驚くばかりの速さでフラッシュバックした。一コマ一コマ全ての画像に目から雫が落ちた。声は出なかった。お父さんといつものように静かに向き合っていた。

「お父さん、またそっちで一緒に登ろうね」

火葬場に行く前にお母さんはお父さんがシベリアから持ち帰ったボロボロの下着も一緒に燃やしたいと言った。でも私はお母さんに頼んでそれを譲ってもらった。私は前から決めていた。それは私の身体と共に燃やすのだと。それまでは私と共に生き続けるのだと。ボロボロだけど私のためにもう少しがんばってと私はその布切れに語りかけた。カタカナでわずかに「キタノ」と書いてあるのが読み取れるボロキレに。

時同じくして七朗もお父さんの後を追った。まるで明治天皇と乃木将軍のように。写真館と山、どちらも私一人となった。親の後を継ぐ。幸い私にはプレッシャーだけはない。確かにお父さんは有名な山岳写真家だ。そして娘の私も同じ道を歩んでいる。でも娘の私は誰からも期待されていない。喜んでいいのか悪いのか。がんばってポジティブに考えよう。それこそが私の大きな財産……でもやっぱりどうしようもないほど寂しかった。

写真館に来る人と言ったら、苦手な子供に世間話が尽きないご近所のおばさんたち。慣れるには慣れたがやっぱり慣れきれない。おばさんたちは黙って聞く私がお気に入りのようだ。長く居座っても怒られはしないことも気に入っているのだろう。黙っている私相手だと喧嘩にもならない。実はそこが最も好かれているところなのかもしれない。人の話を中断せずに聞くだけの人ってどうやら世間にはそうそういるものではないようなのだ。おばさんたちにとって私はやっと巡り合えたアイドルのようなもの。身近になかなかいない貴重な人間。本来そんな人は世の中を達観しているような人が多いというが……未だに何をやってもずくなし娘。それにぶきっちょ。どうしてお父さんは物事を理路整然とできたのだろう。これはお父さんに限らず、私の周りの人ってみんな人間関係も家庭のことも仕事もテキパキとそつなくこなしている。私は天国のお父さんにいつも愚痴ってしまう。なんでそういう才能を私に授けてくれなかったの？

「ぶきっちょのほうが何でも長続きするずら。悪かねえずら」

が生前のお父さんの口癖。

「なんでも簡単に覚えちまうような奴は一つの仕事が長く続かねぇずら。一つ一つゆっくり覚えてく奴は時間が必要だ。なんでも長くかかる。だから一つの所で長くいなきゃ駄目ずら。この道でやると決めたらそういう奴ほど有利ずら。他に行っても無駄だって自分でわかってるからな。そこで一生懸命やるよりねえずら」

あまりに出来の悪い娘を前になぜか視線は遠くに向けて言う。この一言に親の愛情を感じた。

「お前はぶきっちょで物覚えが悪い」お父さんの口癖ともいえる一言。それにしてもだ。才能溢れるお父さんにカメラを教わり十五年が過ぎた。なにも身についていない。写真館での写真がなんとか様になりだした程度。写真館の写真なんて人を座らせて撮ればいいんでしょってくらいにしか思っていなかったのがそもそもの間違いだった。写真もお蕎麦と同じだった。お蕎麦は自分のために作ってくださった人の気持ちもいただけってお父さんに言われた。写真館での写真は写真を撮りに来られる人の気持ちを汲むことが大切だって。これって難しい。ただ撮るのと何が違うのだろう。これが私にはわからなかった。それでも取りあえず商売にはなっていた。それは、ただ自分の生活を守るためだけの写真。唯一の友達であるカメラもこの時ばかりは歯がゆい思いをして、冷えた部屋の片隅で休眠状態となった。

根無し草……惰性の中で生活する私はお父さんと根無し草を思い出した。お父さんはなぜか根無し草が好きだった。南米のアンデスで見たという根無し草。砂漠のような地に生きる根無し草をいたく気に入っていた。乾燥した台地に実のならないパイナップルのような形をして根も張らずに、まるでそのような形をした造花を誰かが持ってきて悪戯をしたかのように置いてあるといったような植物。根が無いから葉の一端を持って上げるといとも簡単に地面から離れる。「根無し草にはなるな」「しっかりと根を張って生きろ」こんな教えをよく受けると思うが、お父さんは世間一般が嫌いだったからかもしれないが、この根無し草が好きだった。実際、根無し草は砂漠のような環境下で、わずかな空気中の温度差により発生する水分だとかを身体に取り入れ生きている。コマクサのように厳しい環境で根を地中深くしっかり張り、斜面にふんばって生きる植物もあれば、根無し草のように根も張らずに耐える植物もある。お父さんは自立が大切なのだと私には言っていた。全面依存ではなく依存の中の自立だと。根が張れなくとも生きる方法はあるのだと。

「お父さん、自立ってなに？　どうやってそれを探すの？」

私の苦手な禅問答がまた始まってしまった。

山も七朗の次の八朗が我が家に来るまで私一人で通うようになった。もちろんお父さんという天上人がついてはいたが。一人で写真を撮るようになってからの私は主に町の田畑と北アルプスとを写すことが多くなった。林檎の花とアルプス。桜とアルプス。黄金に輝く稲穂とアルプス。雪でまっ平らになった田んぼとアルプス。北アルプスの稜線からは自然と足が遠ざかっていた。正直なところ私の撮りたい写真とは違った。でも仕方がないことだった。その時私は私の撮りたい被写体が何であるか見えてはいなかった。逃げていた？　そのとおりだ。私は逃げ回っていた。山と向き合っていなかった。自分に向き合っていなかった。

撮りたいものは私の座敷わらし。山脈を撮るのではない。高山植物でも、里山とアルプスでもない。爺なら爺、鹿島なら鹿島、蓮華なら蓮華。素敵な一人ひとりの個々の魅力とその稜線。一人私は山へと向かった。でも撮れなかった。お父さんが居なくなると撮影ポイントすら決められなかった。ただ漠然と単なる山並みを写した。それが全く意味がないことを自分で悟った時に目の前に現れた虚空。また私の前に虚空が現れた。

お父さんが写真館を始めたころ、写真館での仕事はお決まりのものばかりだったとお父さんは言っていた。冠婚葬祭。年始の晴れ着。節句。入学式。卒業式。七五三。お祭りの稚児姿などなど。それが、最近は様変わりしてきている。希望により屋外での写真を撮ることも多くなった。写真集の影響もあり県内ではお父さんが有名な山岳写真家だと知る人が意外と多い。そんな噂が噂を呼び山と共に写してくださいという人が訪ねてくるようになった。これは田舎の写真館にしては珍しい。そんな人たちの多くは山に思い入れが強い。お客さんは様々な山の思い出を語る。

写真ってただの記憶媒体じゃない。カメラはいくらデジタルになろうと写し出すものは人の心というアナログだ。これは百年経とうが千年経とうが変わるものではない。一枚の写真から百年先、千年先の人が感じとるものはその時代に生きた人々の生きた笑顔であり、こぼれ溢れんばかりの幸せな家族という人の思い出そのもの。全ての人の感情を呼び覚ます不思議な力を秘めたもの。遠い日の記憶であり過去からの贈り物。それはお父さんの目指したもの。人の笑顔。喜び。この国の人々が戦争で人を殺すことのない時代に一番求めていたもの。人が生きた証し。自然があった証し。お父さんはただ嬉しかったに違いない。自然と共に生きて、その瞬間を収めることができることを。照れ屋のお父さんでも写真家として作品を発表するということを大切にしていた。それを見てもらうことで、今ある自然の美しさ、尊さに気づいてもらいたかったに違いない。山に通い、ゴミを拾い、写真を撮り、山菜やキノコを採り里山に住む者として当たり前の生活をする。そしてそんな自分もいずれは自然へと、この借り物の身を返す。けっしてそれは悲しいことではない。それこそが自然なのだ。与えられた身体があるうちに喜び、楽しみ、笑う。お父さんは写真によってそれを得ようとしていたのではと思う。戦争のない時代をそうやって楽しんでいた。

お父さんはなぜ写真館を開業したのだろうといろいろと考えてみたことが何度もあった。私の場合、町の様々な家族の写真を撮ることで、写真館で撮る写真は人と人との絆、家族の絆、人と自然との絆を引きとめる最高の道具になると思っている。その一枚に励まされる人。悲しみから救われる人。自然と笑顔になる人。郷愁の思いに浸る人。親を思い、子を思い、友を思い出すための大切な一枚もあるかもしれない。もしかするとお父さんは写真館での、こんな人と写真との絆の持つ意味を感じ取って、それを山岳写真に活かそうとしていたのかもしれない。

お父さんの歴史を追う。いつしかそれが必要なんじゃないかと私の本能が命じた。山岳写真家としてのお父さん。写真館の主人としてのお父さん。鈍感な私にとっては珍しい感覚だった。でも考えてみるとそれはすごく理にかなったことのように思えた。画家はまず模写から始める人が多い。私も急がば回れ。今はこれが大切なのだと自分に言い聞かせる。その昔、お母さんにわからないことがあったらどうすると聞いた時に「そんなの聞くに決まっているずら」とあっさりと言われた。確かにそうだ。でも聞く相手がいない場合はどうするかだ。いつまでも虚空を眺めてばかりはいられない。自分と山との絆。それを求めて私自身が私の足で歩き出さなければならない。

十四、お父さんの日記

　その日、範子おばさんが珍しく写真館へ来た。私はご近所から頂いた数百の柿と格闘していた。その年は柿の豊作年で、ご近所や知り合いから多くの柿が我が家に届けられた。私はお母さんの命令で、それを干し柿にすべく必死で皮を剝いては、わらに絡めて軒先に吊るせるようにと段ボール箱いっぱいに詰まった柿と朝から格闘していた。

「馬美ちゃん、ちょっと」

「何？　範子おばさん」

「あら、なにやってるだ」

「見てのとおり。範子おばさんこそ、こっちに来るなんて珍しいじゃない」

「町に出たついでにちょっとね」

「お昼だからご飯でも行く」

「ちょっと悪いずらけど、あんたのお父さんの日記見せて」

「日記？」

「日記よ、日記」

「日記って？　私知らないわよ」

「そこにあるでしょ」

そう言って範子おばさんはお父さんが使っていた机の上の小さな開き戸の付いた棚を指差した。

「温子さんからそこにあるって聞いたわよ」

私はお父さんが居なくなってから、やっとこの部屋を片付け出したところで、いったい何がどこにあるのかをわかっていなかった。先日お母さんと家で不要な荷物を片付け、写真館へ新たに運んだりして荷物はまた増えていた。範子おばさんに言われて椅子をその下に持って行き中を探る。確かにあった。お父さんがこんなものを日々つけているなんて知らなかった。

「三年日記帳」

一冊で三年間分の日記が書かれていた。いかにも几帳面なお父さんらしいと思った。後でお母さんに聞くと、お母さんはそれを知っていた。三年に一回これを買っていたのはお母さんだった。

「前はあっちの家にあったから直ぐに聞けたんだけどね。温子さんもよくその日記頼りにしてたからそのままあっちに置いとけばよかったのに。私がそう言ったら、なんか近くにあると嫌なんだってさ」

「そうなんだ……範子おばさん、よく知っているわね」

「毎年あんたの父さんに聞いてたもんで。季節のこと全部」

「季節のことって？」

「今それを見てもらおうかと思って。あってよかったずら。さっそくだけど去年、野沢菜いつ漬けたか見てくんねぇ。それ見たらカリン漬けた日やら、いろいろ聞きてぇずら」

「範子おばさん、それって見なくても範子おばさんの頭に入ってるでしょ」

「いやいや。私じゃねぇずら。嫁に書いとくだ。一年の我が家の行事。今の若い衆は季節毎に何やるかわかんねぇずら。特におらほの嫁は都会っ子なもんでな。この前もいろいろ言ったら『ばあちゃん、色々言うより書いといてよ』なんて言うずら。こっちも都会から貰ったから仕方ねぇと思っているずらが、やれやれだぁ。祭りに飴市に、田んぼに畑、山菜やら、なぁ〜〜んもわかんねぇずら。ずくねぇけどカレンダーにでも書いとくだ。そんなもん書いても見てくれるだか、おらほの嫁様じゃやな」

「そんなこと言ってもお父さんがそんなこと日記に書いてあるのか……」

「そりゃ大丈夫だぁ。毎年書いといてくれって私が言ってあっから毎年書いてたずら。前にぁ〜向こうの家に日記置いてあったもんでこっちに来ることもなかったずらが」

「そうなの？（お父さん、範子おばさんに弱かったからな）」

そう言われて私はお父さんの日記を一生懸命見た。野沢菜ならばたぶん十一月の末ころに漬けた覚えがある。

「十一月……十一月……あった」

十一月二十七日　晴れ

餓鬼

A—③—明—ⅡⅣ—イハへ

三—十七

雪景色とならず

材に美あり　工に巧みあり

野沢菜漬　範

お父さんの日記にはこう記されていた。シンプル。私は去年のその日、写真館に残って仕事をしていたこととお父さんが一人で餓鬼に行ったことを思い出した。次にAとあるのは日帰りの意味。一泊ならばBで二泊の場合Cとなる。次の③は家に張ってあるカレンダーに記す番号と同じだとすると冬着を用意の意味。①は夏仕様。②は春・秋仕様。③は初冬。④は厳冬。次の「明」は笑ってしまうが、おそらく明治のミルクチョコレートの意味。お父さんの他の非常食は決まっているから、選択するのは明治のミルクチョコレートかグリコのキャラメルのどちらかとなる。その日は明治だったのだ。なんでこんな事を記すのか娘の私でも不明。次のⅡⅣ

はどのカメラ用具を持って行ったかである。時代によって違いがあるのでどのカメラかはわからないが、この時はその年に決めたⅡとⅣ、二種類のカメラを使ったらしい。お父さんはカメラとレンズの多くを試していたので、その時の主力となっていたものをせいぜいⅤまでの若い数字にして決めていたのだと思う。最後がレンズで、イとロはそれぞれ違う単焦点レンズ、ハとニはズームでホとへはマクロや魚眼レンズ。昔はわからないが、最晩年はそうだった。晩年のお父さんは主にハとホで高山植物を撮ることが多かった。昔は体力もあったのだろう、カメラ機材をこれでもかと携えて厳冬の北アルプスに通っていた。若いころのお父さんはカメラの試写が好きだった。随分多くのカメラとレンズを試していた。一時期は雑誌社から海外で三六〇度山だらけの写真をという企画が多く、魚眼レンズを始め多くのレンズを試していたようで、お父さんが亡くなってから、娘の私でも驚くほど多くのレンズが写真館から出てきた。新しい物が好きでそのためにお母さんは随分とお金のやりくりに苦労させられていたのだと思う。

その後の三―十七は時間。夜明け前の三時に家を出たようだ。そしてちょっとした感想が寄せられていた。それにしても短い日記だ。「雪景色とならず」お父さんは山に雪がうっすらとかかる初冬の雪景色が好きだった。それは私も同じ。特に穂高側から槍に続く稜線と爺から鹿島側へと続く稜線の初雪が好きだった。写真集にもそんな景色を使っていた。写真の装備がⅠというのは、ズームも持たず軽装だ。おそらく写真よりも単に山に行きたかったのではと思う。晩年のお父さんはそうすることが多かった。

私が中学に通っていたころまでは十一月末の山は真っ白だった。市内のスキー場は十一月の最終となる週末にスキー場開きをしていたものだ。当時はその時期でも雪が多くて困ったほどだ。同級生の男の子などはバス代を浮かせるため、爺ヶ岳スキー場から町の自宅までの公道をスキーを滑らせ帰った。今ではそのことを町の子供に話しても誰も信じてはくれない。雪が多過ぎて雪を処理できずに、庭に雪を積み上げたものだから家の二階から出入りする羽目になったなんて言うと、「おばちゃん、それどこの話?」と言われてしまう。百瀬慎太郎が作った中山スキー場は最近雪が積もらなくなった。加えてスキー人口の減少。ついには営業すらしなくなってしまった。冬、中山スキー場の前を通る時、雪も無く誰も居ないゲレンデを見るのは寂しいかぎりだ。小学生のころはお父さんに連れられスキーに挑戦した思い出の地。今、積もっているのは雪ではなく私の思い出だけ。

「材に美あり工に巧みあり」とあるのは、たぶんその日の新聞かテレビで見たり聞いたりしたことの中で、気に入った言葉があれば記していたのだと思う。

「範子おばさん、十一月二十七日」

「はいはい……十一月の二十七ね……続いて……」

こうして何故か範子おばさんの用足しでお父さんの日記を調べることになった。一通りの調べが終わると範子おばさんはさっさと帰った。私は一人お父さんの日記と共に残された。そこで日記の全てを棚から下ろし、少し読もうと椅子に腰を下ろす。

日記はずいぶんと古いものまであった。三年日記帳は上から三冊までで、その下は一年で一冊の普通の日記帳が積まれていた。私はなにげなく古そうな一冊を取り出した。思いがけずそれは私の生まれた年の日記帳だった。正確に言うと日記帳ではなく大学ノートのようなノートだった。

お父さんの字を懐かしむように見ることができたのは嬉しかった。しかし嬉しいというのはほんの一時だけだった。ついつい私は自分の生まれた日を探していた。そしてその言葉はそこにあった。たった一行。

温子おつかれさま。こんにちは赤ちゃん、無事生まれてありがとう。

私はそのノートを抱えて机に伏した。そして泣いた。お父さん……初めて知った。お父さんが生まれてきた私に初めてかけてくれた言葉。

「生まれてありがとう」

その瞬間、私の頭の中に次から次へと浮かんだのは、貧しかった時、欲しいものが何一つ買ってもらえず泣いていた私だったり、留守ばかりのお父さんに反発した私だった。嫌な私の過去の残像ばかりが頭の中で回転しだした。エンドレスとも思えるフィルムの山を頭の中の映写機は次から次へと映しては消し、そしてまた映した。後悔の念ばかりが募った。孫の顔すら見せることができずにお父さんを旅立たせてしまった。お父さん、本当に私って「生まれてありがとう」だったの？　とその場で聞きたかった。でもなんだかその部屋にお父さんが居るような気がして、そう思うとなぜか「お父さん、ごめんなさい……ごめんなさい」何度も何度も私は謝り続けた。お母さんのように「ありがとう」とはとても言えはしなかった。

翌日もぼんやりとその日記をめくっていた。するとそこに予期せぬことが記されていた。

六月二十七日　晴れ
チョゴリザ

このたった二行に私の目はくぎ付けとなった。
お父さんは知っていた。

五朗君が山に向かって歩き出した最初から。
私と五朗君が別れてからもお父さんと五朗君の繋がりは切り離されていなかったのだ。
だったら……お父さんは五朗君の病気のことも知っていたのだろうか。
今となったら全てが謎だ。
何故お父さんはそれを私に言わなかったのか？

そんな過去の謎解きはよそう。
それより大切なのは私のこれからだ。

お父さんの背中を見て歩こう。
やっぱりそうしよう。
才能のない私にとっての最善は先人の影を追うことしかない。

そう思って日記帳を一生懸命読むことから始めた。読んだという言葉は正しくないのかもしれない。実際には「探った」だった。まずはお父さんの北アルプスの山行記録を整理した。そして撮影ポイントを記していくことから私は始めた。それをすることが良いのか悪いのか。取りあえず私のすることはそれしかなかった。ぶきっちょな私は自分自身の撮るべき物が何なのかを追求しなければならないのに、それを自分で創造するということがなかなかできない。悲しい現実がそこにあった。昔はただ目の前の風景を撮っていた。しかし今それができない。何かが変わってしまった。私の写真が。しかし今私の心が何かを求めている。うっすらとそれを感じる。記憶の断片を思い出そうとしている。五朗君が言ってくれた「先生を超せ」その言葉にやっと私の身体が反応したようだ。コンコルディアで五朗君にこの道で生きていくのだと誓って帰ってから既に数年経ってしまった。お父さんを超すも超さないもない。私はその準備すらできていない。超すべき人が何をしていたのかまずはそれを見よう。それから追い求めよう。そして私の命が続くようなら考えよう。追い越す方法を。

十月十日　晴れ
東京　上野
十｜十一半
フェルメール　光
東京　品川
C｜礼｜Ⅱ Ⅲ｜ニ
十三｜十五｜　泊
みどり　結婚

明俊　十五年ぶり

数年前の日記。家族で従妹のみどりの結婚式に東京へ行った時のもの。親戚でありながらみどりのお父さんとは十五年ぶりに会った。

東京でお父さんがどうしてもと寄ったのが美術館。ヨハネス・フェルメールを観に行った。お父さんは絵画に構図だとか光のヒントを得ていたように思う。たぶんお父さんはカメラが無ければ絵を描きたかったのだと思う。家にはお父さんの山のデッサン帳が多く眠ったまま残っている。美術館でお父さんは固まったようにフェルメールの前に立っていたのを思い出す。お父さんは特にこのフェルメールが好きで、オランダに行った時もわざわざ山から下りてから『真珠の耳飾りの少女』を見るため現地の美術館を訪れていた。フェルメールの光は柔らかく優しい。アトリエの北の窓から漏れてくる光を繊細に捉え、独自の感性でそれを見事にキャンバスに描いている。特に『真珠の耳飾りの少女』は現在の写真家の技術とも共通のものがある。フェルメールが少女の目に入れた光。それこそは現代写真家の誰もが使っている技術「キャッチライト」にほかならない。また、唇の一点の光だけで少女の唇の柔らかさと瑞々しさを創出している。その光を捉えるテクニックに抜群の構図。

光といってもその種類は無限。太陽、雷、暖炉、ローソク、白熱電灯、蛍光灯、ＬＥＤ。日本人は人工の灯りにさえ人間的な温かさを求める。こんなに光の捉え方に多様性をみせる民族って珍しい。日本人はよく四季という。しかし実際に日本人が捉えているものは四季ではない。中国から伝わった二十四節気に加え、日本の季節と合わない部分を埋めるため、さらに細かく雑節を加え一年の自然の変化を捉える。その分け方は、四季の始まりを表す立春や立冬。四季の中間点を表す夏至に秋分。気温の変化を表す小暑、大寒。気象で表す白露、霜降。動物など物の変化で表す啓蟄、小満。農事を表す耕雨。

それでは、写真家はそれらを何の差だとしているのだろうか。私自身はそれを「光」の差だと捉えている。景色の変化と単に口で言うのだが、景色の変化の根本にあるものが光。確かに作品を見れば四季を感じられるだろう。しかし日本人の心である二十四節気プラスαは一年を通じての微妙な光の変化を捉えきれないと表現が難しい。そして何より難しいのは、季節以外の「一日の中にある光の変化」。朝日が出る前のぼやけた山から夜を迎えるまで。山の刻一刻と移り変わる様々な光の様と山の造形美をトータルに考える。今日という日が始まる瞬間。朝というものが生まれ落ちるその瞬間を捉える。そして陽が落ち、明日へと向かうと同時に彼の地の朝日となりゆく光を捉える。北アルプスの全ての山の中で。常に思う。

「光って難しい」

そんな謎に満ちた魔術師を日々相手にする。確かに透明なものが当たることにより起こる不思議なこの世の中の様々な風景。透明とは一体何なのだろうかとその言葉の意味の深さを探るのだが、なかなかその謎の尻尾すら捕まえさせてはもらえない。

写真館では人工の灯り。山では自然の明かり。写真館では影を作らないようにと私自身が光を制御する。山では光の全てを自然という絶対的な主権者によって制御を受ける。その捉え方は「難しい」その一言に尽きる。刻一刻と変化する光。その一瞬の変化に魅力を感じてその光を追う写真家も多い。朝一番、朝日が昇らぬ前の赤みを帯びた様々な色が混ざり合う空と山との絶妙な色彩の妙。朝日が山頂を照らすそのわずかな一瞬。燦々と降り注ぐお日様に祝福を受ける山々。そして一日の終わり、光という絶対的支配者がその姿を隠していく一日のドラマの終焉。さらには、お月さまの柔らかな灯りを受ける幻想的な風景。湖面の反射光と紅葉。そのどれもが「光」を捉えるということにある。あらゆる光の妙を捉える写真家もいれば、朝日が山頂に当たる一瞬の美だけを一生の題材として捉える写真家もいる。東から西へと動く絶対的な主権者と、この星の自然とが織りなす絶妙な陰と陽とのバランス。誰もが魅了されてきた光。そして影。お父さんは昔、美術館にモネの光を求めてよく通っていた。モネの『睡蓮』に映った光はお父さんにとっては衝撃だったようだ。そして同じくモネの連作『積みわら』の光の七変化を心躍らせ眺めていたこともあった。日本画家では、黒田清輝の『湖畔』の淡い光に憧れていた。なぜかお父さんは写真ではなく絵画の中に自分が欲しい光を求めていたように思う。特にフェルメールと黒田という両人への思い入れは並ではなかったように思う。『真珠の耳飾

りの少女』『天秤を持つ女』『手紙を書く婦人と召使い』そして『湖畔』それらを見て、

「これが写真だとしたらお父さんは写真家など名乗れない」

それほどにお父さんはその光に恋焦がれていた。フェルメールはアトリエの北窓からの淡い光に何を見たのだろう。お父さんはそればかりを考えていた。勿論それは画であって写真ではないことはお父さんも十分わかっていた。でもお父さんはあくまでも画にこだわっていた。

お父さんは、光の発信源である太陽の球体という形にも不思議な魅力があると言っていた。絵画の世界で時に言われることであるが、円、すなわち丸という形。そこには内なる求心力と外への無限の広がりがある。一つの形に秘められた陰陽二種の全く異なる力。その球体の内なるエネルギーが発した外へ向けた無限の力。それが光。それを受け輝くのが、不思議なことにこの広大な宇宙の中ではなぜか球体である惑星。そして球体であるがために、我々は様々な宇宙に広がる神秘的な美しさを日々見ることができる。

「この星は不思議ずら、光は透明ずら。その透明な光が真っ暗な影を作ったり、彩り豊かな山を見せるずら。神様は凄いもんを作ったずら」

「光」その透明なものに我々はその全てを預けている。命、自然、希望、そして夢と全ての人類の未来。「光」はいつも、いつの日も優しく温かく人を、そして大地を包んでくれる。

それにしてもその日の日記の「礼」には笑いが漏れた。礼服の意味だろう。山に行くのでもないのに二泊で礼服を持って行ったと記すお父さんの姿を思い微笑ましく思えた。

六月二十日　雨
鹿島
B—②—グ—ⅡⅢ—ハホ
朝—晩　一泊追加
雨　待機　珍しく多田さんに会う
雨　玉堂

多田さんとはお父さんの友人で日本画家だった人。だったというのはこの人も去年お亡くなりになったから。お父さんは好きな絵の話を多田さんとしたのだろう。特に二人の好きだった日本画家の川合玉堂の話を。玉堂への憧れ。お父さんは玉堂の雨に憧れていた。玉堂は雨の降りそそぐ日本の原風景を描いた日本画家。日本の原風景を求めて日本全国を巡り自然を捉えた。人も自然も全てを一つの自然として、自然の風景として描いた人。そして一番魅かれるのは『雨』。

「写真家はどうも雨から逃げているような気がするずら」

思うところは私も一緒。玉堂は最後には今でいうバードビュー的感性で空から見た美しい日本を描いた。生涯描くものにブレがなかった。そして作品に『雨』がある。お父さんはよく玉堂の雨を見ていた。そして悔しそうに言った。

「写真もこんな雨が描写できたらどんなにいいずらか」

玉堂の自然は押しつけがない。そこにお父さんは凄く魅かれていた。感性の部分で自分と同じものを感じていたのだと思う。私から見てもお父さんの写真と一緒。中に取り込まれてしまう。見入ってしまう。画の中から優しい人々の鼓動が伝わる。優しい自然の息吹が感じられる。人って優しいんだ。自然って優しいんだって語りかける。私もこんな場で暮らしたいと思える。

お父さんの作品の中にも雨を捉えたものが実はある。それも沢山。しかし生前お父さんは一枚としてそれを世間に発表することはなかった。理由はやっぱり本人が納得してはいなかったという以外にない。玉堂の画と自分の作品とを見比べ、ため息をついたお父さんを一回だけ見た記憶がある。お父さんは八十を過ぎてからこんなことを言っていた。

「玉堂先生は晩年に、やっと少し自然が見えてきたような気がするって言ってたずら。俺もそんなもんだ、この年になってやっとだ。それもやっと少しだ」

と私はその時その意味の深さがどれほどのものかわからずに、

「それなら私はぶきっちょだから、お父さんの倍は生きないとその少しもわかりそうもないね」

「馬鹿」

お父さんは日本人の雨に対する感情移入、そこに見られる多感性を大切にしていた。「霖」という文字一つでどんな雨なのか、その雨に対する感情の広がり。まるで心の眼を開けてくれるかのよう。雨という一つの文字でも百人が百人違う感情を抱く。日本人はそれに加えて季節毎に「春霖」「露霖」「秋霖」と表すことで「霖」に数倍の感情の広がり、心の豊かさを与える、そんな民族性を持っている。お父さんは、あろうことか終生この日本人の雨に挑戦していたようなのだ。

「この一字の感情を写せたらいいずらな」

お父さんのそんな言葉を何度か聞いたことがあった。めったに口を開かないお父さんだけに、その言葉だけがやけに私の耳に残っている。でも残念なことにお父さんの能力をしても今世でこの目標を叶えることはできなかったようだ。

よくよく振り返るとお父さんも自分の作品に悩んでいた。自信に充ち溢れた作品の陰で。お父さんが私にこんなことを教えてくれた。

「ルノワールだって悩んでいたずら。誰だっていつもこれでいいのか疑問に思うずら。それが人間だ。ルノワールだって行き詰まってイタリアのポンペイまで行ってフレスコ画見て帰るなりフレスコ画の画法使ったり、色遣いをかえてみるなんてのは生涯で何回あったか。それでそれを発表するとまた世間の非難だ。でもルノワールは一生涯楽しくて明るい画しか描かなかったずら。ずっと自分の本質を見せつけてこの世を去ったずら。認められる人ってのは世間を見てねえずら。自分の心の奥底見てるずら。その部分でその画が合格ならそれで問題ねえずら。みんなそこに問題あるから悩むずら。だから悩んでる時はありがてぇと思え。芸術家っていつてもみんな天才ショパンじゃねえずら。悩める巨匠ルノワールもいるずら。皆そう思わねえとやってけねえずら。昔コマーシャルでなかったか、みんな悩んで大きくなったって。あれだ、あれ」

お父さんが私に贈ってくれた最高のエールだった。今まで何度その言葉に救われたことか。だったら私もできる。私は悩める。いや悩んでばかりだ。ありがたいだらけだ。わずかな希望が見出せた。悩むことだけは得意だと。それは私の一番の得意技なのだと。そして最後にこう思った。

「蛙の子が蛙になれないわけがない」

五月五日　晴れ

雨飾

A－②－明－ⅡⅢⅣ－イハニホリヌ

四－十五

ブナ林根開け　光　新緑

自然　言語

ウド　タラの芽　コゴミ

子供のころ親しんだ自然。そこで培われた感性が今の私の写真の原点となっている。自然の語りがわかる。写真という世界で生きるため唯一与えられた私の言語。その唯一の言語はお父さんの背中を追うことで身につけてきた私の唯一絶対の自己表現方法。お父さんが使っていた言語であり、自然が教えてくれた言葉。お父さんが私に語りかけ教えてくれたもの。私にはお父さんに近づくだけのものはあるはず。そう信じている。コンクリートジャングルで過ごす人たちとは違う言語を使える自分の感性を。

お父さんはたぶんその日、雨飾の麓のブナ林の中で子供のころから親しんだ自然という一つの言語となんらかの接触を持ったのだろう。だから日記にそう書いたのだ。自分だけがわかるなにかを。ブナ林といったいどんな楽しい会話をお父さんは交わしたのだろう。お父さんに次に会ったら聞いてみよう。

「お父さん、ブナの木とどんな話をしたの?」

木を写す時のお父さんの構図にその才を感じずにはいられない。お父さんはそれを数々の絵から学んでいたようだ。ブナ林でお父さんは春のこのころよく根開けを撮ったり描いたりしていた。私も春になりブナの周囲の雪だけが丸く解けて林の中の景色を作る様が大好き。

よく人は、絵は勝手に構図を作れるから云々と言うが、それは写真で撮る自然も一緒だ。「まさかそんな」と言うかもしれないが、実際に自然の構図も作れるものだ。自然にあるものを勝手に動かせはしないだろうと、誰もが言う。それは確かにそうなのだろう。でも、動かせない山を動かす方法はいくらでもある。それは、写真家の工夫で様々に取り込むことができるし、見慣れた山を全然違う山であるかのように表現する方法もある。それにはもちろんアイデアも必要だし、より多く山を歩いて様々な構図を探す努力も必要なのだが、一番は自分の感性が生み出す描画力。それをお父さんは様々な絵から一生涯かけて学びとろうと努力していた。それは光についても同じこと。フェルメールの光もルノワールの光もきっとどこかにあるはずだ。そして私が一番欲しい「馬美の光」も。私の山を照らしだしてくれる山神のような光。それを私は探している。

八月二日　晴れ　夕曇
乗鞍
B―①―グ―Ⅳ―イニ
4―泊　馬美
雷鳥　松本夕立　雲海の雷
星空

これは私の中学の時のもの。標高の高いところに車で行けるからっていきなりお父さんに乗鞍へと連れて行ってもらった。この時見た現象は今でも強烈に脳裡に刻まれているから、お父さんが何を書いたのかすぐにわかった。乗鞍岳の肩の小屋に泊まった時のことだ。その日、夕方になると松本平一面が雲海の下に消えた。そして夕立だ。その時の様子はまるで宇宙の神秘を見るようだった。昼に雷鳥を見て、夕方、松本平の落ちる雷を見る。昼夕の雷繋がりが印象深かった一日だったからよく覚えていた。そしてその夜お父さんと一緒に星空にカメラを向けた。地上と天空の神秘に酔った一日。

昼間私は可愛い雷鳥を見ることができた。お父さんに北アルプスの雷鳥は人を恐れないことを教わったのはその時だったと思う。この地方の人たちは昔から里山に分け入り狩猟を生業としていた人々も多い。しかし、それはあくまでも里山までのこと、それ以上の高い場所に棲む生物に対しては神の社に棲む動物として畏敬の念を持って接していた。そのために狩猟の対象とはならず守られてきたのだそうだ。現在も人と雷鳥との信頼関係は厚く、一メートルくらいであれば近づいても、雷鳥も慌てることなくのんびりと接してくれる。お父さんはヨーロッパで雷鳥を見ていたのだが、狩猟の対象として殺されてしまうヨーロッパでは人が近づいたり人を察知すると、物凄い勢いで逃げるものだから逆に驚いたものだと話をしていた。二十世紀の初めから多くの登山者やトレッカー、観光客が訪れるようになったヒマラヤにおいても、ヒマラヤ雷鳥がテレビカメラに収まったのは二十世紀も終わりかけたころのことである。海外の雷鳥はそれほど人を避けてきた。北アルプスでは雷鳥ばかりかホシガラスでさえも、目の前にいる我々人間を全く無視して好物のハイマツの実に食らいついている光景をよく見るものだ。お父さんはこの地の人々の動物との距離感を物凄く誇らしく感じていたようだった。人、動物、植物、全ての命あるものを尊重できる生活の場が。

夕方になると、雲海の下の町が雷にさらされる。雲の上で見るそれは美しくまた神秘性があった。雲海は穏やかな海。雷はそこに投げ入れた光る石。海の一点が光る。そこから光の波紋が広がる。光が生まれ、輪を作る。そしてまた闇を作る。雲海のあちらこちらで光の波紋が広がる。雲海の下で見るそれは単に恐ろしい悪魔。時に残酷な結果を招く。上から見る時、そのような感情は失われる。自分の身に危険はない。私ってどんな人なのだろうとつい思う。あの下では小さな子供が怯えているかもしれない。木が倒れ誰かが下敷きになっているかもしれない。でも雲海の上でそれを見る時そんなことは全く脳裡に浮かばない。ただただ宇宙の神秘、地球の神秘、その一端を見ていることで悦に入ってしまう。この星の一つの神秘に心魅かれる。ただただ美しい。これもこの地球という宇宙の中の本当に小さな一つの星の中で湧き起こる、小さな光が織りなす神秘。誰もが見られるものではない。夏の夜、山人に天が与えし雲上の絵巻物。

その夜は月夜ではなかった。月夜ばかりを狙う写真家もいる。単に月夜と言っても扱う光の量が日々違う。満月・半月・三日月。同じ満月でも月が地球に近づいた時の満月と離れた時とでは光量に三分の一もの違いがある。月が地球に近づいた最高の満月で晴れた日のアルプスなんていう絶好の撮影日和にいったいどれほど巡り合えるのだろう。写真家はそのいつ訪れるかもしれない幸運をひたすら待つ。

月夜でない夏の夜。雲海の神秘が終わると次は頭の真上に宇宙が降りてくる。宇宙はその姿を悩ましく魅せる。空と宇宙が全裸をさらす。天の川から目が離れない。光の塊があるかと思うと暗黒の島もある。天の川にあるあの暗黒に魂が抜かれる気がして恐ろしく感じる。

夜空に「夏の大三角形」を見ると、お父さんはいつも決まってフェルメールを連想していた。『真珠の耳飾りの少女』の少女の目に入る光と唇の光、それに真珠の耳飾りに載っている光の三角形が夜空に浮かぶようだと言っていた。

天の帝の娘で織物が好きな織姫と牛使いの彦星が結婚した。しかし、仲が良すぎたために織姫は織ることをやめ、彦星は牛を牽いて田畑を耕すことをやめてしまった。すると二人を引き合わせた当の帝に咎められ、この天の川という大河によって二人は離ればなれとなってしまった。再び二人が会う条件として帝は織姫には織ることを、彦星には田畑を耕すことを約束させた。そして年に一回、七夕の日にかささぎによってこの大河に橋を架けさせ会うことを許した。私が天の川の上まで昇った時、その時私は五朗君に会って、五朗君の顔を正面から見たい。その資格を得るためにはやることがある。五朗君は愚直に山へと向かった。それなら私は愚直に写真に向き合わなければならない。それが唯一天の帝に許され五朗君と会える方法に違いない。

四月二十九日　晴れ

権現
A—②——ⅢⅣ—イニホ
五—七
風無く　青木澄む
西原
九—十
シバザクラ　代かき
タラの芽　アザミ

どうやらこの日は権現（権現山・標高一二二二m）に行ったらしい。この時の写真かはわからないが、私は権現から青木湖を写す撮影ポイントをお父さんに教わっていた。それは権現の山頂ではなく途中の小路から少し入った木立の中からひっそりと青木湖が見える場所である。お父さんは透明度の高い湖面の神秘的な青が好きだった。そしてひっそりそれを盗み見るかのようなこの撮影ポイントも。

大町には仁科三湖と言って三つの湖がある。環境の良い長野県内でも水質の良さで常にトップクラス。透明度が高い。でもそんな湖にも時代の流れからか不自然な波が訪れている。外来種のバスがそれ。この山間部にある田舎町の湖にも避けられない魔物が棲むようになってしまった。今では町の若者でさえもバスフィッシングを普通にする。これからの町を担う者たちのそんな姿をお父さんは情けないと言っていた。

お父さんと都会に出かけた際に町でペットショップの前を通った時、お父さんは悲しそうにこう言った。

「おめぇ、家族があんな檻に入れられていたらどう思う？　ペットショップの店員が動物愛好家だってんなら、刑務所の職員は人間愛好家か。それになんだあのカメは？　こんな島国に外から動物を持ってくる馬鹿どもめが。わずかばかりの金儲けのために、犬は檻に押し込められて、外来種を川に放つ奴らをなんで許すんだこの国は？　本当に情けねぇ」

どこか過激な発言でもあるが、ある意味、的を射た言葉だ。人が檻に閉じ込められる時、それは罪を犯した場合に限られる。それでは我々人間より活動範囲が広いところを好む犬などに対してのあのような行為はいったいどう理解すればいいのだろう。「僕悪いことしてないよ」と言っている彼らの声さえ聞こえてきそうな環境下に閉じ込め、平気な顔して楽しそうに接する人たちの気が知れないと言うお父さんの気持ちも全く否定できるものではない。国によっては犬一匹を飼うのには、犬のためのスペースがどれだけなければならないといった規定まであると聞く。少なくとも閉じ込めた環境下に犬を置くということは罪悪である。それは誰でも知っている。わかってはいないが知ってはいるはずだ。特にお父さんは外来種のカメや爬虫類、昆虫を売ることに対しては痛烈に批判した。「俺に金があれば全部買い取って元の場所に返してやれるずらに」とよく言ったものだ。日本で持つペットの意味は、その多くが歪められた人間の精神をフラットに戻すための単なる道具として使われる度合いが年々増してきたように思う。それをマスコミなどは時としてペットと人との愛情云々と感動的に言う。しかし利用されてしまうだけのペットたちにしてみればどうだろう。誰もが「法律には触れていない」という。「人が良ければいいじゃない」ともいう。そういった人の持つエゴの監視下での暮らしであってもけなげに笑顔を作る動物たち。私はそんな彼らの姿を見るのは辛い。

お父さんは「世界遺産」についても「なんだあの馬鹿みてぇなもんは」と言っていたっけ。

「自分たちのすぐ目の前にある自然を見もしねえ奴らが、あんなものの登録ってだけでそこにいくようになるずら。金の亡者の手招きに負けて」

私も登録に動く彼らを金の亡者とまでは言わないが、それに近いものがあると思ってはいる。世界遺産だと言っては自然を失う。世界遺産とはそもそもそれを認定する側と認定を受ける側とで取り交わされる損得勘定からなる、自然とは無縁の経済活動なのだ。早く世界の人が気づくべきなのだ。お父さんが面白いことを言った。

「あそこもここも世界遺産だと認定をした先にあるのは、なんだ、地球全部が世界遺産じゃねえかってことずら。最後にあるのはそういうからくりだ。その時になって初めて『認定』というものに踊らされていたことを皆が恥じるずら」

「幸せの青い鳥」を誰も教訓としていない。本来自然を守るならそれを守る人しか入らせなければよいのだ。その方法として一番いいのは宣伝などせずに自然を自然のままそっとしておくことなのだ。山岳写真家の私であっても、自然を守るためだと言われ、全部の山に入ることを規制されたとしても、それを私は喜んで受け入れることだろう。それは素晴らしいことだとさえ思えてしまう。未来の子供たちに今の自然の姿を残したいと写す私の写真も、きちんと守られるのであればその必要性すら失せてしまう。残念だけどそんな考えを持つことはこの国では一万人に一人。悔しいけど我が家の常識はこの国の非常識であって受け入れられはしない。小笠原の孤島で今まで人が入らなかった島に人数制限をして人を入れだしたと聞いた時には私は涙が止まらなかった。有史以来人が入らなかった孤島にいまさら人を入れることの意味がいったいどこにあるのだろう。人が知らぬ間に運ぶ植物の種や様々な菌から島を守る術はないに等しい。我々が生きている間だけでもそれを止められたはず。金の亡者はどこにもいつの世にも存在する。

「人が入ることが許されない土地がある」

そんな場所がこの日本に幾多とあると思うだけで、心が躍るのはたぶん我が家の人間だけだろう。自然の中に動物と精霊だけが棲むことを許される土地がある……これってなんて素敵な響きなのだろう。いったい人が入らなければこの地の自然はいったいどんな景色を見せてくれるのだろう。安曇野とはそんな人と自然とのハーモニーを生み出す土地であってほしい。人手をかけて守る森と自然のままの森。きっとこの地の人々は各々の森を大切にする術を知っている人々の集合体であると信じたい。豊かさをお金の単位に求めることのない人たちの集合体であると信じたい。

北米では世界一高い木を守るためその場所が何処かを一般人に教えない。日本はなんでも一番を見つけては観光名所としてわずかなお金を得るために血眼となる。北米のようにそれを拒む社会がこの地球上にはある。人間は地球のその全てを見る必要も歩く必要もない。これだけ地球を破壊し尽くしてきた人類がその程度の我慢はしてもよい。

何故こんな厳しい見方を我々親子はしてしまうのだろう……たぶんそれはお父さんのシベリア抑留に答えがあると思う。我々親子は抑留生活を考えることで、便利さとわずかばかりのお金を得るための人のエゴというものを抑えられるように思って生きていた。また信じてもいた。今になって考えてみるとそんな気がする。お父さんはシベリアという極限の地で四年もの長期間暮らしてきたのだ。ただ生き残るという目的のためだけに生き抜いた四年間。それに代わる我慢などこの世に存在しはしない。人はそんな我慢ができるのだ。それからすれば動植物のためだけにその地をそっとしておいてやるということの我慢など我慢のうちにすら入らないと思っているしそう信じて疑うことはない。

その土地固有の豊かな文化こそがその土地のブランド力を高める。それこそが人を惹きつける種となる。そして結局は人をその土地に留め置く最大の要素となるはずなのだ。決してアクセスの良さではない。そこに住む人がその地で育てられる過程の中で、磨きあげられた土地への愛情と愛着こそが人をその地に留めさせる。

お父さんはこの町がオーストリアのインスブルックと姉妹都市となっているため、町の人たちとの交流ということで行ったことがある。インスブルックはオリンピックが二度も開催されたヨーロッパアルプスの麓に在る世界的にも有名な都市。お父さんは帰国し、インスブルックの写真を見せてくれた。写真にはアルプスの反対側の丘から市内とアルプスが写されていた。私はそれを見るなり思わず「そっくり！」と叫んだ。元々は山岳博物館のカモシカとインスブルックにあるアルペン動物園のアルプスマーモットとの交換がもとで姉妹都市となったのだが、私はこの景色の同一性こそが二つの都市を結びつけたのだと信じている。インスブルックとはそんな景色の町。もちろん建物は西洋的なのだが、町と背景にあるアルプスのバランスこそがこの二つの都市を近づけた。お父さんに聞くとインスブルックには多くの別荘が建てられているると言っていた。ヨーロッパのお金持ちはその景色の素晴らしさに大金を使っているのだと。そしてお父さんはこうも言った。

「この町で住むんだったら、どんだけ素晴らしい土地にいるのかをもっと自覚してこの土地に住まわせてもらわんといけねえずら。どんなにここが素晴らしいかを。幸い日本の裕福な奴らは猫も杓子も軽井沢に行ってくれて、ここに別荘構えねえずら。だから俺みてぇなのが神様の一番街一番地の一等地に住めてるずらで。それを喜んで住まわせてもらわんと。こんな神のお社のような土地が世界にどれだけあるずらか。この土地の人は昔からこれだけの観光資源がありながら観光で食べていくのが下手だって言ってきたずらが、それは違うずら。観光が下手なのはこの土地に住むもんの隠れた才能だ。自然を守ってるずら。欲張るもんじゃねえずら。この土地じゃ自然が全てだ。外から人を呼ばんでもいいずら。そんなことせんでもいずれ嫌でも世界からこの地へ人が頭を下げてくるようになる。ここはそんな土地ずら。それまではずっと俺たちだけで独占してぇもんずら」

インスブルックも、そしてパキスタンで知り合ったドイツ人の住むミュンヘンも町の背景にアルプスがそびえる素晴らしい町。山紫水明の地という意味においては、我が郷土も負けず劣らずだ。ヨーロッパの人たちに桜を前面にして町とアルプスを撮って見せれば目を丸くすることだろう。誰もがここに別荘を構えたくなる。おそらくヨーロッパ基準でいうのなら、ここは最高級の土地であるはずだ。風光明媚な山紫水明の地。アルプスに加えて町には仁科三湖という三つの湖までもがある。なにより良い点は高級別荘地がなくこの地で生まれ育った人が細々と田舎らしい暮らしをしていることだろう。田舎にとって開発は一時の金もうけにはなるかもしれないが、下手な開発は町を壊す。自然というものは、未来永劫の町の財産として残る。私はお父さんが言うようにこの地の人々の観光開発能力のなさは、実はこの土地の人々の世界で一番優れた才能だと思っている。百瀬慎太郎は観光に奔走した。けれどもそんな人であっても、今のこの世の実態を知ればきっと観光ではなく自然だと言ってくれるだろう。この町の山の神とはきっとそういう人だと思う。観光バスが押し寄せる風景よりも、里山の人々がのんびり田んぼの畦を歩く姿をいつまでも見ていたい。

「馬美、俺も世界中を歩かせてもらった。いろんな美しい谷が世界にはある。お前も行ったバルトロ氷河もそうずら。でも、俺らの田舎ほどじゃねえずら。確かに標高とかだったら向こうが上だ。でも毎日見て暮らすことを考えてみろ。この谷以上ってのは世界にねえずら。安曇野は世界一ずら。人が心豊かに暮らせて、これだけの光景を毎日拝めて一生を心穏やかに過ごせる。確かに自然が厳しいと思う時もあるずら。でもそんなのほんのちょっとだ。自然から受ける恵みを考えたらないに等しいずら……」

過疎を嘆く人がいる。でも私はそれも自然の摂理ならば、今の過疎は一時的に土地を自然に返すことなのだと考える。誰しもいずれは己の身体を自然に返す。全ては借り物なのだ。だったらこの土地も借り物であるはずだ。だったらそれを今利用できないのであるならば、まずは自然に返せばよいだけのことだ。遠い未来かもしれないが再びこの地を必要とする人々が現れるのだろう。きっと今よりもっともっと人々の心が豊かな時代がいずれはやってくる。そうなった時にはきっとこの地も再び多くの人々が寄り添い暮らす土地となる。我々はなにも無理をして今、お金をかけて土地というものを守ることはない。自然を自然として残しておければきっと未来の人々はそれをまた大切に使ってくれる。将来、きっとこの地に暮らして住む人々というのはそういう人たちなのだ。我々の子孫が再びこの地を開拓する姿を思い描いてみるのも楽しい。我々だって八千年前の縄文人が暮らしていた遺構の上に家を建て大切に使わせていただいているのだから。

四月二十九日というのは忙しかったようで、最後に木崎湖の南にある西原に行っている。三カ所も忙しく廻ったのは、どうやらその日までずっと曇り空で光が悪かったのだろうと思う。西原はお父さんの年間行事の一つ。西原の田んぼの土手に一面のシバザクラが並ぶ。ちょうど土手を花が埋め尽くす時、田んぼで代かきが行われる。目にも鮮やかに映るシバザクラ。田んぼに映る北アルプス。代かきをする農民。里山ののどかな風景。まるで桃源郷のような風景が広がる。

「里山と山脈」というのもお父さんのテーマだった。お父さんはミレーの画が好きで画集を持っていた。ミレーは素のままの農民を描いたとお父さんは言っていた。中心は農民という人間ではあるが、その姿自体が自然に溶け込んだ、素のままの自然自体の姿になっていると。お父さんはここのデッサンを何枚も描いていた。働くということに生きがいを求め、自然の恵みに感謝した生活をする人々に触れることがきっとお父さんは好きだったのだと思う。彼らの流す一粒一粒の汗から生まれるお米の一粒一粒をどんなにまぶしく見つめたことだろう。

四月の末というのは安曇野では多くの人が田んぼの畦にカメラを構える季節でもある。この時期、田に一斉に水が入る。すると安曇野全体の田んぼが北アルプスを映す。安曇野中の田が逆さ富士状態となり、我々多くのカメラマンの目を楽しませてくれる。私の町では三日町あたりの大きな田んぼに映る北アルプスを狙って、晴天の風のない早朝に畦にカメラの三脚が並ぶ。これを見るとやっと安曇野にも春が来たのだと実感する。最近では休耕田が増えたので、この風景も永遠ではない。お父さんの愛した風景もこうして一つ一つ失われていくことが寂しいし悲しい。

里山……これこそお父さんが追い求めていた風景。お父さんはどれほどこの安曇野の里山のことを思っていたのだろう。お父さんは私に森のこと、田んぼのことを語ることが好きだった。里山で生きる多くの生物。イナゴ、キリギリス、カエル、ヘビ、タガネ、ミジンコ、ドジョウ、フナ、ナマズ、メダカ、テントウムシ、アブラムシ、チョウチョ、トンボ、スズメ、ツバメ、カモと挙げればきりがない。

「ミジンコだって必要ずら。おめぇ自然の中で不必要なもんなんかねえずら。雑草なんて言うずらが、自然の中じゃ皆が己の役割ってもんがあるずら」

常に死と隣り合わせの青年期を過ごしたお父さんにとって、これだけの力強い生命の躍動を見ることは一つの喜びだったのではなかったかと私は思う。キリストを信じる人がキリストこそ絶対だと信じるように、イスラム教徒がアラーこそ絶対だと信じるように、お父さんは自然と共に生きる里山の人々の生活こそが絶対だった。四季を通じて里山を追い求め、そこに住む人、そこに在る家、田んぼ、生物、植物と全ての里山を愛していた。

「お父さん、馬美はミジンコくらいに何か役に立ちそう？」

「馬鹿」

七月二十五日　晴れ
鑓ヶ岳
B—①—グ—ⅡⅢⅣ—イハニホリヌ
四—泊
コマクサ良
環境庁見回り
盗掘者増

好きな白馬の鑓に行ったらしい。ここでお父さんはコマクサを見るのが好きだったように思う。コマクサは北アルプスではポピュラーではある。お父さんは山を背景に様々なコマクサを撮っていた。お父さんは生きるのには非常に厳しい場所で咲くコマクサのそのけなげさが好きだった。砂礫の斜面に数十センチの根を張り、強い風雨に耐えるその姿にお父さんはシベリアでの自分の姿を重ねて見ていたのかもしれない。

高山植物の写真を多く残したお父さんなのだが、植物と山とを同時に写した写真は雑誌にさえ提供はしていなかった。その理由がこの日記には書いてある。「盗掘者」である。残念ながら、北アルプスにも少なからず高山植物の盗掘者が現れる。そのため花のある場所を特定できる写真は公に出さないようにするのが、写真家に求められるモラル。盗掘者は警備が行きとどかない夜中でも山に入る。いわば現代のならず者。

盗掘は高山植物に限らない。春や秋に山菜やキノコを採りに里山を目指しても、今では山という山が止め山となっている。「山菜採り禁止」「入山禁止」の立て看板が並ぶ。初めて訪れる誰もが意地悪な里山と思う。それにセンスがない。しかし、これも仕方のないこと。心ない者が山菜を一度に採り尽くす。そして町で売る者まで現れる。根こそぎ取られ山が死ぬ。地主の楽しみも。地主とてこんな無様な看板を立てるのは嫌だ。土地の人間ならば、昔から「家で食べるだけ」がルールだったはず。春と秋の味覚を一家で味わうだけの量だけを採る。そのルールブックに入り込んだ「お金」という名の一枚の紙切れ。その紙切れが山のルールそのものを大きく変えてしまった。それはやがてルールばかりか人の心まで変えた。

近くの村で山奥の温泉へと行く道の途中。毎年六月、林の中一面に白根葵（しらねあおい）が咲き乱れる。梅雨時、私たち親子の小さな楽しみ。ここの白根葵は今は亡き地主だったお爺さんが生前こつこつと増やし我々の目を楽しませてくれるために造られた花園。しかし、そんな小さな楽しみも奪う人がいる。毎年増えていくはずの花が減る。今は亡き、花咲く林のお爺さんが丹精込めて増やした秘密の花園。先人の想いをわかってもらえたら……山野草を盗る人が自称・自然愛好家を名乗り、そんな人の庭に高山植物が咲くという現実が恨めしい。

人が人に抱く不信。それが作り出した入山禁止というロープ。この一本のロープの持つ意味は果てしなく広く深く人の心に突き刺さってしまった。北欧のフィンランドでは地主が誰であれ、一般の人々は全ての森に入って山の恵みを採ることを許されている。地主は土地を開放しなければならない。土地というものは確かに個人の所有物。しかしそこにある自然は皆のものだという考え方。そんな素敵な考えを実行できる国。お金という紙切れ一枚のためにそれができない国。人の心。できる人とできない人。その岐路はどこで生まれるのだろう。私っていつも考える。なにごとも岐路ってどこにあるのかって。

町でも各町内会で山林を所有している。町内会ではその山林から必要に応じて木を切り出し公民館などを建設してきた。神社には神社の山林があり、建て替えにはその山林から御神木として切り出す。またそれら守られている山林の保水力が町の豊かな水源ともなっている。そんな山林も年々守ることが難しくなってしまっている。先祖代々続いてきた自然との関係がここにきて年々希薄になっている。それと共に肝心な日本人の心が失われてゆく。生きるための基軸。それを失う時、いったいこの地はどこへ向かうのだろう。私はそれを考えることが怖い。ただただ恐ろしく怖い。

山岳写真をやっていると、どうしても対峙しなくてはならないものがある。それがこのような人と自然との距離。どうしても写真家としては、ファインダーを通して自然の原風景を見たくなるし撮りたくなる。それははっきり言ってしまえば、写真家の一つのエゴ。こんな素晴らしい自然を残してくださいと写真を通じて人に訴える。自分ができないことを人に求めている。自分の理想を人に押し付けている。しかし、そんなエゴさえも全く無視されてしまうほど、里山はその姿を大きく変えていく。少しは私のエゴにも付き合ってと言いたくなるほど早く。

押し寄せる登山客により緑を次第に失う山。人の世話を受けなくなって荒廃する里山。現在の日本人は有史以来一番のアンバランスな時代を生きている。中途半端な開発。田舎での生活手段がないための過疎。食という一番大切で神聖であるはずの「農業」を職として選んでは食べていけない社会構造。そして耕作放棄地の拡大による山の保水力の低下。河川の増水。私の覗くファインダーにそのような社会の不条理ばかりが映し出される。知れば知るほどこの地の先人たちの残した里山の偉大さがわかる。それを引き継ぎ現代に生きる自分が、自然との共存ができず自然から離れていくような感覚を持ちながら、自分の郷土を写すことは辛く悲しい。収穫の喜びに充ち溢れた農家の人たちの後ろにそびえ立つ北アルプスを写したお父さんの古い写真。再びこの地方でこの一枚の写真に近づくことはあるのだろうか。

過疎となり維持できなくなれば神様にお返しすればよいとはわかっていても、先人が苦労して造りあげた棚田が失われていく様を見るのは辛いものだ。

白馬はお父さんとの思い出が多い。二人して唐松岳が好きで何度も通った。白馬は時間がなくとも山の写真を撮るのには良いところだ。八方尾根スキー場のゴンドラ「アダム」、栂池高原スキー場のゴンドラ「イヴ」、岩岳スキー場のゴンドラ「ノア」があり、天気が良くて写真館の仕事が切れた時など四季を通じてお父さんとよく出かけた。お父さんは特に新雪の積もった山を見るのが好きだったと思う。夜、雪が降ると待ってましたとばかりに、朝一番のゴンドラに乗れるようにと勇んで家を出たものだ。写真が終わると帰りは二人でスキーに乗ってスキー場を滑り降りた。スキーは写真以外の二人の共通の趣味で、この時ばかりはお父さんには負けるものかと、毎回全速で重いリュックを背負って滑り降りた気がする。今から思えば大人げないとは思うのだが、私がお父さんに勝てるものと言ったらそれしかなかったのだから仕方ない。それでも八十歳を過ぎたお父さんが八方尾根のコブだらけの名木山ゲレンデを滑る様を見たら「やっぱお父さんにはかなわない」と思った。あの年になったら私には絶対できないと感服してしまった。最近では同じＤＮＡを持っているのだからと、頑張れる支えにもなっているのだが、お父さんの前ではただただ「どこまで元気なんだか」と思うよりなかった。

お父さんの日記は、海外へ行った時だけは持ち物の一品一品までも細かく記されていたが、それ以外はほんとうに少しの情報しか記されていなかった。でもその中身は本当に重たかった。どんな沢山の言葉より多くのことが語られているような気がした。たった一つの単語から多くのことがまるで連想ゲームのように浮き上がってくる。それはまるで山の朝の風景のようだった。早朝に山の頂に立つと尾根の一方から朝靄が上がってくる。最初は下の方に小さく浮かぶ雲のような存在のそれはあっという間に大きな波となって斜面を物凄い勢いで駆け上がってくる。まるで生き物のように。そしてあっという間に斜面を覆う。山に住む仙人の朝食と言われるそれらの朝靄や霞に魔力があるように、お父さんの日記の一文字一文字に魔力が宿っていた。お父さんとの記憶の断片の数々を一瞬にして引き出す魔力が。

十五、もう一人の私

お父さんの日記を見て、一年をかけてお父さんの足取りを追った。私の人生の九六〇分の一二を、まずはそれに使い切ってみよう。お父さんの見てきた景色の一端に触れたかった。どんな巨匠と呼ばれた画家であっても、最初は誰もが好きな作家の模写をしていた時期がある。お父さんの後ろ姿を追う。きっとこれは駆け出しの写真家としての模写なのだ。お父さんが若いころしたように、お父さんの持っていた様々なカメラも試してみよう。時にはカラーを止め、お父さんの写真集のようなモノクロにも挑戦しよう。そしてお父さんと同じように安曇野と北アルプスを追い続けた田淵行男先生の写真集を食い入るように見てみたいし、ミレーなどの画集に時間を割くのも悪くない。そしてもちろんお父さんと同じように最新のカメラを試そう。この時、私は既に自分の写真集を作るならデジカメでと決めていた。そのため新旧のカメラの特性を真剣に勉強したかった。温故知新。古い物の良さを活かして、今の最高のカメラで自分の納得の一枚を手に入れたかった。

お父さんの残した遺産を使って、お父さんの遺産を散策する旅へと私は旅立った。山を歩きに歩いた。

「山を歩くってのは、世渡りするよりずっと簡単なことずら」

そう嬉しそうに言っていたお父さんを思い出しながら。

確かに山を歩く事は嬉しく楽しい。世渡りは厳しい。特に私のような者にとっては。でも生活の基盤がなければ、山だ山だと言ってはいられない。私は自分の写真探しの気が急くあまりに写真館の仕事を減らしたくなった。しかしそれはしてはいけないことだった。お父さんは写真館の人との付き合いを通じてアルプスを写していたのだから。

その年驚くべき発見があった。今頃になって私に一つの才能がある事がわかってしまった。それは女の私だからできた事なのかもしれない。お父さんが生前付き合いのあった山岳関係の出版社から、思いもよらぬオファーが来た。内容は女性登山者のためのページを増やすという企画で、特に山でのファッションがメインテーマとなった。その撮影をするのに、なぜか私に白羽の矢が立ったのだ。出版社としては、実際の山で山の風景を入れて写真を撮るため、山に詳しい人とカメラマンを探していた。私がいればそのどちらの問題も解決するし、お金の節約にもなるという大きなメリットが出版社にはあった。加えてモデルが女であるからコミュニケーションもとりやすいというプラスアルファも。

出版社には若年層の登山者を増やし山岳雑誌の起爆剤にという目論見があった。それには若い男より消費意欲のある若い女性にターゲットを絞り、それが当たれば後から男が勝手についてくるだろうという、どうにも立派な企画であったように思う。しかし、それはまんまと当たった。それは私に対してもしかりで、白羽の矢はど真ん中に大当たりだった。出版社とファッションメーカー各社とのコラボなのだが、私の強みは単に山へ同行して写真を撮るというだけではなかった。山で着る服として必要な機能や、長年山歩きをすることで感じた登山用の服への不満などを、撮影の度に各メーカーの開発者に言ったのである。すると様々なメーカーがアドバイザー契約をするようになった。私にはメーカーに意見を述べ、改良した服やリュックなどを実際に山で使って使い勝手を論評できるという、人にはない才能が備わっていた。これらの才能は簡単に備わるものではない。それは良くも悪くも今まで山を歩き続けた私だからこそ備わった才能であった。私の場合無責任な意見ではなく、ここをこう直したらいいというように実践的な意見を図示しながら説明した。そのためメーカーの反応も早く、開発の時間の短縮になっていた。こんなこともあり、いつの間にやら私も忙しくなってしまった。昼間は写真館、昼休みや夕方にメーカーや出版社のメールに目を通し、写真館の休みの日のスケジュールを自分なりに組んで返信をする。当初は出版社の指定された日時に合わせる事に苦心したが、やっているうちに私の立場も少し上がったようで、途中から先方が私のスケジュールを尊重してくれるようになった。もっともそれは写真館の休日が平日であるため先方としても合わせやすかったという側面もあった。それでも天候だけは予定が組めない。そのために天候が悪い時だけは出版社も私もそれを天に任せるという暗黙のルールを作った。天候と締め切りだけはどうにもならない問題だった。

写真館の仕事は一年を通して酷い有り様だった。時には私の急な予定のためお客様の予定を変更してもらうこともしばしばあった。それでも写真館が維持できたのは田舎のお客様が優しかったこと以外にない。このように一時私の人生はあらぬ方向へと転じてしまった。お父さんを追うことを決心した矢先の出来事だった。九六〇分の二四。その間、自分自身の最大のテーマである「写真の基軸探し」がなかなか思うようにはできなかった。

それでも私は契約した二年間、必死に仕事に打ち込んだ。契約時の仕事内容とだいぶ仕事がかけ離れたのだが。しかし、私はこれも人生経験だと諦めた。自分自身で山の予定を組むことができなくなっていたが、以前都会で働いていた時とは違い、それがストレスとなることはなかった。たぶんそれは毎日、目の前に自分の一番好きなものが見えていたからだと思う。北アルプスと安曇野だけは私の目の前から消えてなくなることはなかった。これが私の心の支えの全てだった。山紫水明の地・安曇野は私にとっての血液そのもので、その血流が絶えることなく流れ続けてくれたことが私の精神を安定させていた。

出版社との付き合いは山のファッションだけに留まらなかった。喜ぶべきことなのか、山岳写真も出版社が気を使って載せてくれるようになっていた。もちろん見開きというわけではなかったが、ファッションのページに使われるもので、若年層の女性でも気楽に行けるような山を選んで、その山の歩き方や経路の紹介欄に使うものを頼まれ提供した。出版社の要望は都心から日帰りでというものだったので、珍しく北アルプスを離れ、関東の様々な山を体験できた。

これは私にとって大きな経験となった。特に関東の山のスナップを入れる季節は、北アルプスでファッションの撮影に適さない冬が多かった。私としては田舎と違い雪の無い山の冬景色というのが新鮮に映った。関東の山は知らない山ばかりで全てが新鮮だった。その新鮮さが私の写真を活かしてくれた。私はそこで一生懸命構図を考え写すことに集中した。小さな枠で使われる写真ではあったが、写真の評価はまずまずだった。こんな小さな成功体験ではあるが、それが後々私の大きな自信となった。

確かにいい経験を積んだ仕事だったが、それは私の求める写真ではなかった。私の求める写真と雑誌のスナップとは根本的に違っていた。雑誌のスナップは私の生活の糧であり、私の求める写真とは私自身の生きる糧である。私は二年間という廻り道をして再び自分の写真に立ち向かうことにした。私の人生の九六〇分の五六四が既に経過していた。三年後には私は五十歳となる。そんな時期での決断だった。私はなんでも平均的だから残りの命は九六〇分の三九六。どこまでお父さんに追いつけるのか。自分の可能性に賭けてみよう。

出版社やメーカーとの仕事は楽しかった。また、新しい山の楽しみ方も知った。例えば関東の山にはトレイルランニングをするランナーが多いこと。これは比較的なだらかな山道が多いためかと思うが、あまり田舎では見慣れない光景で最初は驚いた。昔から登山マラソンというものがあることは知っていた。しかし現在のトレイルランニングはそのような厳しいイメージのものとは違い趣味として山道を走ることを主目的としている人が多い。勿論競技として真剣に走っている人もいる。どうやらそれが最近は着実に山の一つの文化として根付いてきているようだった。また、関東の低山では女の子が増えたことに驚いた。そしてそのファッションにも目を奪われた。私の提案する山の服装は本当に実践的で、どちらかというと玄人好みのものが多かった。それに対して彼女たちの服装は全く山を意識できるものではなくなってきている。そんな現実もあり最近メーカーは彼女たちの対応に追われ、私の仕事の軸足も大きく様変わりした。服は低山のファッション性重視の服作りとなり、それに伴い山岳雑誌に提供する写真もビジュアル重視のものへと変化した。北アルプスもこれからは、これらのファッションで埋め尽くされるのだろう。私が中学校の時は体育のジャージとスニーカーだった。まさかこんな時代が来ることなど誰も予想はしなかっただろう。これを見せたらいったい百瀬慎太郎はどんな顔をしただろうか。

十六、ミッシングリンク

その日、家でお父さんの古い日記を見ていた。ちょうど私の高校に通っていた時のもの。

五月二十八日　雨
ネパールから帰国
馬美　高校初

私の反抗期。

「お母さん、私高校の時お父さんと仲悪かったでしょ。お父さんその時なにか言ってた?」

「あぁ〜二人でよくやりあってたあん時か」

「うん……」

「父ちゃん喜んでいたずら」

「喜んでた?」

「ああ、馬美もそんな年になったたって」

「ぶつかるのは悪くねぇ悪くねぇって」

「ふ〜〜ん」

「そう……」

そうか、お父さんはそんなふうに私を見ていたんだ。ぶつかるのは悪くねぇか。お父さんによく言われたたっけ。山とカメラで学校では浮いてた私。だからクラスではいじめの対象だった。学校からいじめられて帰っても、わずかばかりいた友達と喧嘩して帰っても、お父さんはいつも変なことを言っていた。ヒマラヤがどうのこうのって。エベレストが高いのも大陸と大陸がぶつかり合って大きくなったんだって。ぶつかったら世界一。だから人もぶつかり合うのが悪いことじゃぁねえかもしれねぇずらって。人もそうやって大きくなってくんだって。なんでも山と人とを絡めてしまう。お父さんには悪いけど、どうやら私には大陸移動も地殻変動もどちらも起きないみたい。だってお父さんを追いかけようと追いだして何年か経つのに、全然大きくもならないし、高くもならない。進歩もなければ進化もない。最近ではぶつかり合うものすら見当たらない。まるでガラパゴスだ。なかなかお父さんの尻尾がつかめない。この時はそんな悩める日々が続いていた。


二年間の契約が切れた後も出版社やメーカーの全ての関係を絶ちはしなかったが、量を減らし山を歩く時間を確保しようと努力した。それ以外の自分の空いた時間を使って彼らの仕事の手伝いをしたかった。それにある程度の安定した収入も私には必要だった。まだ、自分の写真というものが確立されていないのだが、将来絶対に写真集を出版したかった。私の生きたこの時代の生きた北アルプスを後世の人たちに残したかった。お父さんの写真集とペアで。そのためにはお父さんの横に並べても恥ずかしくないだけの実力を蓄えたかった。

写真館の仕事をやめるつもりはなかった。お父さんが作ったこの写真館は私の代で終わるのだが、終わる時は私が死ぬ時だと決めている。どんなにおばあちゃんになっても、町の子供相手に七五三の写真を撮り続けるぞって誓っている。残念ながら不定期に週休三日半というルーズな写真館なのだが、お客様に理解を求めるしかない。

登山服のアドバイスや開発の援助は山で生きている私としては関わり続けたかった。それは今では写真以外の一番の関心事となっていた。それにお父さんがいなくなってから、一緒に山へ行くのは彼らだけになっていた。いつしか出版社やメーカーの人たちと一緒に山へ行く仲になっていた。若い彼らはわざわざ有給まで使って北アルプスに足を運んでくれるようになった。メーカーの社員ばかりか、モデルまでもが私の家に遊びに来るまでに北アルプスのファンが増えていた。私はこういう出会いもあるのだとお父さんに感謝した。彼ら全てがお父さんの遺産の一部。いつまでも私はお父さんに面倒を見てもらっている。

彼らの反応は私にとって全てが新鮮だった。北アルプスの麓の民家の軒先で平然と過ごすカモシカやサルに驚いたり、長野名物のお焼きや蕎麦、お新香や山菜、お米や湧水にいたるまで全てのものに関心を示してくれた。特にメーカーの女の子たちは蕎麦はもちろんのこと、うどんに味噌やこんにゃく、干し柿、一般的な野菜の漬物はもちろんのことカリンなどのシロップ漬け、ブルーベリージャムにヨーグルトにパンといったものまでが我が家では全てがお母さんの自家製だと知って驚いていた。それに喜んだのはお母さんで、彼女たちが帰る時、いつも手製のお焼きや味噌を持たせた。もしかすると一番喜んでいたのはお母さんかもしれなかった。やっと待ちに待った孫に巡り合えたようで、お父さんが死んでから寂しそうだったお母さんが、また以前の明るさを取り戻した。活き活きとしたお母さんの顔を見られることは娘として嬉しかった……が……「馬美さんも料理上手なんですか」という質問にいつもギクリとした。

そんな日々を過ごしていたある日、出版社の編集長が部下を引き連れ登山に来た。編集長はちゃっかり私のお父さんをテーマに数ページの特集を組むという独善的な企画をたて、仕事として経費を使ってきていたのだが、実際は二泊して登山をするのが目的だった。それでもページは埋めなければならないということで、私になにか回想できるようなものはないかと尋ねてきたため、私はお父さんの日記を見せた。

七月二十九日　曇り

蓮華

A―①―グ―ⅠⅣ―ロハホ
4―18
コマクサ少　雪渓多
範子　ナス・キュウリ小箱一箱

「馬美さん、この日記はどうやって……」

「ハハハ……編集長もわかんないでしょ。私だけの秘密なの」

「……その秘密を明かしてよ。早く一杯やりたくって。仕事をチャチャッと終わらせたいんですよ」

「編集長、投げるの早いんだから。いいですよ、私が見ますから」

「おお、俺もこの年になっていい部下を持ったもんだ」

「編集長さん、いつもながら仕事熱心なんですね」

「ハハハ、俺の仕事熱心は社内でも有名だからね。馬美さんにもそう言われると誇らしいよ。ついに俺の仕事熱心が社外にも浸透したのかなってね」

「編集長、何を言ってんですか。そんなこと言ってるから、この前も他の課の奴らにこっちで提案した案件の良いとこだけ持ってかれちゃって。編集長の下で出世した人いないって社内じゃ有名ですよ。僕も暗くなっちゃいますよ」

「お前、出世したいのか？　初めて聞くぞ」

「そりゃ、したいに決まってるじゃないですか。自分で企画した本を作りたくって就職したんですから」

「オッ……いまどきの若者にしちゃぁ志が高いね。いいね、いいね」

「志が高いって、編集長が低すぎるんです。出世街道に乗らないで、こんな登山道に乗っちゃって」

「オッ……お前上手いこと言うね。今晩一杯余分に注いでやるよ」

「私は飲みません。特集の骨格だけでも作らないと後でどうなるか、編集長には毎回懲りてますから」

「お前も言うようになったね。入ったばかりは可愛かったのに」

「編集長、もう昔話ですか。止めてください。それより馬美さん、これやっぱり暗号があるから教えてください」

「いいわ、ちょっと笑っちゃうかもしれないけど」

そう言って私はAやら①の意味を教えた。

「いやいや、北野先生がグリコに明治ですか。これだけでも特集の一部を占められますよ。これは良かった。このエピソードに現在の携帯食事情の記述を少し入れて、その後は適当にチャチャとやればOKだな？」

「だな？　って編集長なんですか？　そのだな？　ってのは。しかもチャチャってのは、結局私に振って終わりでしょ……」

「いやいや、俺は優秀な部下を持って幸せだよ。でも田舎はいいよね。ナスやキュウリが一箱ご近所から届くんだもんな」

こんな話をしながら三人で数年分の日記を開き、他にもなにかエピソードはないものかと探した。

十月八日　晴れ午後曇り
涸沢
B－③－明－ⅠⅡ－ロハニ
4－泊
紅葉　良

……

……

十一月三日　晴れ

霊松寺
イチョウ紅葉良　落ち葉多
大峰高原
大カエデ紅葉良
……
……

ここからエピソードを探すのは難しい。そう思った編集長が私に助け船を求めた。

「馬美さん、お父さんのエピソードなんでもいいから、二つ三つ探して来週中にメール頂戴」

「編集長！　だから駄目なんですよ。なんでも他力本願寺で。ここまで来たんだから、馬美さんにちゃんとお話をお聞きして自分たちで書きましょうよ」

「自分たちでね……やっぱり？　でも今日は先に飲もうや」

「編集長！」

「ってなにかお前ネタあるのかよ」

「ありません」

「なんだそれ、きっぱりと」

「だから探してるんです」

「馬美さんに書いてもらった方が楽だぞ」

「楽な方法を選ぶのが仕事じゃないんです。わかりました。私が馬美さんにポイントを絞って質問しますからそれを文にします」

「決まり！　だったら飲もう」

「編集長！」

そんなことがあって私はお父さんについての質問をいくつか受けた。受けている際にも編集担当はお父さんの日記に目を通していた。そして全ての質問が終わりかけた時、彼がふと私に不思議そうな顔をして尋ねた。

「馬美さん、すみません。どうってことないことなんですけど、この日記見てもらえませんか」

そう言われて私が見た日記はお父さんが写真集を出す前の三年間のものだった。

「まずはこの年ですけど」

編集担当がそのうちの一冊を開く。

一月十二日　晴れ
常念乗越
B－④－明グ－Ⅵ－イハ

五―泊
岩田
北穂
雪多　奥穂雪崩

それは写真集を出す三年前の日記帳。

「これがなにか？　岩田さんは写真仲間よ。北穂は撮影した山ね」

「これ普通ですよね。こっちです」

「……」

次に見せられたのは写真集を出す二年前の日記帳。

一月十四日　晴れ
横尾
B―④―明グ
五―泊
前穂　遭難有り
雪少

前穂早朝光

「これが?……」

「ええ、この日記帳だけえらく省略が多くて」

「省略?」

「ええ、これカメラとレンズが」

「うん、そうね、書いてないわね。あの几帳面なお父さんでも……」

と言いながら、他の日付のページもペラペラとめくってみた。するとその年の日記の約十一カ月分がカメラとレンズを記すべき部分が空白だった。前年も夏以降記されていない。

「どうってことないことですみません。こっちの次の年からはまた書いてあったので、なんでそこだけって思って。写真家が一年間もカメラを持たずにってのはあり得ませんもんね……私からの質問はこれで終わりです。あとは私がまとめますから……編集長、終わりましたよ」

編集長は記事ではなく、いびきをかいていた。

編集長たちと登山をした翌日、一人写真館で日記を見直してみた。カメラとレンズの謎を。

実は私には思い当たる節があったのだ。今までそんなに気にはならなかったことなのだが、そのお父さんの日記を見て私の一つの疑問が解けつつあるように思えた。私は、お父さんが亡くなってからここ数年、お父さんの昔のネガや記録を整理していた。ずくなし娘の私としては異例のことだ。一番ずくがいるのは、ネガを電子データ化するために専用のスキャンでパソコンに保存すること。そのため私は、まず年代別にネガをファイリングした。しかし、そのファイリングにはミッシングリンクがある。そのミッシングリンクこそ、まさしくその日記のカメラとレンズの記録が無い期間なのである。私はいままでそれをネガの紛失だと思っていた。でも日記を見るとそうではなかった。ネガが無かったのではなく、驚くことにお父さんはカメラを持たずに山に行っていた。

編集担当者が言った「写真家が一年間もカメラを持たずに」が現実となりつつある。どうやらそう考えることが正しく思えたし、むしろそう考えざるを得なくなっていた。そのため、日記に記されていない期間とネガの無い期間とを照合するための作業をした。照合結果は私の考えたとおりだった。お父さんはカメラを持たずに山へ通っていたのだ。確かにお父さんの晩年、私と一緒だった時にも十回に一回くらいはそういう日があった。それは覚えている。でもそれは私以外の第三者が一緒にいるときに限られていたように思う。友人や知人と単に山を楽しむための登山。でもこれは違った。「写真家が一年間もカメラを持たずに」はあり得ないことだ。少なくとも私にとっては。

写真集を出すまでのお父さんの数年間を追った。いったいお父さんは何をやっていたのだろう。そして何を考えていたのだろう。カメラを持たずに一年間も山に入るなんて本当にあり得たのだろうか。疑問ばかりのミッシングリンク。

写真館の棚という棚を全部開けてお父さんの記録を広げた。今までにも少しずつ整理はしていたのだが、生まれながらのずくなし娘。今までは必要に迫られた時だけ、必要な部分だけをピックアップして見ていただけだった。初めて私はずくを出してお父さんの過去と格闘し出した。「ずくねぇ〜」で終われば私の未来が開けないような気がして、久しぶりに私は真剣だった。

資料として私は三つの物とにらめっこする。日記、写真集、デッサン帳。

まず日記から意外なことがわかった。情報の少ないお父さんの日記なのだが、カメラを持たずに山へ入った時だけ「前穂早朝光」のように珍しく自然のどの画面を抜き取ろうと考えたのかが記されていた。カメラを持って山に入った時にはない記述。そしてその翌年のネガには記述どおりの写真が写されていた。よくよく考えると、それまでなぜその記述がなかったのだろうと思えてしまうほど、大切な記述。でもそれまではしていなかったこと。なぜあえてその年だけそれを書いたのだろう。いろいろ考えてみたのだが、どうやらお父さんはその時真剣に写真集に照準を合わせていたのだ。そのための準備としてその一年間を使ったのだ。お父さんにとってのこの九六〇分の一二は本当に必要で大きな意味のあるものだったはずだ。徐々にそれが見えてきた。

デッサン帳には驚きがあった。私は正直なところ、これまでお父さんのデッサン帳にあまり興味を抱くことはなかった。見ていたのは写真だけだった。それが改めてデッサン帳を見てみると、私の見識のなさというものを思い知った。記述の「前穂早朝光」が見事に描かれていた。デッサン帳の記録を見るとネガの無いそのミッシングリンクとなっている一年間のデッサンだけが突出していた。そしてそれまでのデッサンとは違い、その年のデッサンだけに色がついていた。そしてその色遣いに近い写真をその翌年写していた。そしてそれと同じ構図のモノクロを。なぜかその後発表される写真集はモノクロの作品群から選んでいた。それを選んだ過程は今となってはわからないが、そこまでに行く過程は少なからずわかってきた。お父さんはもしかすると伊藤若冲をヒントにしていたのかもしれない。伊藤若冲は鶏を描く前に数年間、鶏をじっと観察していたという。来る日も来る日も、鶏を見つめていたという記述がある。お父さんはもしかすると若冲の作品を生み出すまでのその姿そのものを模写したのではないのだろうか。

デッサン帳。それはお父さんにとって次の写真集のためのかけがえのない設計図だった。お父さんは一年かけて写真集の設計図を作っていたのだ。いったい世界のどこにそんなことをする山岳写真家がいるのだろう。大好きなカメラを家に置き、デッサン帳だけを持って、一年もの長い期間、写真を一枚も撮ることをせずに山を歩き、デッサンだけに明け暮れる山岳写真家なんて。そしてこの年、お父さんは写真館の仕事をずいぶん抑えて、他の年とは比較にならないほど北アルプスと会話をしていた。そのお父さんの行動を追った時、お父さんと五朗君が重なり合った。お父さんはこの時、自らを一番輝かせていた。五朗君のカラコルムとお父さんの北アルプス。私の大切な二人はどちらも自分がどこに行き、何をすれば自分というものが輝くのか、その術を探し求め、見事それを発見し、そして素直にそれを実行していた。その時二人の過ごした時間は「神気」に充ちていた。

「一生を賭けられるだけのことに巡り合えることは誰にもできる。誰でも巡り合ってるはずだ。できねえのはその先ずら。やるかやらねえか。やった奴が勝ちずら」

「生」と「死」二つの扉が二人の人生の前にあった。

二人は人生の早い段階で「死」という扉の前に立たされた。

お父さんは強制的にその扉の前に立たされた。

五朗君は突然それが目の前に現れた。

そして二人ともその扉を恐れた。

「死」という扉の現れ方は違った。

でも二人は等しく己の道をその扉の前に立つことで見出したのだった。

「お母さん、少し昔のことを聞くんだけど」

「なんずら、あんまり昔のこと聞かれてもわかんねぇずら」

「うん……あのね、お父さんが写真集出す前なんだけど」

「昔って、えれえむかしずら、それ」

「そうなんだけど、あのね、そのころお父さんいつもの年より多く山に行ってなかった」

「そんなこと覚えてねぇずら」

「……じゃお母さん、お父さんが山にカメラ持って行ってたかどうかは？」

「写真集出したんだから持っていったずら」

「ううん、その前の年」

「前の年……」

「そう前の年」

「……ああ確か、いつだったか忘れたずらけど、あの絵を描くやつ……画用紙か？　あれ多く買ったことあったずら」

「その年よ。ねえお母さん、その年、お父さんの持ち物でカメラはどうだった？」

「ああ、思い出した。そうずら、画用紙だけ持って山に行ってた時があったずら。父ちゃんに今度は画家にでもなるかって聞いたことあったずら」


私は改めてお父さんの奥の深さを知った。もちろんそれは写真家として、芸術家として、人としてのである。デッサンをし、一日山と向き合い、描くことによって山の細かい姿までもお父さんは観察していた。まるで憧れの画家にでもなったかのように。私は思う、お父さんはこのデッサンを通して、画家とは違う自然の美を描くための準備をしていたのではないかと。そのための絵ではなかったのかと。画家と同じ目線で自然を観て、画家と違った世界を描こうとしたのだと。

お父さんはお父さんだけの自然の表現方法を探すべく、私からしたら思いもよらぬ方法で自分自身の心の最高峰を目指したのだ。画家は画家として絵を描く。お父さんは写真家として絵を描いた。画家としても成功したであろうと私はお父さんのデッサンを見て思う。しかしお父さんは最後まで絵を描くということは憧れの中にしまいこみ、あくまでも職業写真家として生き抜いた。

「画は筆を加えて納得いくまで描くことができるずらが、写真は違うずら。自然が見せてくれるたった一瞬の素敵な瞬きを捉えるようなもんずら。最高の一瞬ってやつをな」

八月十五日　晴れ
木崎　花火
山下清

お父さんがカメラを置いた前日の日記。花火。山下清。疑う余地などない。この記述こそがお父さんがカメラを置いて山に通っていたという証しだ。

放浪画家山下清はデッサン帳など持つことなく、ただその場に行き花火をじっと見つめ家に帰った。そして自らの記憶だけで貼り絵を描いた。ただ己の記憶だけの花火を。

お父さんは木崎湖の花火を見ていた時に山下清を思い出し、自分の方向性を見出したのかもしれない。いや、それ以前からずっとそうしようとしていたことをこの時決断したのかもしれなかった。事実は今となってはわからない。でもこの日からお父さんの写真集が始まっていたことは確かだった。

山岳写真の仕事を絶っての写真館。この時、なぜ写真館を開業したのか、なぜ自分の人生を賭けて追い求めていた山岳写真から離れたのか、全ての謎が解けたように私には思えた。カメラを置いて山から離れたわけじゃなかった。全くその逆だ。自分だけの山岳写真に正面から向き合うためにカメラを置いたのだ。そして写真館では地元の人たちとの心の交流をはかっていた。そうすることで山と里山に生きる人の中に自分を溶け込ませようと努力をしていたのかもしれない。自分自身がそれらの背景の一部となっても違和感のない人物となるように。たぶんそうなのだ。お父さんはそこまでして大切に写真集を作り上げたのだ。自分の生活の全てを、そして全ての情熱をそれに向けて。己の人生の集大成とすべく。人生の中で何を自分はすべきなのか。天より自分に与えられた命という時限のある貴重なものを使ってしなければならないことは何か。お父さんはシベリアから帰ってついに求めるものを探しあて、そこに自分のベストを尽くしていた。

「安曇野二十四節季」

雨には打たれればよい。
風には流されればよい。
陽は受ければよい。
そうして里山の人は生きてきた。
抗うこと無く生きてきた。
里山に暮らす人々の心は
純白な雪そのもの。
命を与えられ
大地に舞い降り光り輝く。
そしてやがては土に浸み入る。

これがお父さんの写真集の最初の頁。その後にお父さんの創造した二十四人の座敷わらしが満面の笑みを持って迎えてくれる。それは私のこの世に残された唯一のバイブル。

（どうしようか？）

（追うべき？）

（他に何か方法を見つける？）

私は自問自答する。

（お父さんを追って歩こうと誓ったじゃない）

（でも、それは方法までも合わせるってことじゃ……）

数日間デッサン帳とにらめっこ。

そして決めた。

「よし私の九六〇分の一二を使おう。たったの十二。問題ない。今までどおりじゃ駄目。今までなにも結果を出してない。結果を出したお父さんを追う。これに決めた！」

九六〇分の六〇〇。人生の切りのいい一日から私はお父さんを再び追いだした。デッサン帳を持っての出発。いったい自分は山の何を、自然の何を切り抜きたいのかを正直に自分の心に聞く旅へと旅立った。

私は好きな山の稜線を求め歩いた。それは子供のころの記憶を呼び戻すかのような旅だった。お父さんと一緒に歩いた道を再びトレースした。お父さんの大好きだった白馬大池から唐松岳。私の好きな唐松岳から爺ヶ岳、そして蓮華。お父さんと何度か歩いた裏銀座。烏帽子岳〜野口五郎岳〜鷲羽岳〜双六岳〜西鎌尾根〜槍ヶ岳。大学時代むりやり連れて行かれた表銀座。社会に出てからはスポットで山に行く機会が多かったため又お父さんと一緒にはなぜか一度もここの縦走には足が向かなかったので約三十年ぶりの縦走となった。中房温泉〜燕岳〜大天井岳〜西岳〜槍ヶ岳。裏銀座に比べ、こちらは登山者も多くにぎやかだった。カメラをデッサン帳に代えての山行。

「ごめんね、行ってくるから」

私は毎朝、唯一の友達であるカメラにそう言って山へ出かけた。

最初の三カ月はカメラの無いことに凄く違和感を覚えた。お父さんはどうしてこんなことに耐えられたのだろう。目の前に最高の景色があっても撮ることができない写真家となってしまった。正直これは辛かった。カメラ中毒者がカメラを取り上げられたのだから、禁断症状が出て当たり前だった。

六カ月目あたりからだろうか、カメラを持たずとも心に不安を抱くことがなくなりだしたのは。中毒者から薬を抜くことがこれほど辛いものだなんて実際に経験したものでないとわかるはずもないだろう。もちろん多少のストレスは残っていただろうが、徐々に私は山でデッサン帳に集中できるようになっていた。

八カ月も過ぎると、心の内面が変わってきたことを実感できるようになった。山の様々な姿が見え出す。今まで感じなかったもの、今まで見えなかった色、今まで聞こえなかった音。よく言い表せないが、感覚的には自分が子供のころに戻っていく。そんな感覚。

川のせせらぎが聞こえる……

アッ鳥が鳴いた……

風だ……

そよ風……

虫が動いた……

カサコソ、葉が揺れる……

鳥が羽ばたいた……

自然に囲まれた中で自由に育った子供のころに感じた心の記憶の断片の一つ一つを再び心の奥底から取り出し、それを根気よく組み合わせ、そして直していく。すると面白い感覚が生まれ出す。もしかすると先祖がえり？　古のこの地の人々、この山を歩いた人々の記憶の数々が私の心の断片へ入り込むみたいな感覚。

その時、私はお父さんの凄さを感じた。

その奥深さを感じずにはいられなかった。

お父さんはこうすることでこうなることがわかっていたのだろうか。いや、誰も自分がこのような行動をすれば心がどうなるなどと予見して行動はできないのではないだろうか。だとするとお父さんのその裏付けのない行動は余計に理解しがたい。これが天才や秀才と私のようなずくなし娘との違いだろう。発想も違えば、行動力も違う。いつも私はこういったことに自信をなくしてしまう。先人の努力と才能。その凄過ぎるほど凄い才能に。創造性、洞察力、推理力、探究心、技術力、発想力、理解力、想像力、色彩感覚そしてユーモア。何一つ欠けることなく彼らはそれを携えている。それも豊か過ぎるほど豊かに。

お父さんは伊藤若冲を誰も到達し得ない天才だと言った。生涯にわたっての自然への失われぬ探求心。生涯にわたっての絵画技術への失われぬ探究心。現代の日本画家は彼の画を通して技術を学び得る。それを彼は一代で無からスタートして最高にして唯一無二なものへと仕上げて魅せた。

彼の裏彩色による技法はようやく現代社会の科学の目を通してその凄さがわかってきた。彼はその裏打ちされた技法により光と影、そして次元をも操って我々に魅せている。テレビの若冲の特番で「千載具眼の途を俟つ」それこそが若冲なのだとその天才性を色々な視点から解説していた。千年先にその凄さがわかるか否かの天才的作品。若冲の絵は、生命とそこにある自然の息吹や質感、遠近といった彼の描いたその全てのものに誰もがただ舌を巻くしかない。そして技法、構図、色彩とその全てに、全ての人が「なぜ？」と疑問を抱く天才中の天才。

お父さんの才能はそんな大それたものではないが、生涯を通じて見つめていたものは同じだったに違いない。それよりずっと才能がない私がせめて思うことは「千載具眼の途を俟つ」ではなく、千年後にこの地に生まれた人のたった一人でも私の思いが伝われば幸い。その程度だ。

十カ月後、デッサンと翌年のファインダーの中から見える景色とが頭の中で連動して写るようになった。玉堂先生とお父さんの言う「少し自然が見えてきたような気がする」そこまではいかないが、うっすらとその偉大な二人の影くらいは見えてきそうな雰囲気だけは出てきた。そしてやっと自分の設計図の確かな一枚が描かれだす。

この時私の記憶の断片が蘇った。

「この一枚はいい」

五朗君の言ったこの一枚の意味。七倉岳山頂側から捉えた北葛岳。

五朗君と暮らしていた時のこと、五朗君が部屋が殺風景だからと言って部屋に飾った一枚の写真。それは私が額に入れたものではなかった。五朗君が何気なく私のネガを漁っていた時に発見して、その一枚を額に入れ部屋に飾ってくれた不思議な一枚。私はその時五朗君に、

「この写真、お父さんのだっけ？」

なんて馬鹿なことを言ったのを今でも鮮明に覚えている。

「なに言ってんだよ。馬美のやつ現像したんだぞ」

と言われた時には、全く記憶のないその一枚に困惑した。でも五朗君からネガを受け取って見てみると確かにそれは私の写した一枚だった。私の記憶なんて所詮そんなもの。問題はその

一枚の何が五朗君の感性に触れたのかってこと。事実、私の撮った写真の中で私自身が直感を通して「お父さんの？」と思ったのは後にも先にも結局この一枚だけ。子供の時からカメラを持ち続けた私のたった一枚の逸品なのだが、残念なことに当の本人がそれをどういう状況で、どういうことを意識して撮ったかがわからなかった一枚でもある。わかっているのは撮影場所と私のネガの中にあったという事実だけ。

やっとその一枚の持つ意味がわかってきた。それは私が初めてお父さんと山の写真を撮るために一緒に登った山からの景色。そしてそれは同時に、生まれて初めてお父さんと同じ場所で三脚を立てた思い出の場所からの一枚。大学生のとき登山部の山行で思いもよらず再びそこに行った時、無意識のうちに写した一枚。たぶんその時の私はお父さんと歩いた子供のころの一場面を思い出していたのだと思う。初めて間近に北アルプスをファインダー越しに見て、その美しさに感動を覚え、お父さんと一緒にカメラを構え喜んでいた幼き私の姿。子供の時の記憶がフラッシュバックした瞬間、私は同じ場所で無意識にそれをカメラで捉えていたのではないか。

「お父さん、綺麗。ここから撮ると白い雪とお山の緑と青いお空が全部入るよ」

「そうか、そうか。綺麗か。だったらしばらく見てようか、馬美」

小さな私はお父さんに言われて目の前の美しい景色とファインダーとを交互に見ていた。

「馬美、楽しいか」

「うん、楽しい！」

「だったらいい」


そんな昔の思い出に浸りながら、私はいつの間にかシャッターを切っていた。たぶんそうだ。だから写した自分でそれを写したという記憶がなかったのだと思う。過去の記憶の美しい思い出と景色とを、私はその時いつの間にかファインダーで捉えていた。それが五朗君の心に働きかけて、

「この一枚はいい」

と言わせたのだ。生まれて初めて私の一枚を作り上げた瞬間。今ではそれがわかる。私の一枚は、北アルプスと自然、心に潜む過去への郷愁、そしてこの地の残すべき未来への姿という自分の全てが写されていた。


これが私の写真！

この時初めてわかった。なぜコンコルディアであれだけの山群を見ても、是が非でも撮りたいと、私の心が動かなかった理由が。違和感の正体が。五朗君の眠るブロードピークはもちろ

ん写した。K2もガッシャーブルムも谷にある全ての山を撮って帰った。でもそれは単なる記録写真として私は撮っているという違和感の中にあった。そんな違和感が帰国してからも残っていた。私はそこへ確かに行きましたというだけの写真。実は出版社の仕事で関東の山に行っていた時も、同じ違和感をずっと私は覚えていた。そしてその違和感を私はずっと引きずっていたように思う。やはりそれは私の撮るべき写真ではない。心が無意識のうちに拒絶反応を起こしていた。それが違和感の根源だった。

一年間カメラを持たず山と向き合った今、それが確かにわかった。私の求める写真は、撮るためにちょこっとその日だけ、その場に行って撮るものではないことが。私の北アルプスは毎日眺めて、歩いて、語って、聞いて、描いて、食して、飲んで、匂いを嗅いで、そして思い切り吸いこんで全ての山の息吹が感じ取れるようになって初めて写せるものだった。カメラを持つ前にそうして山を愛する心を養うことこそが必要だった。お父さんはカメラを置いて山に通うという方法で限りなく山に近づいていた。そしてそれは的を射たものだった。写真集はその集大成。こうして自分の座敷わらしを作り上げた。写す相手を愛しくて愛しくてどうしようもなくなったのなら、その時こそカメラを持つ。それが、お父さんが自ら求めた答えであり、私が求めた答えでもあった。北アルプスと自然が好きで好きでどうしようもなくなるほど好きになった時、北アルプスも自然も私のことを好いてくれる。そんな感覚の中で山に入らせていただき、そして山を撮らせていただく。

「ちょっくら、御免なすって」

お父さんの山に入る時の感覚はきっとこれだったのだ。そしてお父さんの座敷わらしの正体が少し見えてきた。


「お前の写真に光が宿るか？」

「お前の写真から自然の息吹が伝わるか？」

「お前の写真から温もりを感じとれるか？」

「お前の写真に匂いが漂うか？」

「お前の写真に風があるか？」


お父さんは私にずっと山を教えてくれていた。春の山菜採りや秋のキノコ狩り、夏には農具川で蛍の光を追い、森でカブトムシを捕まえた。雪と戯れ、そして山へ登った。生活の全てが写真には必要だった。一瞬の世界を捉える写真。その一瞬のために必要なことが、生涯をその地で生きることによってやっと探し当てることができる。そんなのろまな写真家もいるのだ。カメラを置いて自然と向き合った一年。こんなに清々しく郷土を見られたことは今までなかった。自分の足元を見つめた一年。私の足元には無限の宇宙の広がりがあった。

大好きな山の移りゆく季節の全てを初めてカメラを持たずに歩いた。すると北アルプスから様々な声が聞こえてきた。


冬、山は凛として美しく神聖な神の社となる。

汚れなきその白さは人の持つわずかばかりの汚れをも嫌う。

「身体をお休め。そして待つのです。新しい命の始まりを」

春、雪形が新しい農事の始まりを告げる。

「さあ腰を上げて働くのです。きっと良い年になりますよ」

夏、高山植物の彩りを見せ山が美少女へと変わる。

「神より与えられた一度だけの舞台で自分自身を輝かせるのです」

秋、山は燃え、心と身体にあらゆる恵みを与える。

「皆で喜びを分け合いなさい。歌いなさい。踊りなさい」


「少し自然が見えてきたような気がする」

晩年の玉堂先生やお父さんでもその程度。だったら私はそれを見えずとも、見ようとしてこの場に立てただけでも上出来だ。そう思うと私はついにその瞬間がやっと私に巡ってきたのだと思わずにはいられなかった。人生の終盤になってやっとそのチャンスが巡ってきた。ここまできて初めて私は神に己の命が今ここにあることに感謝した。九六〇分の六一一までの命。ここまで生きていなかったのなら、私はこの人生に希望を見出せなかっただろう。

そしてぶきっちょな私にも感謝した。

「ぶきっちょのほうが何でも長続きするずら。悪かねえずら……なんでも簡単に覚えちまうような奴は一つの仕事が長く続かねぇずら。一つ一つゆっくり覚えてく奴は時間が必要だ。なんでも長くかかる。だから一つの所で長くいなきゃ駄目ずら。この道でやると決めたらそういう奴ほど有利ずら。他に行っても無駄だって自分でわかってるからな。そこで一生懸命やるよりねえずら」

本当にお父さんの言うとおりだった。お父さんはぶきっちょは私の隠れた才能だと言ってくれた。私は器用になんでも苦もなくできる人たちを憧れの目で見て生きてきた。でもそれに憧れることはこれから先の私の人生にはもうないだろう。

九六〇分の六一一にしてやっとここまで来た。残り三四九で自分の目指す山の頂に辿り着ければよい。たとえ辿り着けなくとも、目指し続けて前向きなまま天からのお迎えが来るぶんには納得してお父さんと五朗君に会える気がする。

やっと私は「死」というものを受け入れる準備ができた。それは五朗君の死であり、お父さんの死、そして私自身の死でもある。死は恐怖ではなく、必然。死とは借り物の身体を自然へと返すこと。私は借り物の身体の中で過ごす「生」という限りある時間内で己のやるべきことをきちんとやりきれば、いつ死というものがこの身に訪れたとしても、黙ってそれを私は受け入れられる。今、その準備が出来上がった。自分の苦労の上に重ねた六一一は決して無駄ではなかった。

「光」
それは透明な神秘。
私が追い求めたもの。
透明こそがこの世の全ての創造主。
でも、私は光を追うことはしない。
私は光を受けていく。
私は光を蓄え、自らの作品にその全てを放出したい。
私は自分という球になる。
百年後、そして千年後にこの地に生まれくる全ての子供たちが、
遠い過去に放たれたその光を見つけてくれる。
そして、その光を受けて動き出す。
この地の自然を未来永劫どこまでも守り通すために。
そんな夢をみたっていい。
そんな作品をこれから私は撮る。

私は撮れる。
それはこの地に生まれ育った私に託され、許されたこと。
無限な光の発信源となることが。

十七、再スタート

新しい年が始まった。それは私にとって全ての始まりの一歩だった。カメラを持たない一年をついに私は耐え抜いた。そして今、私は再びカメラという強い弓を構えた。そしてその弦を極限まで張り、的を絞りいつでも矢を放てるだけになっていた。ついに私の求める写真の形が決まった。放つ矢の的がどこにあるのかがわかった。

お父さんの生前、私はお父さんに毎月一枚の写真を提出しては見てもらっていた。その時に言われた一言が私の心にずっと刺さった刺(とげ)だった。

「馬美、そんなに逃げてどうする」

お父さんに核心を突かれた言葉。

私がずっとテーマも決められず、ただなんとなく山を歩いていた時の一言。私はお父さんにずっと「山をずばり切り抜くような写真が撮りたい」と言っていた。でも私は雲が綺麗だったとか、木が綺麗だったとかの理由をつけては自分が言ったテーマとはかけ離れたものばかりを撮っていた。

「馬美、俺はこれを綺麗な写真だなと言っておめえに返しゃそれですむ。だが、おめえはどうだ。綺麗だって言われて返されて」

返す言葉がなかった。自分の写真であって自分の写真じゃないものに喜べない。私はそれを承知でそのころ全てが自分への言い訳のような写真を撮り続けていた。

偽りの自分。

やっとそれから解放された。

お父さんは「里」「山脈」「人」「雨」をテーマとしていたが、私の山はやはり個々の山の頂。それも四季折々の光の変化が描く尾根から続く美しい山の頂だった。もちろん里山の風景も好きなのだが、私の場合、それを表現する場は雑誌の一場面でいいことだと割り切った。それよりも山岳写真家・北野馬美として残すべきはこの一年追ったデッサンの中にある。私の心が命じたその風景。山の稜線に続く個々の山の頂と四季折々の陽ざし。

冬・どこまでも混ざりけのない大陸からの凍てつく朝の冷気に鋭く差し込む陽ざし。

春・全ての生命の目ざめを告げるおだやかな陽ざし。

夏・花々が待ちわびる生命に充ち溢れた豊かな陽ざし。

秋・カラフルなキャンバスを演じるも、少し名残惜しさをも感じさせるやわらかな陽ざし。

「陽と頂」それが私のテーマ。それは追い求めていた「光」であり、生命の「頂」である。

お父さんの影響を受け私も様々な絵を見てきた。お父さんは玉堂や向井潤吉を愛していた。

私の好きな画家は片岡球子。球子は八方から富士を描いた。球子はまるで富士と全ての生活を共にしていた。そしてなにより私のお気に入りはその自由奔放な色遣い。そして「私って下手でしょ」の口癖。私と同じ口癖だ。片岡球子の画を観るだけで、見たこともない描き手、本人の顔や優しい心の中までも感じられる。それほど画が正直なのだと思う。自分の描きたいものを追い続け、自分の描きたいように描ききっている。同じ女として凄く魅かれる人。そして目標にできる人。私はお父さんと片岡球子、そして五朗君の生きざまを見習おう。

今までこんなに確信を持ってカメラを持てたことはなかった。デッサンを多くすることで、頭の中では一年を通しての山の風景、そのどれもが完全に描かれていた。私の写真の設計図の全てが。あとはその時、神様が私に最高の光をお与えくださるかどうかだ。今年神様に嫌われたら好かれるまで何年でも通えばよい。

爺から鹿島へ、そして日本海まで続く私のエースライン。振り向くと後ろには後立山の甘美なライン。西に目を移すとそこには立山連峰がシルエットとなって淡い光の中で私を招いている。剣から見た立山連峰のぞくぞくするような鋭角なライン。そして剣と黒部の渓谷美。常念から見る燕方面の柔らかくしなやかなライン。槍の南東側からの力感溢れ、誰もがうっとりとしてしまう筋肉美を湛えた男性的なライン。

もう私は自分を見失うことはない。カメラに触って五十年。私はついに巡り合えた。私の道に。途中、幾多の岐路があった。岐路を間違えたこともあった。躓いたこともあった。転んだことも。落ちたことも。宙ぶらりんになったことすらあった。でもやっと私は自分の進むべき最高の道に巡り合えた。

九六〇分の一二を使って、お父さんの日記の中身を追って山を歩いた。九六〇分の二四を使って出版社やメーカーと付き合った。九六〇分の一二を使ってデッサンを繰り返した。その全てが無駄ではなかった。やっと私は濃密な九六〇分の一を積み重ねることの尊さを知った。そしてやっと今、九六〇分の六一一になって写真館の女主人ではなく、山岳写真家を名乗って歩き出す礎ができた。苦労の上に積み重ねた数字の数々。その一つ一つが走馬灯のように思い出される。私の人生の一コマ一コマ。

「こんにちは赤ちゃん、無事生まれてありがとう」

お父さんに祝福を受けて生まれた時から始まった私の全てが。既に死というものは恐怖ではなくなった。今まではお父さんと五朗君にどんな顔して会えばよいのかわからなかった。だから死ぬことが怖かった。でも今は違う、私の確たる道がわかった。あの世でもお父さんは写している。そして、五朗君は登っている。その二人に正面から私は向き合える。その術をやっと探し当てた。そして初めてお父さんに言えた。

「私はお父さんと一緒に生きて幸せだったよ。お父さん……ありがとう」

(馬鹿)

久しぶりにお父さんの声が聞こえた。

……シャッシャッ……シャッシャッ……

雪に一人で向かえるまでに私の雪に対する恐怖心は少なくなっていた。年の初め。上高地へと向かう。五朗君がチョゴリザ峰から始めたのなら、私の場合、一度は逃げ出した冬山からと思った。そのきっかけである上高地から始めることが、なぜか当たり前のような気がしていた。

私の愛機はずっとこの日を待っていてくれた。唯一の友達であるカメラはそわそわしているようでもあり、一瞬でも早く動きたくてどうしようもない子供のようでもあった。

寒い冬の朝。この瞬間が凄く好き。光が織りなす地球を舞台とした物語の始まりをじっと待つ。寒さの中を待つのも慣れた。お父さんが抑留されたシベリアは氷点下六〇度。北アルプスではせいぜいその半分。辛いと思う時でもお父さんのことを思うとなぜか心と身体が温まる。

山をただぼんやり眺めてみる。ずっと昔、私はこんなふうに写真を写すためだけに一時間、そして二時間と待つことに疑問を持った時期があった。この時間、この行為、それよりも自分が生きるということそのものに意味があるのだろうかと。

そんな考えもやっと振り払えるようになった。私は生きることを許されている。自然の中で生かされ生きている。地球という舞台の上で。

きっとその用意された大舞台では、お父さんにはお父さんの、五朗君には五朗君の役が与えられていた。彼らはそれぞれの信念に沿ってその役を見事に演じ切った。だったら私も私の信じる道をまっすぐ歩けばよい。

私には山を黙って見つめる時間も、もくもくとただ歩く時間も、山菜を摘む時間も全てが必要不可欠なもの。山の全てを見て、聞いて、感じて生きていく。それが私の私だけの写真になる。写真は遺伝子となってこの地に生まれ来る子たちに残る。それは今必要なものではなく遠い将来必要となるものだと思う。私が明治時代のこの地の写真を見た時のように。動物も植物も遠い将来のために進化し続け遺伝子を残す。私の写真も同じだ。これが生まれてきた人間としてやるべきことだと信じてやろう。

その日の上高地は、神が降り立つのではなく、まるで天使が舞い降りてきそうな穢れのない新雪で覆われていた。

私は再びカメラを背負った。
そしてゆっくりと登り出す。
やっとここまで来た。
お父さんの後ろ姿を追う。
カメラを持って、北アルプスへ。
私の愛するあの山へ。

一月十一日　晴れ
神降地
C—④—明グ—Ⅱ—ハ
四—泊
私の未来へと一段上る

十八、九六〇分の九六〇

八十歳のお婆ちゃんとなった私は今日もカメラを握っている。
「苦労の上に苦労を重ねた人生も意外と素敵な人生だったわね」
そう言いながら北アルプスを歩いている。
きっときっと歩いている。
百年後、千年後のこの地に生まれ来る子供たちのために。
そして、なによりも自分のたった一度の人生のために。

「お父さん、ありがとう」

「……馬鹿……」

一歩　歩（いっぽ　あゆむ）

ブータンのスノーマントレック、アメリカのジョンミューアトレック、パタゴニアのWウォークなどのロングトレックを歩く。以前は登山家の故田部井淳子さんと共に世界の山旅を楽しんできた。またオーバーランドトラックツアーの愛好家で東アフリカ縦断、西アフリカ縦断、南米一周など3カ月から半年間の陸路での長期間、長距離旅行に好んで参加する。

ずくなし娘

2021年8月8日　初版第1刷発行

著　者　一歩　歩
発 行 者　中田典昭
発 行 所　東京図書出版
発行発売　株式会社 リフレ出版
〒113-0021　東京都文京区本駒込 3-10-4
電話（03）3823-9171　FAX 0120-41-8080
印　刷　株式会社 ブレイン

ISBN978-4-86641-433-1 C0093
Printed in Japan 2021
日本音楽著作権協会（出）許諾第2104497-101号